reinhardt

Anne Gold

Das SCHWEIGEN der Tukane

Kommissär FERRARI

Friedrich Reinhardt Verlag

Lektorat: Claudia Leuppi
Gestaltung: Bernadette Leus, www.leusgrafikbox.ch
Illustration: Tarek Moussalli
ISBN 978-3-7245-1850-1

www.reinhardt.ch

Wir denken selten an das,
was wir haben, aber immer
an das, was uns fehlt.
Arthur Schopenhauer

1. Kapitel

Kommissär Ferrari tippte eine Zahlenkombination in seinen Computer. Die ist selten und praktisch nie gespielt worden! Hm, das hat wohl seinen Grund … In den letzten drei Jahren spielte sie nur gerade zwei Mal einen Dreier ein. Sonst nichts. Das kann ich glatt vergessen. Auf Ferraris Tisch lagen drei Lottoscheine. Einer von Swiss Lotto, einer von Euro Millions und einer aus Deutschland. Wie viel ist eigentlich im Schweizer Jackpot? Er googelte. Nur noch knapp zweihunderttausend Franken, bei der letzten Ziehung wurde er geknackt. Vier Millionen betrug der Gewinn! Alles stinknormale Zahlen, sodass den acht Gewinnern letztendlich auch nur noch fünfhunderttausend übrig blieben. Na ja, besser als nichts. Wie lange muss ich für so viel Geld arbeiten? Die Miene des Kommissärs verfinsterte sich. Theatralisch warf er den Swiss-Lotto-Schein in den Papierkorb, um ihn Sekunden später wieder herauszufischen. Beinahe liebevoll strich er ihn glatt. Vielleicht gewinne ich ja gerade an diesem Wochenende. Die Wahrscheinlichkeit besteht, wenn auch … Aber lassen wir das. Ich ändere mein System. Genau. Die Geburtsdaten von Monika, Tochter Nikki und mir waren bisher nicht besonders erfolgreich. Auch die Zahlenkombinationen 6, 12, 18, 24, 30 und 36 bringen nichts. Geschweige denn die Primzahlen. Ferrari starrte wie gebannt auf den Bildschirm. Das wird jetzt mit diesem neuen Online-Lottosystem alles anders. Mit einem Klick weiss ich, was, wann, wo gezogen wurde, welche Kombinationen am erfolgreichsten sind, welche Zahlen selten bis nie vorkommen. Ein wahrer Segen, so ein Programm. Weshalb bin ich erst jetzt auf die Idee gekommen, dieses Teil zu kaufen?

«Der spinnt doch total», Nadine stiess die Tür von Ferraris Büro mit dem Fuss auf.

«Guten Morgen, Nadine. Meinst du Staatsanwalt Borer?»

Ferrari verdeckte mit seinem Arm die Lottoscheine.

«Quatsch! Gut, der hat auch nicht alle Blätter am Baum. Ich rede von Koch.»

«Koch? Koch … wer ist Koch?»

«Ein Freund von Noldi.»

«Ach, der mit der kleinen Nutte, die er bekehren will. So, so, ein Freund von deinem Freund.»

«Noldi ist nicht mein Freund. Aber darum geht es jetzt nicht und rede gefälligst nicht so abschätzig von Kochs Freundin.»

«Hm. Und warum spinnt er?»

«Weil er die kleine Nutte heiraten will.»

«Dann lass ihn doch. Wohin die Liebe fällt, wie es so schön heisst.»

Nadine setzte sich rittlings auf einen Stuhl.

«Nicht gerade ladylike.»

«Ich bin keine Lady. Das solltest sogar du inzwischen bemerkt haben. Im Mai wollen sie heiraten und Noldi ist Trauzeuge. Der spinnt übrigens auch», fügte sie kopfschüttelnd hinzu.

«Aha! Sehr interessant.»

Ferrari trommelte mit dem Kugelschreiber auf seinen Bürotisch.

«Du nervst mich mit dem Geklopfe, Francesco. Deine Marotten nehmen mit jedem Jahr zu. Echt krass.»

Unbeirrt erhöhte Ferrari die Schlagzahl.

«Wenn du mir jetzt noch sagst, was dich an der Beziehung so stört, ausser dass die Kleine auf den Strich geht, dann könnten wir uns wieder mit der Toten in der Rheingasse beschäftigen.»

«Es stört mich überhaupt nichts.»

«Wunderbar, dann ist ja alles bestens. Liegt Peters Obduktionsbericht vor?»

«Sicher! Soll ich ihn holen?»

«Nicht nötig, wenn du mir erzählst, was drin steht. Gibt es neue Erkenntnisse?»

«Eine Überdosis Medikamente führte zum Herzstillstand. Keine Anzeichen von Gewalt.»

«Also kein Mord, wie wir vermutet haben, sondern ein tragischer Unfall. Gut, somit können wir diese Akte schliessen. Übrigens, dieser Koch, was macht er beruflich?»

«Er ist bei der Sitte.»

Ferrari hörte mit seinem rhythmischen Klopfen auf.

«Ein Polizist?»

«Exakt. Deshalb regt es mich so auf. Der Mann ist nicht mehr tragbar, wenn die Öffentlichkeit erfährt, dass er eine Nutte heiratet. Aber er lässt sich das Mädchen nicht ausreden, weder von Noldi noch von mir.»

«Dann soll er sich versetzen lassen, am besten zum Verkehrsdienst.»

«Ausserdem hat sie ein Kind.»

«Was ist daran verwerflich?»

«Koch ist hin und weg, wenn er von der Kleinen erzählt.»

«Das ist doch schön. Patchworkfamilien sind schwer im Trend. Schau Monika, Nikki und mich an. Ich gehöre sozusagen zur Avantgarde. Dieser Koch, wie sieht er aus?»

«Also eine Patchworkfamilie definiert sich leicht anders. Die entstehen nämlich, wenn Väter und Mütter in neuen Beziehungen weitere Kinder bekommen. Und das trifft ja auf dich und Monika nicht ganz zu.»

Ferrari schmollte. Dieses Analysieren und Definieren ging ihm schwer auf den Geist. Frauen!

«Wenn du nicht weiter über deine avantgardistische Existenz diskutieren willst, kommen wir besser zum Thema zurück. Koch ist etwa eins achtzig, blond, Brillenträger … du kennst ihn. Noldi hat ihn dir vor etwa einem Monat vorgestellt.»

«Der Wachtmeister?»

«Genau der.»

«Ein sympathischer Mann. Weshalb erzählst du mir das eigentlich alles, Nadine?»

«Kannst du nicht einmal mit ihm reden?»

«Ich soll ihm seine … seine Freundin, wie heisst sie eigentlich?»

«Nora.»

«Ich soll ihm Nora ausreden?»

«Nein … doch ja. Du musst ihn unbedingt warnen. Das wird nämlich kein Spaziergang. Eine solche Beziehung ist ein gefundenes Fressen für die Kollegen. Er muss sie ja nicht gleich heiraten. Wieso seid ihr Männer nur solche Romantiker? Als gäbe es kein Leben ausserhalb der heiligen Ehe! Bis dass der Tod uns scheidet, dass ich nicht lache. Aber egal, wenn es denn unbedingt sein muss, dann soll er von Basel wegziehen und mit ihr woanders ein neues Leben anfangen. Ich könnte mit meinem Paps reden. Der kennt jede Menge aus dem Polizeikorps in Bern und hat ziemlichen Einfluss.»

Was sicher der Tatsache entsprach, zumal Nadines Vater einer der beliebtesten und angesehensten Nationalräte von Bern war.

«Also, was ist? Sprichst du mit ihm?»

«Wenns unbedingt sein muss.»

Nadine schwirrte um den Tisch herum und küsste ihn auf die Wange.

«Danke! Soll ich ihn gleich holen?»

Packen wir den Stier bei den Hörnern. Ich werde mir die Zunge fusselig reden, während der Wachtmeister dasitzen und brav nicken wird. Dann macht er einen Abgang und hasst mich, weil ich ihm seine grosse Liebe ausreden wollte. Der Nutzen wird sich in Grenzen halten, gelinde ausgedrückt, doch wenigstens ist Nadine dann ruhiggestellt.

«So nicht!»

«Was meinst du?»

«Dein Gesichtsausdruck spricht Bände. Du musst dich schon etwas anstrengen. Elan und Überzeugungskraft sind angesagt.»

«Hm!»

Ferrari zögerte, schliesslich ist jeder für sich selbst verantwortlich. Der Mann ist auf gutem Weg, steht auf der Leiter nach oben, Wachtmeister, wahrscheinlich bald Offizier. Wenn er unbedingt eine Dame aus dem Milieu heiraten will und sich der Konsequenzen bewusst ist, bitte, es ist sein gutes Recht. Selbst mit Nadine im Genick werde ich ihm seine Nora nicht madig machen können. Das ist auch nicht meine Aufgabe. Überhaupt, was geht mich dieser Koch an?

«Na, was ist jetzt, Francesco? Soll ich ihn holen?»

«Sagen wir in einer Stunde. Ich will mich noch auf das Gespräch vorbereiten. Damit eines klar ist, ich spreche ein einziges Mal mit ihm! Und wenn er an seiner Nora festhält, dann ist das Ding gelaufen.»

«Schöner Vorgesetzter! Dir ist es vollkommen egal, was die Kollegen tuscheln. Koch, die Nutte und ihr Betriebsunfall!»

«Wer sagt das?»

«Das halbe Kommissariat. Hinter vorgehaltener Hand verspotten sie ihn. Du tust ihm keinen Gefallen, wenn du nur halbherzig an die Sache rangehst. Was treibst du hier eigentlich?»

«Nichts, wieso?»

«Du sitzt wie ein kleiner Junge da, der beim Spicken ertappt wurde.»

«Unsinn!»

Mit einer blitzartigen Bewegung riss sie Ferrari die Lottoscheine unter dem Arm weg.

«Was ist denn das? Ein vom Spielteufel besessener Kommissär!»

«Gib mir sofort die Lottoscheine zurück.»

«Hol sie dir.»

Ferrari sprang hoch, versuchte, Nadine festzuhalten. Blitzschnell riss sie sich los und rannte um den Tisch.

«Was ist, alter Mann, keine Kondition?»

Na warte. Ferrari spurtete los und stolperte über einen Stuhl.

«Störe ich?»

Der Kommissär rappelte sich hoch und setzte sich mit hochrotem Kopf an seinen Schreibtisch.

«Überhaupt nicht, Herr Staatsanwalt.»

«Ein kleines, neckisches Spielchen während der Bürozeit? Hasch mich oder so …»

«Nicht … nicht, was Sie denken.»

Nadine stellte lachend den Stuhl wieder an seinen Platz.

«Und selbst wenn es so wäre, geht es Sie nichts an, Herr Borer.»

«Nicht ganz, Frau Kupfer, nicht ganz. Immerhin sind Sie im Dienst, aber Schwamm drüber. Kennen Sie eine Nora Schüpfer?»

«Nein!»

«Ja!»

«Was nun, ja oder nein?»

«Nadine kennt sie, ich nicht», präzisierte Ferrari.

«Stimmt es, dass sie mit einem Polizisten liiert ist?»

«Das geht Sie doch wohl überhaupt nichts an.»

«Werden Sie nicht frech, Frau Kupfer. Sonst ziehe ich andere Seiten auf. Vergessen Sie ja nicht, dass ich Sie hier mit Kommissär Ferrari in flagranti erwischt habe.»

«Sie …»

«Na, na, nur keine Beleidigungen! Getroffene Hunde bellen.»

Bevor Nadine dem Staatsanwalt das Gesicht zerkratzen konnte, mischte sich Ferrari ein.

«Es geht Sie wirklich nichts an. Und erst recht nicht, ob Nadine und ich ein Verhältnis haben. Um es klarzustellen, Nadine klaute meine Lottoscheine, die ich mir zurückholen wollte.»

«Sie spielen Lotto?»

«Manchmal.»

«Mit System?»

«Nicht wirklich. Ehrlich gesagt, spiele ich immer die gleichen Zahlen. Mein Geburtstag, die von Monika und Nikki. Dann halte ich mich an verschiedene Muster. Hier zum Beispiel ist ein kleines Schweizer Kreuz entstanden. Spielen Sie auch?»

«Nur ab und zu. Das mit dem Schweizer Kreuz ist höchst interessant. Zeigen Sie mir doch einmal Ihre Scheine.»

Nadine warf kopfschüttelnd die zerknitterten Lottoscheine auf den Tisch.

«Die kann ich so nicht mehr aufgeben.»

«In einer deiner Schubladen ist sicher noch ein kleiner Vorrat versteckt. Spieler sind Süchtige und bei Süchtigen ist der Stoff nicht weit.»

Staatsanwalt Borer und Ferrari sahen Nadine missbilligend an, bevor sie sich wieder dem wahren Leben zuwandten.

«Sehr interessant! Ah, hier spielen Sie eine Diagonale, da eine Vertikale. Ausgezeichnet. Und die Zahlenkombinationen, alles Primzahlen, soweit ich es beurteilen kann. Warten Sie …», er griff nach seiner Brieftasche und legte einige Lottozettel daneben, «das sind meine Zahlen. Ich spiele sie seit mehreren Jahren. Mit Erfolg. Die obere Reihe sind Tage, die für mich von besonderer Bedeutung sind. Hier zum Beispiel mein Hochzeitstag, mein eigener Geburtstag, der Geburtstag meines Sohnes und der meiner Tochter. Und das hier sind Daten aus der Weltgeschichte. Das mit der Diagonale und den Primzahlen werde ich mir merken. Ganz hervorragend, Ferrari. Sie überraschen mich doch immer wieder.»

«Auf die Idee mit Geschichtsdaten bin ich noch nie gekommen. Man könnte zum Beispiel den Tag der ersten Mondlandung …»

«… oder die Ermordung von John F. Kennedy nehmen. Ausgezeichnet, ganz ausgezeichnet.»

«Ich möchte Ihnen noch meine neuste …»

«Nicht, dass ich die höchst interessante Unterhaltung stören möchte, aber wollten Sie uns nicht einige Fragen stellen?», schaltete sich Nadine ein. Ihr zynischer Unterton war nicht zu überhören. «Oder sind Sie nur gekommen, um sich mit dem Kommissär über die Sucht von Spielern im Allgemeinen und die Sucht von Beamten im Speziellen zu unterhalten?»

«Fragen? Was für Fragen? Ah ja, natürlich, es geht um diesen Arthur Koch.»

Borer richtete sich zur vollen Grösse auf und schob seine Lottozettel in die Brieftasche.

«Er ist Wachtmeister bei der Sitte.»

«Anscheinend bin ich der Einzige hier im Kommissariat, der vom Verhältnis des Wachtmeisters mit einer Milieudame nichts wusste.»

«Sicher nicht grundlos.»

«Wie darf ich das verstehen, Frau Kupfer?», zischte der Staatsanwalt.

«Sie wären der Letzte, dem ich so etwas auf die Nase binden würde.»

«Aha! Klare Worte. Sie halten mich für einen Schwätzer. Nun, wie auch immer. Ich lasse mir von Ihnen meine gute Laune nicht vermiesen.»

«Was wollen Sie eigentlich von Nora Schüpfer?»

«Ich? Nichts! Aber Sie wollen etwas von ihr, wenn auch nicht ganz freiwillig.»

«Hören Sie mit den dummen Spielchen auf, Herr Staatsanwalt. Was soll dieser theatralische Auftritt?»

«Es gibt zu tun, Herrschaften. Kennen Sie Peter Grauwiler?»

«Den kennt doch wohl jeder. Kein offizieller Anlass ohne unseren schicken Nationalrat. Ein Hinterbänkler in Bern, aber sehr volksnah. Alles, was rechts von der Mitte ist, liebt ihn.»

«Tja, Nora Schüpfer mochte ihn anscheinend nicht besonders.»

«Was heisst das?», hauchte Nadine. Jegliche Farbe war aus ihrem Gesicht gewichen.

«Heute Morgen wurde Peter Grauwiler in Nora Schüpfers Luxusappartement ermordet. Von ihr fehlt seither jede Spur.»

2. Kapitel

Ferrari erhob sich. Somit erübrigte sich das Gespräch mit Arthur Koch, zumindest vorerst. Es gab einen neuen Fall. Eine dunkle Vorahnung liess ihn nichts Gutes erwarten. War das nicht ein seltsamer Zufall? Eben noch bedrängte ihn Nadine, mit dem Wachtmeister wegen dessen Beziehung zur Edelprostituierten Nora Schüpfer ein ernstes Wörtchen zu reden, als diese wenig später verdächtigt wird, den Nationalrat Peter Grauwiler ermordet zu haben. Wenn das nur mit rechten Dingen zu und herging.

«Weiss es Koch schon?»

«Von mir nicht, Frau Kupfer. Das ist nicht meine Aufgabe, aber vielleicht hat sie ihn ja angerufen. Würde mich nicht wundern. Ein Polizist und eine Prostituierte. Das gefällt mir überhaupt nicht. Ich werde diesen Koch zu mir ins Büro zitieren.»

«Das übernehmen wir, Herr Staatsanwalt.»

«Ganz wie Sie wollen, Ferrari. Mir solls recht sein. Wenn Sie erlauben, möchte ich noch auf eine Kleinigkeit bei den Untersuchungen hinweisen …»

«… wir sollen diskret ermitteln, zumal es sich um unseren beliebtesten Nationalrat handelt, der in die ewigen Jagdgründe geschossen wurde.»

«In die Ewigkeit gestochen wurde, um bei Ihrem Vergleich zu bleiben, meine Beste. Sie haben es allerdings auf den Punkt gebracht. Ich könnte es nicht trefflicher formulieren. Ich erwarte also absolute Diskretion in diesem äusserst heiklen Fall.»

«Ein Parteifreund?»

«Nein, zum Glück nicht. Aber eine hoch angesehene Persönlichkeit unserer Stadt.»

«Es wird Ihnen nicht leicht fallen, der Presse zu erklären, weshalb er seinen Schniedelwutz bei einer Prostituierten schwenkte.»

«Ich muss doch sehr bitten, Frau Kupfer. Ihre Wortwahl passt überhaupt nicht zu einer Lady. Um die Presse kümmere ich mich, da machen Sie sich mal keine Gedanken. Der Fall ist jedoch nicht ganz einfach», Borer wischte sich mit einem Kleenex den Schweiss von der Stirn, «Sie müssen sich zu zwei verschiedenen Tatorten begeben.»

«Zwei Tatorte?»

«Nora Schüpfer arbeitete in einem Luxusappartement in der Lerchenstrasse.»

«Wo der Mord begangen wurde?»

«So scheint es, Ferrari. Die Leiche wurde hingegen in Grauwilers Büro am Nadelberg gefunden.»

«Woher wissen Sie das?»

«Von Hanspeter Sonderegger, einem Bekannten aus der Politik. Angeblich liess sich Grauwiler an die Lerchenstrasse fahren, wo sein Chauffeur im Auto wartete und diese Nora Schüpfer aus dem Haus rennen sah. Als sein Chef nach einer gewissen Zeit nicht zurückkam, ging er in die Wohnung und fand Grauwiler tot auf dem Bett. Anstatt die Polizei anzurufen, informierte er Hanspeter Sonderegger.»

«Wer ist das?»

«Der Vorsitzende von Grauwilers Partei. In einer Kurzschlusshandlung brachte Sonderegger mithilfe einiger Freunde die Leiche in Grauwilers Büro. Ziemlich verworrene Angelegenheit. Sonderegger informierte mich zu spät. Er weiss, dass er sich total falsch verhalten hat, aber das lässt sich jetzt nicht mehr korrigieren.»

Ferraris Stirn lag in Falten. Nur zu hoffen, dass unser lieber Herr Staatsanwalt bei diesem genialen Plan nicht beteiligt war. Möglich wäre es. Ein Ablenkungsmanöver, damit ja niemand von der Presse an Grauwilers Lack kratzen kann.

«Schauen Sie mich nicht so an, Ferrari. Ich weiss genau, was Sie jetzt denken. Sie irren sich. Mir ist auch nicht wohl bei der Sache, deshalb möchte ich auch den Fall in Ihre bewährten Hände legen.»

«Dann wollen wir mal. Komm, Nadine, wir schauen uns den Tatort an.»

«Aber bitte diskret!», seufzte Borer.

«Unser zweiter Vorname heisst Diskretion!»

Nadine klopfte dem Staatsanwalt auf die Schulter und reichte ihm beim Vorbeigehen ein weiteres Kleenex.

Nachdem Nadine ihren Kollegen Noldi, den IT-Spezialisten, kurz orientiert hatte, fuhren sie ins Gundeldingerquartier zum Tatort.

«Alles Vogelnamen. Amselstrasse, Drosselstrasse … ah, da ist die Lerchenstrasse.»

Der Rechtsmediziner Peter Strub und sein Team waren bereits an der Arbeit.

«Ciao, Francesco! Hallo, Nadine! Du siehst heute wieder sensationell aus!»

«Danke für das Kompliment, Peter. Soll ich dir ein Geheimnis verraten?»

«Na klar, ich kann schweigen wie ein Grab.»

«Ich sehe immer sensationell aus.»

«Du bist ja ganz schön eingebildet, wenn auch zu Recht … Kommen wir zum Fall. Wir haben mit dem Lokalaugenschein und der Spurensicherung begonnen und jede Menge Fingerabdrücke entdeckt. Wahrscheinlich von den Idioten, die Peter Grauwiler weggeschleppt haben. Mich wundert, dass niemand etwas bemerkt hat. Da wird ein Toter in eine Decke gewickelt, mit dem Lift in die Tiefgarage gebracht und in ein Auto verfrachtet. Wie in einem schlechten Krimi. Wenn ihr den Weg der Leiche verfolgen wollt, müsst ihr nur den Blutspuren nach.»

«Wo ist der Tote jetzt?»

«Der liegt bestimmt schon auf meinem Tisch und wartet auf die Obduktion. Zum Glück haben die Toten eine Engelsgeduld», Strub kicherte. «Ich sehe schon, das ist nicht euer Humor. Gut. Also, wir waren zuvor am Fundort des Opfers, wo wir auch die Tatwaffe sichergestellt haben. Ich habe meinen Leuten gesagt, dass sie Grauwilers Computer mitnehmen, wenn sie mit den Untersuchungen fertig sind, und ihn zu Noldi bringen sollen. Ist das okay?»

«Bestens. Kannst du etwas zur Tatwaffe sagen?»

«Drei Stiche mit einem Messer. Einer davon war tödlich. Sie hat ganze Arbeit geleistet.»

«He, he! Noch wissen wir nicht, ob es Nora Schüpfer gewesen ist. Und bis dahin gilt die Unschuldsvermutung. Klar?!»

Ferrari wusste, was nun folgte. Nadine und Strub würden sich einige Minuten lang streiten und sich dann mit viel Brimborium versöhnen. Zeit genug, um sich in der Wohnung umzuschauen. Die vier Zimmer waren modern und sehr geschmackvoll eingerichtet. Vermutlich standen einige Designklassiker herum, nur entzog sich dies Ferraris Kenntnis. Monika wüsste das natürlich, ganz bestimmt. Eigentlich viel zu schade für einen Sexspielplatz, dachte der Kommissär und betrat den grossen Balkon mit Sicht ins Grüne und auf exklusive Villen. Erstaunlich und spannend zugleich, es gibt in dieser Stadt immer wieder Neues zu entdecken! Ferrari schloss die Balkontür. Im Wohnzimmer hing ein grosser Fernsehapparat an der Wand, sicher mit HD. Davon verstand er etwas, denn seit Langem wollte er sich ein solches Monstrum, wie es Monika nannte, anschaffen. Vor allem für die Sportsendungen.

Ferrari stellte den Fernseher an. Das Bild war sensationell. Wahrscheinlich mit Swisscom-TV, doch ein Empfangsgerät war nirgends zu sehen. Was war das? Neben dem Fernseher schien etwas in die Wand eingelassen zu sein. Der Kommissär drückte auf den Knopf. Langsam öffnete sich eine Klappe und aus der Wand kam der Receiver. Raffiniert! Alles vom Feinsten. Mit leuchtenden Augen drückte er die Off-Taste. Allem Anschein nach war Nora Schüpfer eine Edelprostituierte, die sich einiges leisten konnte. Das Schlafzimmer war im Vergleich schlicht eingerichtet. Ein grosses Doppelbett, ein Tisch mit zwei Stühlen und ein Sideboard, sonst nichts. Eigenartig. Die ganze Wohnung war mit viel Liebe zum Detail ausgestattet, nur das Schlafzimmer liess zu wünschen übrig. Ferrari kehrte zu den Streithähnen zurück.

«Ach hör doch auf, Nadine! Du bist befangen. Noldi ist schliesslich der beste Freund von Koch. Und die Spatzen pfeifens von den Dächern, dass diese Schüpfer Kochs Flamme ist.»

«Was noch lange nicht heissen muss, dass sie die Mörderin ist.»

«Gut, gut! Ich will mich nicht mit dir streiten, Nadine. Sonst hetzt du mir wieder deinen Gorilla auf den Hals.»

Strub machte eine abschätzende Handbewegung und liess Nadine einfach stehen. Ferrari, der nur die letzten Worte hörte, sah sie fragend an.

«Das Urteil ist bereits gesprochen. So viel zur Unvoreingenommenheit und zur Objektivität. Aber er will keinen Streit mit mir, weil du ihm sonst den Hals umdrehst.»

«Ich werde diesem Leichenfledderer zeigen, wo Gott hockt.»

«Lass es, Francesco. Sonst kannst du dich gleich mit dem ganzen Polizeikorps anlegen, denn so wie Peter denken doch alle.»

Ferrari drehte sich um und stiess eine von zwei Holzplastiken von einem Sockel. Nadine konnte sie im letzten Augenblick auffangen.

«Nicht den Tukan kaputt machen, Francesco. Das bringt Unglück.»

«So ein Ding oder etwas Ähnliches steht auch bei uns zu Hause.»

«Und bei mir, nur etwas kleiner. Monika und ich unterstützen damit ‹antoras›.»

«Was ist das?»

«Eine Stiftung, die mit fair produzierten Produkten handelt, mit Kunst, Kunsthandwerk und auch mit Kinderspielzeug.»

«So ähnlich wie Max Havelaar?»

«Ja, so was in der Richtung. Die Max-Havelaar-Stiftung vergibt ein Gütesiegel für fair gehandelte Produkte und verbessert durch fairen Handel die Lebens- und Arbeitsbedingungen von Kleinbauern und Plantagenarbeitern. Die Gründung vor genau zwanzig Jahren hatte zum Ziel, dass der faire Handel

«Kennst du den Song ‹Slow down›?», fragte Ferrari nach einer Weile.

«Nö, das sagt mir gar nichts.»

Wen wunderts.

«Endstation! Du kannst die Augen wieder aufmachen.»

Slow down. You've got to slow down and take ist easy. Slow down. You've got to slow down and take it easy, oh yeah!, summte der Kommissär beim Aussteigen leise vor sich hin. Wer sagts denn, mit Humor und Gelassenheit geht alles viel besser, sogar eine Irrsinnsporschefahrt.

«Sag mal, Nadine, warum bist du heute Morgen zu mir gekommen?»

«Wegen Koch.»

«Ja, schon. Aber war das eine spontane Eingebung?»

«Wenn ich es mir genau überlege, gab es einen konkreten Anlass. Ich traf Koch unten bei Noldi. Er druckste so komisch herum und ging dann wieder.»

«Ist dir das schon öfters aufgefallen?»

«Eigentlich nicht, nein. Ich sagte zu Noldi, mit dem stimmt etwas nicht. Ich rede mit Francesco darüber … Du meinst …?»

«Bei dem Fall machen mich einige Dinge stutzig», Ferrari blickte auf seine Armbanduhr. «Jetzt ist es kurz vor Mittag. Wann bist du bei mir reingestürmt, so um halb zehn?»

«Das kommt hin. Ich bin um halb neun oder viertel vor neun bei Noldi gewesen.»

«Und der Mord geschah nach bisherigem Kenntnisstand zwischen halb acht und acht. Übrigens ein weiterer Punkt, der mir nicht gefällt. Nicht gerade die optimale Zeit für einen kleinen Beischlaf.»

«Ein frühes Huhn legt ein grosses Ei!»

Der Kommissär lachte.

«Den Spruch höre ich zum ersten Mal.»

«Eine alte Bauernweisheit. Du meinst, Peter Grauwiler wollte Nora gar nicht zum Schäferstündchen besuchen und Koch wusste bereits, dass der Nationalrat tot ist, als ich ihn bei Noldi traf?»

«Durchaus möglich.»

«Und jetzt?»

«Jetzt unterhalten wir uns mit dem Kollegen Koch. Wenn der überhaupt ansprechbar ist.»

3. Kapitel

Ferrari stand am Fenster und ging einer seiner Lieblingsbeschäftigungen nach, er sah dem Treiben unten im Hof zu. Der Abwart des Waaghofs unterhielt sich mit Jakob Borer. Wenn ich das Fenster öffne, kann ich vielleicht ein paar Fetzen der Unterhaltung aufschnappen. Doch der Kommissär widerstand der Versuchung. Nach einigen Minuten klopfte Borer dem Hausmeister kräftig auf die Schulter, rieb sich die Hände und verschwand im Treppenhaus. Durch das Tor fuhr ein Streifenwagen in den Hof. Eine Polizistin stieg aus, öffnete die Beifahrertür und half einem Kollegen aus dem Auto, der sich anscheinend bei einem Einsatz verletzt hatte. Ferrari schaute zum Himmel hinauf. Regenwolken. Es war Ende April, diese Übergangszeit vom Winter zum Frühling liebte er nicht besonders. Schwankende Temperaturen, mal kalt, dann plötzlich über Nacht zwanzig Grad. Es ist gut, wenn es nach dem strengen Winter endlich ein wenig wärmer wird. Die Natur, das konnte man deutlich beobachten, war einige Wochen im Rückstand. Normalerweise blühte die Vegetation viel üppiger, aber es schien, als ob sie der Sache nicht so richtig traute und weiterhin Winterschlaf hielt.

«Ähm!»

«Ah, Arthur! Komm rein und setz dich. Seid ihr schon lange da?», wandte sich Ferrari an Nadine.

«Lange genug. Was gibts da draussen so Spannendes?»

«Regenwolken und einen verletzten Polizisten. Hoffentlich nichts Ernstes.»

«Basti Schweiger», brummte Koch. «Er ist beim Aussteigen ausgerutscht und hat sich den Fuss verknackst.»

Der Kommissär setzte sich zu Koch an den Klubtisch, während Nadine auf dem Chefsessel hin- und herwippte.

«Thuri, es ... es fällt mir nicht leicht, mit dir über den Mord an Grauwiler zu sprechen. Aber ich muss dir ein paar Fragen stellen. Ist Nora Schüpfer deine Freundin?»

«Wir werden heiraten!»

«Das freut mich. Ja, wirklich, du brauchst mich gar nicht so misstrauisch anzuschauen. Ich schätze Menschen, die zu ihrer Überzeugung stehen.»

Koch wurde etwas lockerer.

«Ist dir bewusst, dass Nora die Hauptverdächtige in diesem Mordfall ist?»

«Sie ist keine Mörderin!»

«Hat sie dir das gesagt?»

«Nein! Ich versuche sie seit Stunden vergeblich zu erreichen. Sie reagiert einfach nicht. Nora bringt niemanden um.»

«Aber es gibt einen Zeugen, der schwört, dass sie zum Zeitpunkt des Mordes aus dem Haus gerannt ist.»

«Das leugne ich ja auch nicht, Nadine. Wir telefonierten heute früh miteinander. Sie bat mich, Julie, das ist Noras Tochter, am Mittag von der Schule abzuholen.»

«Weshalb?»

«Sie konnte nicht. Ein … wegen einem Termin.»

«Wann genau hast du mit ihr gesprochen?»

«Kurz nach sieben. Ich war ziemlich erstaunt, dass sie mich so früh anruft. Sie meinte, dass ausnahmsweise jemand um acht vorbeikäme.»

«Was eigentlich ausserordentlich früh ist …»

«… in diesem Metier. Du musst mich nicht schonen, Francesco. Ich stehe zu Nora und weiss von ihrem Beruf. Nicht, dass es mir egal ist, aber es ist nun mal so.»

Damit war eine weitere Frage bereits beantwortet. Ferrari konnte sich beim besten Willen nicht vorstellen, dass er sich mit einer Frau einlassen würde, die mit Männern für Geld ins Bett ging. Das würde ihn rasend machen.

«Wer hat Julie zur Schule gebracht?»

«Rebecca Haller. Das ist Noras beste Freundin, sie kennen sich seit der Kindheit.»

«Nach dem Gespräch um sieben meldete sie sich nicht mehr bei dir?»

«Nein!»

Ferrari blickte auf die Uhr.

«Es ist kurz vor zwölf. Du wolltest doch Julie abholen?»

«Noldi springt für mich ein. Julie kennt ihn und die Lehrerin auch. Er bringt Julie zu Rebecca.»

«Wo wohnt Nora?»

«In Bettingen, mitten im Dorf in einem grossen Einfamilienhaus. Eigentlich ganz in der Nähe der Badi.»

«Woher kennst du Nora?»

«Einer ihrer Freier war auf perverse Spielchen aus. Als Nora nicht mitmachen wollte, ging er auf sie los. Sie erstattete Anzeige und ich war derjenige, der das Protokoll aufnahm. So haben wir uns kennengelernt.»

«Was wurde aus der Strafanzeige?»

«Die wurde unter den Teppich gekehrt. Der Typ war ein Promi.»

«Strafanzeigen kann man nicht einfach unter den Teppich kehren.»

«Wo lebst du, Francesco? Dort draussen auf der Strasse geht es anders zu als hier in unseren geschützten Büros. Das solltest du eigentlich nach mehr als zwanzig Jahren wissen.»

Nadine wurde unruhig, ihr Wippen schneller. Das Verhör lief nicht nach Wunsch. Ganz und gar nicht.

«Wann war das?»

«Vor acht Jahren, Nadine.»

«Und seither trefft ihr euch regelmässig?»

«Beinahe täglich. Ich bin schon fast bei ihr eingezogen.»

«Hast du eine Vermutung, weshalb Grauwiler ermordet worden ist? Ich sage bewusst nicht, von Nora, obwohl es eigentlich auf der Hand liegt.»

Ferrari schüttelte den Kopf. Psychologie war eindeutig nicht Nadines Stärke. In die Enge getrieben, bleibt oft nur noch der Angriff.

«Keine Ahnung! Sie war es nicht, Nadine», Koch schlug wie ein trotziger Junge mit der Faust auf Ferraris Klubtisch. «Sie ist der liebenswerteste Mensch auf dieser Welt. Trotz all der Vorurteile», er blickte dabei zu Ferrari hin, «mit denen sie täglich konfrontiert wird.»

«Nora war keine normale Prostituierte, eher eine Edelnutte. Richtig?»

Kochs Augen funkelten.

«Ja … es verkehrten ziemlich viele Promis bei ihr.»

Nadine wippte noch immer mit dem Stuhl.

«Kannst du uns eine Liste von den Promis machen?»

«Ich … ich kenne diese Leute nicht.»

«Du behauptest also, dass du nicht weisst, wer deine Freundin bumst?»

Koch sprang hoch.

«Du … du … sprich nicht so, sonst …»

Nadine war ebenfalls aufgesprungen. Sekundenlang fixierten sie sich. Die Spannung war zum Greifen nah.

«Du drohst mir? Na bravo. Dann hör gefälligst auf, uns zu verarschen. Du kennst wahrscheinlich mehr als einen ihrer Freier. Und hör auch mit den saudummen Sprüchen auf, von wegen, dass es dich nicht stört, mit wem sie bumst. Es macht dir sehr wohl etwas aus.»

Also eigentlich hatte Koch ja betont, dass es ihm nicht gleichgültig sei. Aber Ferrari blieb keine Zeit für Haarspaltereien, wie es seine Kollegin nennen würde. Im letzten Augenblick konnte er verhindern, dass sich Koch auf Nadine stürzte.

«Setz dich, Arthur!»

Zur Sicherheit hielt ihn der Kommissär fest, bis er wieder auf dem Stuhl sass. Koch atmete heftig, Schweiss stand auf seiner Stirn.

«Auch wenn es dir nicht gefällt, Nora ist unsere Hauptverdächtige. Sie ist aus der Wohnung gerannt, vermutlich in Panik aufgelöst. Gibt es dafür deiner Meinung nach eine Erklärung, Arthur Koch?», setzte Nadine unbeirrt nach.

«Nein … nein … ich verstehe das nicht.»

«Dann noch etwas anderes. Ich bin mir sicher, dass du nach dem Mord mit Nora telefoniert hast. Hundertpro!»

«Nein!»

«Wir trafen uns doch heute früh bei Noldi. Du erinnerst dich, ja? Gut. Da wolltest du uns etwas sagen, hast es dir dann aber anders überlegt. Das war exakt zu der Zeit, als Nora floh.»

«Das stimmt alles nicht. Ich sage jetzt nichts mehr.»

Ferrari trommelte mit den Fingern auf den Glastisch. Ein Zeichen, dass sein Gehirn auf Hochtouren arbeitete.

«Du bist für Nora keine Hilfe, wenn du nicht mit uns zusammenarbeitest, Thuri. Das ist kontraproduktiv. Alle Indizien sprechen im Moment gegen sie. Wenn du wirklich überzeugt davon bist, dass sie unschuldig ist, solltest du uns alles sagen, was du weisst.»

«Ich weiss nichts, gar nichts!»

«Gut, dann können wir die Befragung jetzt abbrechen. Du kannst gehen.»

Langsam, mit einem wütenden Seitenblick zu Nadine öffnete Arthur Koch die Tür.

«Was … was wisst ihr denn schon! Ihr könnt es euch doch gar nicht vorstellen, wie Nora ist. Eine Edelnutte! Eine, die sich für Geld verkauft, und somit gehört sie eindeutig zum Abschaum. Prima, abgestempelt und schubladisiert. Ihr macht es euch verdammt einfach. Aber der Mensch, die wunderbare und einfühlsame Frau, die hinter der Fassade steckt, die interessiert euch nicht. Ihr kotzt mich an!»

Mit einem gewaltigen Krach flog die Tür zu.

«Das war wohl nix!», resümierte Nadine.

«Du hast ihn provoziert.»

«Nachdem du mit deiner liebenswürdigen Art gescheitert bist.»

«Deine Holzhammermethode war dafür umso erfolgreicher … Wie auch immer, die Vermutung liegt nahe, dass Thuri ziemlich viele Freier kennt und nach der Tat mit Nora Schüpfer Kontakt hatte.»

«Nur schweigt er wie ein Grab.»

«Schicken wir jetzt zuerst mal die Kollegen nach Bettingen, sie sollen das Einfamilienhaus auseinandernehmen. Vielleicht finden wir irgendeinen Anhaltspunkt, wo Nora sein könnte. Wurde ein Terminkalender gefunden?»

«Nein. Peters Leute haben das Appartement minutiös durchsucht. Keine Agenda, auch keine elektronische.»

«Dann sollen sie in Bettingen explizit danach suchen. Nora hat ihre Verabredungen bestimmt notiert.»

«Das denke ich auch. Irgendwo muss sie sein. Was mir einfach nicht aus dem Kopf will – wenn sie nicht die Mörderin ist, weshalb ist sie heute Morgen davongerannt?»

«Panik. Sie ist mit Grauwiler zusammen, als plötzlich jemand auftaucht und ihren Kunden ersticht. Da würdest du auch um dein Leben rennen.»

«Der grosse Unbekannte? Unwahrscheinlich. Vielleicht war unser Nationalrat ja auch pervers und es war Notwehr.»

«Hm. Was meint Peter zum Messer?»

«Er will zuerst die Einstiche untersuchen. Danach wissen wir mehr.»

«Gut. Sammeln wir Fakten. Wir müssen alles über Nora und über Grauwiler in Erfahrung bringen.»

«Ich übernehme Nora und der Schickimicki-Kommissär mit seinen guten Beziehungen zum Basler

Daig kann die dunklen Seiten des Strahlemanns an die Oberfläche kehren.»

«Aber bitte diskret, Herrschaften!» Jakob Borer war unbemerkt ins Zimmer gekommen. «Und damit meine ich um einiges diskreter als das Verhör mit Kollege Koch.»

«Hat er sich bei Ihnen beschwert?»

«Das wäre noch! Nein, das Geschrei zwischen Ihnen und Koch war einfach nicht zu überhören, Frau Kupfer.»

«Ich gehöre halt nicht zur Samthandschuhabteilung. Dafür ist Francesco zuständig.»

«Wie wahr, wie wahr! Ich vermute, dass er sich bei seinem Chef über die Art der Ermittlungen beschweren wird. Aber, Herrschaften, da kann ich sie beruhigen. Das geht mir, wie Sie zu sagen pflegen, werte Frau Kupfer, das geht mir am Arsch vorbei!»

Selbst Nadine musste darüber lachen.

«Gibt es einen Hinweis, wo sich Nora Schüpfer aufhalten könnte?»

«Keine Spur. Sie ist wie vom Erdboden verschwunden.»

«Verstehe. Das war zu befürchten.» Borers Miene verfinsterte sich. «Wenn ich da eine Bitte aussprechen darf», der Staatsanwalt zögerte einen Augenblick, «sicher werden Sie sich auch mit Emma Grauwiler unterhalten.»

«Das lässt sich kaum vermeiden.»

«Sie … wie soll ich das sagen … Emma war … ist eine gute Freundin aus alten Zeiten. Eine sehr sensible Frau. Ich wäre Ihnen dankbar, wenn sie Emma so schonend wie möglich befragen könnten. Das ist mir ein persönliches Anliegen. Vielleicht sollten Sie …»

«Sie meinen, Francesco soll am besten allein zu Ihrer Emma gehen, weil ich ein zu grosser Risikofaktor bin?»

«Es ist nicht meine Emma, Frau Kupfer. Ansonsten finde ich das eine ausgezeichnete Idee. Wirklich ausgezeichnet.»

Ohne eine Antwort abzuwarten, verliess der Staatsanwalt das Büro.

«Ist das nicht edel vom weissen Ritter? Steigt er doch tatsächlich aus seinem Pflanzendickicht in die Niederungen des Alltags hinunter, um eine holde Schöne zu beschützen?! Mir kommen gleich Tränen der Rührung. Nun, Francesco, deine Stärken sind gefragt. Immer schön um den heissen Brei herum reden. Ihr Gatte, liebe Emma, wurde leider bei einem Höpperchen abgemurkst. Aber machen Sie sich keine Sorgen, das bleibt unter uns. Die Freunde Ihres Mannes, sicher auch Kunden bei Nora, waren sofort zur Stelle. Sie wickelten ihn in eine Decke, schleppten ihn in sein Büro und setzten ihn nackt auf seinen Bürostuhl.»

«Er sass nackt auf dem Stuhl?»

Nadine lachte.

«Manchmal bist du schon etwas naiv. Das ist meiner Fantasie entsprungen.»

«Ach so. Schräge Fantasie. Borer war viel zu … viel zu liebenswürdig. Er fleht förmlich, dass wir diese Emma schonen.»

«Vielleicht ist diese Flamme ja noch nicht erloschen und hinter der Selbstlosigkeit unseres ehrwürdigen, notabene verheirateten Staatsanwalts steckt mehr, als er uns verraten will.»

4. Kapitel

Ferrari lag im Krieg. Ein paar Schlachten hatte er bereits verloren, aber er dachte nicht daran aufzugeben. Sein Gegner war kein Geringerer als der Kaffeeautomat des Kommissariats. Das Ding hasst mich. Jeder kommt problemlos zu seinem Kaffee, nur ich nicht. Jetzt kriegst du deine letzte Chance, bevor ich dich in deine Einzelteile zerlege. Ferrari warf einen Jeton ein, drückte auf Cappuccino und wartete, bis der Automat zu rattern begann. Ein leerer Pappbecher brachte sich in Stellung und langsam lief der Kaffee hinein. Geht doch! Nach fünf Sekunden war das Schauspiel zu Ende. Ferrari griff nach dem Becher. Das ist nie und nimmer ein Cappuccino, höchstens ein Espresso! Dieser verfluchte Automat! Der Verzweiflung nahe trank der Kommissär den Espresso, stellte den Becher an den Ausgangspunkt zurück, warf einen weiteren Jeton in den Schlitz und drückte nochmals auf Cappuccino. Der Vorgang wiederholte sich. Ein leerer Pappbecher versuchte sich in Stellung zu bringen. Da bereits der alte dort stand, kam es zur Konfrontation. Die beiden Becher lieferten sich ein heftiges Gefecht, der eine rutschte von der Halterung, während sich der andere auf dem

Sockel verhedderte. Derweil lief der Cappuccino ins Auffanggefäss und auf den Boden.

«Was machst du denn jetzt schon wieder? Kannst du nicht einmal einen Kaffee aus dem Automaten lassen?»

«Also, ich muss schon bitten. Ich bin doch kein kleines Kind. Der Automat hasst mich … Steh nicht so blöd rum, unternimm was.»

Inzwischen war die Lache auf dem Boden zu einem kleinen See angewachsen.

«He, wohin gehst du?»

Eine Minute später drückte Nadine dem Kommissär eine Kleenexschachtel in die Hand.

«Die Abwaschtücher sind alle, aber damit solltest du die Sauerei auch wegkriegen.»

Schöne Hilfe. Fluchend wischte der Kommissär den Boden auf und warf die beiden leeren Pappbecher in den Abfalleimer.

«Was willst du?»

«Einen Cappuccino», murrte Ferrari kleinlaut.

Nadine warf einen Jeton ein und das verdammte Ding produzierte den besten Cappuccino.

«Hier! Gesponsert!»

«Danke. Scheissapparat!»

Ferrari gab dem Automaten einen Tritt und verschwand.

Nach einigen Telefonaten mit Freunden und einem ausgiebigen Gespräch mit Olivia Vischer, die sich am besten im Basler Daig auskannte, wusste er einiges über Peter Grauwiler. Neunundvierzig, seit zwanzig Jahren mit Emma verheiratet. Die Ehe war kinderlos geblieben. Primarschule und Gymnasium in Basel, Jurastudium in Zürich und anschliessend ein zusätzliches Wirtschaftsstudium in St. Gallen. Nach erfolgreichem Abschluss trat er in die Anwaltskanzlei Herzog, Kuster & Petermann ein, zuerst als Angestellter, dann als Teilhaber, nachdem Herzog und Petermann in Pension gegangen waren. Heute hiess die Kanzlei Grauwiler & Kuster. Parallel dazu forcierte er seine politische Karriere. Er war einer der jüngsten Grossräte von Basel. Als Nationalrat scheiterte er zwar im ersten Anlauf, doch im zweiten erreichte er knapp das Ziel. Wahrscheinlich nicht zuletzt, weil er in unzähligen Vereinen im Vorstand sass. Zu diesem Zeitpunkt zog er sich aus dem aktiven Geschäft der Wirtschaftskanzlei zurück, wobei er nie ein Hehl daraus machte, dass er nach seiner politischen Karriere wieder aktiv als Jurist tätig sein wollte. Als Nationalrat war er keine grosse Nummer. Die politischen Gegner monierten dies bei den letzten Wahlen entsprechend laut. Schlagworte wie «Wir brauchen in Bern eine Lobby, keine Hinterbänkler» reichten aber nicht, um den Sonnyboy vom Thron zu stossen. Grauwiler war in der Stadt beliebt. Wenn jemand einen Redner für einen Anlass brauchte, stand er auf der Matte. Und das brachte ihm die nötigen Stimmen zur Wahl ein. Finanziell lag alles im grünen Bereich, wie ihm ein alter Bankkumpel nach kurzer Nachfrage bestätigte. Peter Grauwiler war vermögend. Skandale gab es keine, auch nicht in der Beziehung. Emma hatte ebenfalls studiert, vielleicht sogar zeitgleich mit Jakob Borer, das wollte Ferrari nicht ausschliessen, übte aber ihren Beruf als Psychologin nur kurz aus. Seither war sie ausschliesslich für ihren Mann tätig. Sie koordinierte seine Termine. Olivia glaubte sogar zu wissen, dass Emma die Ghostwriterin von Grauwilers Reden gewesen war. Die Grauwilers wohnten am Binninger Hügel. Ferrari schrieb sich die Adresse «Im Zehntenfrei» auf einen Zettel, als Nadine die Tür hinter sich zuschlug.

«Oh! Schlechte Laune?»

«Nein! Und, was gibt der Strahlemann her?»

«Nichts. Eine lupenreine Karriere. Keinerlei Skandale. Er hat Jura und Wirtschaft studiert, führte zusammen mit seinem Partner Benjamin Kuster eine eigene Kanzlei. Als er Nationalrat wurde, zog er sich aus dem täglichen Geschäft zurück. Sein Partner hält die Stellung.»

«Wo hat er studiert?»

«In Zürich und St. Gallen. Die Ehe mit Emma ist kinderlos. Beruflich war sie so etwas wie die rechte Hand von Grauwiler. Olivia meint sogar, dass sie seine Reden schrieb.»

«Gar nicht so abwegig bei seinem Mammutprogramm. Vernissage in einer Galerie, Einweihung eines Kindergartens, Vortrag beim fünfjährigen Jubiläum des Basler Jassclubs, Kiwanis-Treffen, und alles an einem Tag.»

«Woher weisst du das?»

«Das stand vor einigen Wochen in der Zeitung. In einer Kolumne, die den hyperaktiven Nationalrat ein wenig auf die Schippe nahm.»

«Er sass im Vorstand von rund zwanzig Vereinen, vom Hühnerzüchterverein bis zum Museumsförderzirkel. Er war nicht gerade wählerisch.»

«Volksnah und deswegen sehr beliebt.»

«Bei den letzten Wahlen schlugen sich seine Gegner mit einem falschen Konzept selbst. Sie warfen ihm vor, in Bern zu wenig für Basel zu lobbyieren. Das ging voll in die Hose. Die Leute wollten sich ihren Grauwiler in Bern nicht nehmen lassen.»

Noldi, Nadines derzeitiger Freund oder auch nicht, Ferrari war sich nicht sicher, klopfte und trat ein.

«Hallo Noldi, setz dich.»

«Ich … ich will nicht lange stören. Kann ich dich kurz sprechen, Francesco?»

«Aber sicher. Nun setz dich schon.»

Er blickte zu Nadine hinüber.

«Allein … wenns geht … unter vier Augen!»

Nadine rauschte an Noldi vorbei und versetzte ihm einen solch heftigen Stoss, dass er förmlich auf den Stuhl zuflog, den ihm Ferrari anbot. Der Kommissär wartete geduldig, bis der IT-Spezialist seine Gedanken geordnet hatte. Langsam begann er zu sprechen.

«Es ist … es geht um Thuri. Ihr habt ihn in die Mangel genommen.»

«Nicht ganz, Noldi. Wir unterhielten uns mit ihm. Mehr nicht.»

«Aber Nadine … Nadine bedrängte ihn.»

«Nur das Übliche.»

«Er sei ein Lügner … ein totaler Verarscher.»

«Das hat sie in etwa so gesagt.»

«Siehst du … das ist unfair. Sie nutzt schamlos ihr Wissen über Thuri aus.»

«Willst du nicht besser selbst mit Nadine reden?», versuchte sich Ferrari aus der Affäre zu ziehen, dem solche Gespräche absolut zuwider waren.

«Sie hört mir gar nicht zu.»

«Na schön. Ich wiederhole mich zwar ungern, aber bitte. Wir unterhielten uns mit Thuri. Leider war er ziemlich bockig. Ich baute ihm mehrmals eine Brücke. Fehlanzeige! Dann ist Nadine etwas deutlicher geworden. Ende der Geschichte.»

«Gemein ist sie gewesen!»

«Jetzt reisst mir dann gleich der Geduldsfaden. Arthur weiss mehr, viel mehr, als er uns erzählt, und hat gar keinen Grund, sich bei dir auszuheulen. Und du steigst auch noch voll drauf ein.»

«Aber …»

«Wir müssen einen Mord aufklären und sind auf Thuris Unterstützung angewiesen. Er soll mit uns kooperieren. Das ist für alle das Beste.»

«Das war nicht fair von Nadine.»

Ferrari stand auf.

«So, jetzt ists genug. Du kannst gehen, Noldi. Das

Gespräch ist beendet. Und von jetzt an werde ich Arthur Koch persönlich in die Mangel nehmen. Du kannst ihm sagen, dass ich ihn morgen früh um halb neun hier im Büro mit der Liste von Noras Kunden erwarte. Das ist eine Vorladung. Falls er dieser nicht nachkommt, lasse ich ihn von Big Georgs Leuten abholen.»

«Von der Fahndung? Das … das ist nicht dein Ernst?!»

«Sieh mich an. Glaubst du wirklich, dass ich zum Scherzen aufgelegt bin? Wenns nicht auf die sanfte Tour geht, dann halt mit etwas härteren Bandagen. Merkst du eigentlich nicht, wie er einen Keil zwischen Nadine und dich …»

«Thuri ist mein bester Freund …»

«Wunderbar. Es ist gut zu wissen, wo man steht. Bitte sag deinem besten Freund, dass er sich überlegen soll, ob er mit oder gegen uns arbeiten will. Und sollte er es nochmals wagen, uns so schamlos zu belügen wie heute, leite ich ein Disziplinarverfahren gegen ihn ein.»

Noldi zitterte am ganzen Leib.

«Das … das soll ich ihm sagen?»

«Genau das und nichts anderes», brummte Ferrari mürrisch und blätterte irgendwelche Akten auf seinem Schreibtisch durch. Seine Laune hatte den Nullpunkt erreicht. «Ist noch was?»

«Nein … doch. Ich muss es loswerden. Du wirst immer mehr wie Nadine. Sie vergiftet dich. So hättest du früher nicht mit mir gesprochen.»

Trotzig fixierte Noldi den Kommissär, der nur langsam den Blick hob. Ein Lächeln huschte über seine Lippen.

«Im Vertrauen, Noldi, Nadine ist eine Hexe! Vergiften ist ihr Job. Weisst du, in der Nacht reitet sie auf ihrem Hexenbesen durch die Gegend. Und jedes Mal, wenn ihr zusammen geschlafen habt und du danach glücklich vor dich hin träumst, streut sie heimlich ein Pulver über dich, damit du ihr endgültig verfällst. Du musst dich vor ihr in Acht nehmen.»

«Das ist nicht lustig.»

«Findest du? Gut. Ich bin wütend, verdammt wütend, weil Koch dich gegen Nadine aufhetzt. Er soll vor der eigenen Tür kehren. Nicht Nadine bockt, sondern dein angeblich bester Freund Thuri.»

«Aber Nadine hat ihn vor dir fertiggemacht.»

«Eigenartige Logik. Tatsache ist doch, dass wir einen Kollegen um Mithilfe in einem Mordfall bitten. Er weigert sich und wir erhöhen die Schlagzahl. Doch am Ende ist Nadine die Dumme.»

Noldi drehte sich zur Tür um.

«Das mit der Vorladung … du bestehst darauf?»

«Wenn er nicht kommt, lasse ich ihn in Handfesseln vorführen, und wenn er nicht kooperiert, sperre ich ihn ein!»

«Und?», betrat Nadine fragend das Büro.

«Noldi hat sich über dich beschwert.»

«Der kommt mir gerade recht!»

«Es ist mir gelungen, ihn zu beruhigen.»

«Ein beschwichtigter Noldi sieht aber anders aus. Er ist wortlos an mir vorbeigerauscht.»

«Och, das hängt wahrscheinlich damit zusammen, dass ich ihm die Augen öffnete. Ich habe ihm dein Geheimnis anvertraut. Er weiss jetzt, dass du eine Hexe bist und ihm in der Nacht ein Pulver auf den Körper streust, damit er dir in alle Ewigkeit hörig bleibt.»

«Spinnst du?»

«Und dann liess ich ihn noch wissen, dass die Schonfrist für seinen besten Freund abgelaufen ist. Morgen um halb neun kommt Kollege Koch mit der Liste und falls nicht, lassen wir ihn abholen.»

«Schon besser!»

«Das mit deinem Noldi wird schon wieder.»

«Er ist nicht mein Noldi!»

Na, ja. Dafür, dass es nicht dein Noldi ist, geht dir die Zankerei ein wenig zu fest an die Nieren, sinnierte Ferrari. Diese modernen Beziehungen werde ich wohl nie verstehen. Das ist nichts für mich. Früher ist man entweder miteinander gegangen oder eben nicht. Klare Verhältnisse, klare Linien, starke Gefühle. Mal himmelhoch jauchzend, mal zu Tode betrübt. Genau. Wir waren noch Helden. Aber das ist eine andere Geschichte.

«Scheisse! Vielleicht solltest du mich von den Ermittlungen ausschliessen. Ich bin befangen.»

«Unsinn! Koch weiss jetzt, was ihn erwartet, und das ist gut so. Was konntest du über Nora in Erfahrung bringen?»

«Nicht besonders viel. Sie ist dreissig, ledig, ihre Tochter Julie ist acht Jahre alt. In Basel aufgewachsen, Lehre als kaufmännische Angestellte mit Abschluss 5,7 als Drittbeste ihres Jahrgangs. Danach arbeitete sie als Mitarbeiterin in einer Bank. Nach einem Jahr hat sie gekündigt. In einem offiziellen Register taucht sie erst wieder auf, als ihre Tochter zur Welt kommt. Wahrscheinlich hat sie ihre ersten Kunden bei der Hochfinanz angeworben. Bei den Banken geht ja die ganze Welt ein und aus. Mit der Polizei hatte sie nur ein einziges Mal zu tun. Sie reichte eine Anzeige gegen einen Robert Stolz ein.»

Ferrari nickte.

«Das scheint dich nicht zu überraschen. Kennst du diesen Stolz etwa?»

«Eine schreckliche Figur. Robert Stolz junior, der degenerierte Spross von Andrea und Robert Stolz senior. Stolz ist Inhaber der Arcor AG, die Biogasanlagen herstellt. Die Familie gehört zur Hochfinanz, nicht aber zum Daig.»

«Aha! Ein Neureicher, ein Emporkömmling!», äffte Nadine ihren Chef im breitesten Baseldeutsch nach.

«Bleib lieber bei deinem Berndeutsch. In der Sache hast du allerdings recht. Stolz junior ist immer wieder in die Schlagzeilen geraten. Wilde Partys, Alkoholexzesse … und Belästigungen von Frauen. Die Familie richtete es dann jeweils auf diskrete Weise. Bisher ist er mit einem blauen Auge davongekommen. Er wohnt übrigens in einem schicken Haus am Rhein unweit vom St.Johanns-Tor.»

«Woher weisst du das alles?»

«Wir sind einmal aneinandergeraten. Er soll eine junge Frau betrunken in den Rhein geworfen haben. Sie ist nicht mehr aufgetaucht. Am nächsten Tag lud ich ihn zum Verhör vor», Ferrari schmunzelte.

«Und dann?»

«Das war kein Zuckerschlecken. Borer kann ein Lied davon singen. Stolz' Vater ist mit einem Regiment von Anwälten angetanzt. Unser Herr Staatsanwalt wehrte sich wacker. Nach zwei Tagen ist die junge Frau plötzlich wieder zum Vorschein gekommen. Sie war eine ausgezeichnete Schwimmerin und hatte sich bei einer Freundin versteckt. Sie wollte Stolz junior Angst einjagen, mit Erfolg. Die achtundvierzig Stunden in Untersuchungshaft bewirkten, dass er sich zukünftig etwas zurückhielt.»

«Bis auf die Anzeige von Nora.»

Ferrari blätterte die Seite mit Nadines Notizen um. Keine weiteren Vorkommnisse. Nora ging anscheinend sehr diskret ihrer Tätigkeit nach. Musste sie auch, bei den hochkarätigen Kunden, die sich absolut keine Skandale leisten konnten.

«Wir müssen Nora Schüpfer finden. Wo versteckt sie sich bloss und warum?»

«Wenns einer weiss, dann Koch.»

«Und der wird es uns nicht freiwillig verraten. Was sind jetzt unsere nächsten Schritte, Chef?»

«Wir machen Feierabend. Morgen ist auch noch ein Tag. Kommst du zu uns? Es gibt Polenta und Saltimbocca alla romana.»

«Nein, danke. Mir ist nicht nach Gesellschaft. Ich werde noch eine Runde joggen und es mir dann auf meinem Sofa gemütlich machen. Ein anderes Mal gern.»

«Kein Problem», entgegnete Ferrari und verstaute die auf dem Tisch liegenden Akten in die oberste Schublade. Dabei fiel sein Blick auf die Lottoscheine. Entsetzt starrte er auf die Uhr, zu spät! Gerade heute, wo ich bestimmt gewonnen hätte.

«Du gewinnst seit Jahren nichts, also wieso heute?»

«Sag das nicht. Wenn ich mich beeile, reicht es vielleicht noch. Am Bahnhof gibt es mehrere Annahmestellen.»

«Soll ich dich hinfahren?»

Mit dem Porsche? Die Irre rast womöglich direkt in die Schalterhalle.

«Na, was ist jetzt?»

«Gern! Aber wir müssen Gas geben.»

«Dass ich das aus deinem Mund einmal höre! Wow! Pack deine Scheinchen ein und in zwei Sekunden stehen wir am Kiosk. Und wehe, du …»

Weiter kam Nadine nicht, denn ohne anzuklopfen, stürmten Noldi und Arthur Koch ins Büro.

«Klopfen, meine Herren, anklopfen ist angesagt!»

«Nadine … Francesco … Julie ist verschwunden!», stammelte Noldi verzweifelt.

«Nicht verschwunden, Julie ist entführt worden!», Kochs Stimme überschlug sich.

«Nun mal mit der Ruhe», versuchte Ferrari Ordnung ins Chaos zu bringen. «Wie kommt ihr darauf, dass das Mädchen entführt worden ist?»

Noldi liess sich auf einen Stuhl fallen.

«Weil Thuri bei euch gewesen ist, habe ich Julie von der Schule abgeholt und zu Noras Freundin gebracht.»

«Zu dieser Rebecca nach Hause?»

«Ja … nein … also Rebecca ist auch Noras Haushaltshilfe. Heute ist Putztag und Rebecca war deshalb bei Nora in Bettingen. Ich brachte Julie so gegen halb eins nach Hause.»

«Waren Peters Leute nicht dort?»

«Ja, etwa zwei Stunden am Nachmittag. Julie ist aber erst vor einer Stunde verschwunden. Sie war für kurze Zeit im Garten …»

«Kann es nicht sein, dass sie bei einer Freundin ist?»

«Das ist unwahrscheinlich um diese Zeit. Zudem würde Julie nie ohne Erlaubnis das Grundstück verlassen.»

«Bevor wir nach Bettingen fahren, ein paar Worte zu dir, Thuri. Jetzt nimmt die Sache eine neue Dimension an. Wenn du etwas weisst, dann ist jetzt der Augenblick, die Karten auf den Tisch zu legen. Nur so hilfst du Nora und Julie.»

«Ich … Francesco, du musst mir glauben, ich weiss wirklich nichts. Heute früh sprach ich zum letzten Mal mit Nora. Sie war irgendwie komisch. Ich fragte sie, ob etwas sei. Nein, nichts. Aber ich glaubte ihr nicht, deshalb bin ich auch zu Noldi und Nadine gegangen. Irgendwie verliess mich der Mut. Ich hätte meinem ersten Gedanken folgen und ins Gundeli fahren sollen. Mein Gott, hoffentlich ist Nora und Julie nichts zugestossen.»

«In welcher Strasse wohnt Nora Schüpfer?»

«In der Talmattstrasse.»

«Ihr bleibt hier und informiert Rebecca, wie heisst sie mit Nachnamen?»

«Haller … Rebecca Haller … Ich will mitkommen, Francesco.»

«Okay, Thuri. Noldi, ruf bitte Rebecca Haller an. Sag ihr, dass sie im Haus bleiben soll. Wir sind in einer halben Stunde in Bettingen.»

Nadine lieh sich Big Georgs Dienstwagen aus. Ferrari verfluchte seinen Kollegen dafür. Mit Blaulicht und Sirene, sozusagen mit dem Segen des Staates und ohne Rücksicht auf Verluste, raste sie durch die Stadt. Den Steinenberg hinauf, oben links, obwohl man hier unter keinen Umständen links abbiegen darf, in den St. Alban-Graben über die Wettsteinbrücke an der Hoffmann-La Roche vorbei Richtung Grenze. Das Kraftwerk von Birsfelden flog rechter Hand von Ferrari nur so vorbei. Vor dem Zoll rammte sie beinahe einen Bus, der um die Ecke bog. Mit Vollgas gings weiter am Friedhof Hörnli vorbei, wo wir bald alle zur ewigen Ruhe gebettet werden, wenn sie nicht endlich vom Gaspedal geht, und dann hoch zum Wenkenpark und weiter ins Dorfzentrum von Bettingen. Dort trat sie erstmals kurz auf die Bremse, bevor sie in die Talmattstrasse einbog.

«Wow! Super! Das sollten wir öfters machen, Francesco!», kommentierte Nadine ihre Fahrt.

«Das muss nicht sein! Wirklich nicht.»

Der Kommissär wankte zum Haus von Nora. Jegliche Farbe war aus seinem Gesicht gewichen.

«Du Memme!»

Rebecca Haller sass weinend am Esstisch. Als sie Arthur Koch sah, warf sie sich ihm in die Arme. Sie war vollkommen aufgelöst.

«Ich kann nichts dafür, Thuri. Wirklich nicht. Es tut mir so leid. Hoffentlich … ich darf gar nicht daran denken …»

«Schon gut, Rebecca. Mach dir keine Sorgen. Das hier ist Kommissär Francesco Ferrari, Nadine kennst du ja. Sie werden Julie finden.»

Sie nickte den beiden zu.

«Sie ist nur für einen kurzen Augenblick nach draussen gegangen. … ‹Es ist kühl, zieh dir etwas Warmes an und komm spätestens in einer halben Stunde wieder hinein, sonst holst du dir noch einen Schnupfen›, ermahnte ich sie. Ich wollte dann nach einer Viertelstunde nach ihr sehen und bin hinausgegangen. Da war sie verschwunden.»

«Könnte sie zu einer Freundin gegangen sein?»

«Ich habe sofort die Stephensens und die Rösslers angerufen. Die wohnen nebenan. Aber dort ist sie nicht. Sie kann doch nicht einfach verschwinden, Thuri! Was soll ich nur Nora sagen? Sie wird mir Julie nie mehr anvertrauen ...» Die letzten Worte gingen im Schluchzen unter.

«Ist Ihnen etwas Aussergewöhnliches aufgefallen?»

«Aufgefallen? Was meinen Sie damit?»

«Stand zum Beispiel eine fremde Person vor dem Haus?»

«Das weiss ich nicht. Ich habe geputzt und nicht nach draussen geschaut. Thuri, was geht hier vor? Wo ist Nora? Ich kann sie nicht erreichen und wer hat Julie entführt?»

«Ob sie entführt worden ist, wissen wir noch nicht, Rebecca.»

«Bitte sag mir, wo Nora ist? Ich muss mit ihr reden.»

«Das wissen wir leider auch nicht.»

«Mein Gott!»

«Thuri, bleib du bitte bei Frau Haller. Nadine und ich reden mit den Nachbarn.»

Eine Stunde später trafen sie sich vor der Haustür wieder. Ohne Ergebnis, das Mädchen war spurlos verschwunden und niemand hatte etwas gesehen oder bemerkt. Mist. Sonst sehen doch die lieben Nachbarn immer alles, vor allem jene Dinge, die sie nichts angehen. Beim Haus schräg gegenüber fuhr ein Mercedes in die Garage.

«Fragen wir noch diesen Mann», schlug Ferrari vor.

Der Greis, wahrscheinlich weit über achtzig und nicht mehr besonders rüstig, ein Wunder, dass er überhaupt noch Auto fahren konnte, öffnete im Zeitlupentempo das Garagentor.

«Entschuldigen Sie …»

«Ja, bitte?»

«Wir sind von der Polizei.»

«Von der Polizei? Zwei echte Polizisten?» Er hielt sich Nadines Ausweis vor die Augen. «Sind Sie eine echte Kommissärin, Fräulein?»

«Das ist sie und ich bin auch einer.»

Der Alte näherte sich Ferrari.

«Sie kenne ich, junger Mann. Es fällt mir nur nicht ein, woher. Wollen Sie nicht für einen Kaffee reinkommen? Den Wagen kann ich ja später in die Garage fahren.»

«Sehr gern.»

Nadine trug dem Alten eine Tüte mit Lebensmitteln ins Haus. Ferrari sah sich in der Eingangspartie der Liegenschaft um. Von aussen wirkte das Haus eher bescheiden, innen jedoch glich es einem kleinen Palast. Über eine Laube gelangte man in einen wunderbaren Garten mit Swimmingpool und weiter hinten sah der Kommissär eine weitere kleine Villa.

«Dort wohnt mein Butler mit seiner Frau. Na ja, Butler ist der falsche Ausdruck. Er ist vielmehr ein Freund, der mir die schweren Arbeiten abnimmt.

Zurzeit sind sie aber in Chur an einer Beerdigung. Ja, ja, Freunde zur letzten Ruhestätte begleiten ist so etwas wie die Hauptbeschäftigung im Alter. Übrigens, mein Name ist von Wartburg, Andreas von Wartburg.»

«Freut mich, Francesco Ferrari und meine Kollegin Nadine Kupfer.»

«Ganz meinerseits … Ferrari … ah, jetzt weiss ich, woher ich Sie kenne. Ines Weller ist eine gute Bekannte von mir. Sie schwärmt andauernd von Ihnen. Das war eine traurige Sache damals mit ihrer Familie.»

Von Wartburg spielte auf einen der tragischsten Fälle an, den Nadine und der Kommissär vor anderthalb Jahren lösen mussten.

«Aha! Dann sind Sie also seine Partnerin.» Von Wartburg trat einen Schritt zurück. «Ines hat nicht gelogen.»

«Womit?»

«Sie sagt, Francescos Partnerin sei eine der schönsten Frauen, die ihr je begegnet sind. Das ist die pure Wahrheit, junge Frau.»

Nadine lächelte verlegen.

«Ich bin ein alter Schwindler, Frau Kupfer. Ich kann nämlich gar keinen Kaffee kochen. Diese neuartigen Maschinen begreife ich nicht. Es ist so eine, für die dieser bekannte Schauspieler wirbt … jetzt ist mir sein Name entfallen … Tja, das Alter.»

«George Clooney.»

«Genau der. Ein interessanter Mann. Aber natürlich nichts für Sie, viel zu alt.»

«Och, Clooney würde ich nicht von der Bettkante schupsen.»

«Sie gefallen mir, junge Frau. Fünfzig Jahre jünger und ich würde versuchen, Sie rumzukriegen. Würden Sie sich bitte, wenn das nicht zu unverschämt ist, um die Clooney-Maschine kümmern?»

Mit einem Lächeln entschwand Nadine in Richtung Küche. Was Charme alles bewirken kann! Normalerweise hätte es bei solch stereotypen Anweisungen einen Riesenaufstand gegeben.

«Setzen Sie sich doch, Herr Kommissär. Der Kaffee kommt gleich. Ich beneide Sie um Ihre Partnerin.»

«Sie sind nicht der Einzige.»

«Das kann ich mir gut vorstellen. Dass ich Sie einmal kennenlernen würde ... Ja, die Ines. Ein tapferes Mädchen.»

«Woher kennen Sie Ines Weller?»

«Ihr Vater und ich waren Geschäftsfreunde.»

«Von Wartburg ... von Wartburg ... Sind Sie der Bankier?»

«Ich war der Bankier, Herr Ferrari, und Ines' Vater zählte zu meinen besten Kunden. Inzwischen führt mein Enkel Stephan die Bank, und zwar mit grossem Geschick. Mein Sohn ... eine Tragödie.»

Ferrari erinnerte sich. Von Wartburgs Sohn war bei einem Flugzeugabsturz mit seiner Frau, nein, mit seiner Mutter, ums Leben gekommen. Nadine kam mit drei Tassen Kaffee zurück.

«Wow! Ein Traum, diese Küche!»

«Das war Ediths Wunsch. Vom Kochen verstehe ich nicht viel, umso mehr vom Essen. Viel Freude hatte sie nicht mit ihrer Küche. Sie erinnern sich an den Unfall, Herr Ferrari?»

«Ihr Sohn und Ihre Frau sind mit einem Privatflugzeug abgestürzt.»

«Vor über zehn Jahren. Mir ist es, als ob es erst gestern war. Wissen Sie, dieser Schmerz bleibt und niemand und nichts vermag die Leere zu füllen. So ist das Leben ... Herrlich, ein köstlicher Kaffee ... Aber ich langweile Sie mit meinen alten Geschichten. Was kann ich für Sie tun?»

«Kennen Sie Nora Schüpfer von gegenüber?»

«Ja, natürlich. Eine attraktive junge Dame. Bei Weitem nicht so schön wie Sie, Frau Kupfer», der alte Charmeur konnte es nicht lassen, «aber eine sehr zuvorkommende junge Frau. Sie fragt mich immer, ob sie etwas für mich aus der Stadt mitbringen soll. Was ist mit ihr?»

«Eine Freundin von ihr hütete heute ihre Tochter.»

«Julie! Ein herziges kleines Mädchen.»

«Sie spielte im Garten und ist dann plötzlich verschwunden.»

«Verschwunden? Wie meinen Sie das? Kleine Mädchen verschwinden nicht einfach.»

«Wir ... wir befürchten, dass sie entführt worden ist.»

«Entführt?! Hier aus Bettingen! Das ist nicht möglich. Ich wohne seit meiner Kindheit hier und so etwas ist noch nie passiert. Vielleicht ist das Kind bei einer Freundin.»

«Bei den Nachbarn ist sie leider nicht und niemand hat etwas gesehen. Sie sind unsere letzte Hoffnung. Waren Sie den ganzen Tag unterwegs?»

«Nein, nein. Ich bin nur kurz ins Dorf gefahren, seit langem zum ersten Mal. Das war keine gute Idee. Es ist definitiv an der Zeit, den Führerschein abzugeben. Ich bin eine Gefahr für alle anderen. Bei der Ausfahrt aus der Garage wäre ich beinahe mit dem Audi von Dieter Merian zusammengestossen und an der Kreuzung unten, als ich nach rechts in die Hauptstrasse Richtung Zentrum abbiegen wollte, rammte ich beinahe eine schwarze Limousine. Der Mann liess sogar das Fenster hinunter und schrie mich heftig an.»

«Konnten Sie die Automarke erkennen?»

«Ein Mercedes war es nicht, aber schon ein grosser Wagen.»

«Kannten Sie den Mann?»

«Nein, er kam mir nicht bekannt vor. Ob er zum ersten Mal hier war, entzieht sich meiner Kenntnis. Ich kenne zwar die Nachbarn, aber ich weiss natürlich nicht, wer dort ein- und ausgeht. Es tut mir sehr leid. Eine grosse Hilfe bin ich Ihnen nicht.»

«Vielleicht doch. Immerhin sind Sie der Einzige, der überhaupt etwas gesehen hat.»

Aufgrund dieses Hinweises versuchten Nadine und Ferrari ihr Glück erneut bei den Nachbarn. Einer von ihnen konnte sich an einen BMW erinnern. Er hatte unmittelbar bei seiner Einfahrt parkiert, zwei Häuser von Nora Schüpfer entfernt. Von da aus konnte man das Anwesen perfekt beobachten. Als der Nachbar hupte, weil er ihm den Weg versperrte, war die Person losgefahren. Mit grösster Wahrscheinlichkeit stand der BMW-Fahrer nicht zufällig in der Strasse. Nadine und Ferrari waren sich einig, auch wenn es keine Beweise gab: Der Mann im BMW hatte die kleine Julie entführt. Aus welchen Gründen auch immer.

5. Kapitel

Die sofort eingeleitete Fahndung würde hoffentlich bald etwas bringen. Ein vermisstes Kind, das war einfach schrecklich. Nadine fuhr Ferrari sowie Kollege Koch nach Hause und anschliessend Georgs Dienstwagen ins Kommissariat. Ohne Blaulicht und Sirene. Müde und nachdenklich betrat der Kommissär die Küche, Monika räumte gerade die Geschirrspülmaschine aus.

«Sorry, dass ich erst jetzt komme. Es war ein langer Tag.»

Ferrari küsste sie.

«Grauwiler?»

«Du weisst es schon?»

«Radio ‹Basilisk› und ‹Telebasel› brachten es in den Abendnachrichten.»

«Was genau wurde berichtet?»

«Dass Grauwiler in seiner Kanzlei ermordet worden sei. Bisher sei niemand verhaftet worden, die Polizei tappe noch im Dunkeln. Dieser Sonderegger, den ich nicht ausstehen kann, der schwafelte dann etwas von einem politischen Mord. Möchtest du noch etwas essen?»

«Gern. Ich habe einen Riesenhunger. Du bist meine Rettung! Wie habe ich dich bloss verdient?»

In der nächsten Stunde verdrückte der Kommissär zwei grosse Portionen Saltimbocca mit Polenta, trank gemeinsam mit Monika eine Flasche Aigle rouge und erzählte von seinem Tag.

«Puh! Jetzt bin ich aber satt. Es hat vorzüglich geschmeckt.»

«Danke. Hoffentlich findet ihr diese Nora und die Kleine bald.»

«Ich kann mir einfach keinen Reim darauf machen. Weshalb entführt jemand die Tochter von Nora Schüpfer?»

«Vielleicht ist sie gar nicht entführt worden.»

«Sondern?»

«Vielleicht war es ein Bekannter, der sie im Auftrag von Nora abholte.»

«Ohne Rebecca zu informieren?»

«Wenn sich die Mutter fürchtet, liess sie Julie wahrscheinlich heimlich abholen und ist mit ihr längst über alle Berge geflüchtet. Je weniger Menschen davon wissen, umso besser.»

Ferrari wurde von heftigem Gepolter im oberen Stock abgelenkt.

«Hat Nikki Besuch?»

«Ja, Dascha übernachtet bei uns. Sie machen zusammen eine Gruppenarbeit.»

«Gut.»

«Dascha erzählte uns beim Nachtessen eine komische Geschichte.»

«Familienprobleme?»

«Nein. Boris hat einen Gebrauchtwagen gekauft und ist wahrscheinlich gelinkt worden.»

Ferrari nickte. Boris war genau der Typ, der sich von einem gewieften Occasionhändler über den Tisch ziehen liess. Komischerweise hörte man immer wieder von solchen dubiosen Geschäftemachern, bloss zur Anzeige kam es meistens nicht. Blieb ein Kunde hartnäckig und drohte mit rechtlichen Schritten, wurde ein Vergleich gemacht. Doch meistens resignierte der Kunde und schrieb die Sache unter Lehrgeld ab.

«Wo?»

«Irgendwo in Kleinhüningen. Dascha besorgt mir die Adresse von diesem Betrüger.»

«Warum das denn?»

«Weil man einen Mann wie Boris nicht mir nichts, dir nichts über den Tisch zieht.»

Ferrari sah Boris vor sich. Klein, gedrungen, hoch anständig und ängstlich. Seine Ermunterungen, dass er sich in der Schweiz nicht fürchten müsse, zumal wir in einem Rechtsstaat leben, in dem alle gleich behandelt werden, nutzten nichts. Immer und immer wieder redete der Kommissär auf ihn ein, machte ihm Mut, am kulturellen und politischen Geschehen in Birsfelden teilzunehmen, bis er sich schliesslich zu einer Elternversammlung mitschleppen liess, die leider Gottes in Aufruhr endete.

«Aber lass mich bitte aus dem Spiel», wandte sich Ferrari wieder an Monika.

«Weisst du noch am Elternabend? Da ist es dir immerhin gelungen, den italienischen Gemüsehändler und den spanischen Coiffeur in die Schranken zu weisen, die sich als Superschweizer aufgespielt hatten.»

«Hm!»

«Dann drohtest du dem Rektor, dass du dich in die Schulkommission wählen lässt und ihn absetzt. Das war sehr eindrücklich.»

«Ich will nicht darüber reden.»

«Wieso nicht? Du hast mit Bravour die beiden Besserschweizer kaltgestellt und die unberechtigten Vorwürfe gegen Dascha, die mit Sicherheit keine Mitschüler beleidigt hat, in der Luft zerpflückt. Du, mein grosser Held!»

Monika lachte und zupfte ihn am Ohr.

«Lass das! Und so nebenbei sind all meine Bemühungen kläglich gescheitert, Boris davon zu überzeugen, dass es in der Schweiz eine Gerechtigkeit gibt. Seit jenem Vorfall in der Schule weigert er sich standhaft, mit mir irgendwohin zu gehen. Er kommt nicht einmal an einen FCB-Match mit.»

«Das mit dem gleichen Recht für alle ist sowieso eine Illusion. Es gibt Gleiche und Gleichere.»

«Ja, ja, schon gut. Wie alt ist der Wagen von Boris? Und welche Marke?»

«Ein Fiat, fünfzehn Jahre alt, hat über hundertneunzigtausend Kilometer auf dem Buckel.»

«Mann oh Mann! Wie viel hat er für die Kiste bezahlt?»

«Dreitausendsiebenhundert Franken. Das war vor drei Monaten. Gestern blockierte dann auf der Autobahn so ziemlich alles in diesem Auto. Er kann von Glück reden, dass er noch rechtzeitig auf den Pannenstreifen gefahren ist. Cortellini schleppte ihn ab, was ihn auch noch ein hübsches Sümmchen kosten wird. Wenn er wenigstens beim TCS oder ACS Mitglied wäre, die hätten ihn kostenlos abgeschleppt. Aber das ist er nicht. Zu guter Letzt kam die Hiobsbotschaft aus der Garage: Man könne nichts mehr machen, das Auto sei total im Eimer.»

«Seltsam. Der Händler musste den Wagen doch vor dem Verkauf vorführen. Allem Anschein nach ist er durch die MFK gekommen.»

«Sicher ein Freund. Das kennt man ja bei euch Brüdern.»

«He! Es gibt keinen Grund, mich anzugreifen. Das mit ‹euch Brüdern› will ich nicht gehört haben. Ich glaube auch nicht, dass man bei der MFK tricksen kann. Die sind knallhart. Stell dir vor, einer der Prüfer gibt ein Gefälligkeitsgutachten ab, und einen Tag später verursacht der Fahrer mit seinem Schrotthaufen einen Unfall. Dann wäre der Prüfer geliefert. Wenn ich dich richtig verstehe, willst du mit dem Schlitzohr in Kleinhüningen reden?»

«Exakt, das heisst, ich begleite Boris. Es kann sicher nichts schaden, wenn ich dabei bin. Oder bist du dagegen?»

Der Kommissär starrte auf den laufenden Fernseher. In der Wiederholung von «7vor7» auf «Telebasel» wurde Marco Streller eingeblendet. Ferrari verstand aber nicht, um was es ging. Marco wird uns doch nicht verlassen, womöglich zusammen mit Alex Frei? Dann wären wir erledigt. Titel ade! Weshalb kann Monika nicht für eine Sekunde still sein? Ich verstehe kein Wort. Der Kommissär grapschte nach der Fernbedienung. Zu spät, aus und vorbei! Was interessiert mich das blöde Wetter und die drümmlige Wetterfee im Regen? Ich darf die nächste Wiederholung unter keinen Umständen verpassen. Monika riss ihm die Fernbedienung aus der Hand und schaltete das Gerät aus.

«He! Francesco, ich rede mit dir.»

«Wie? Das … das war Marco Streller.»

«Unverkennbar. Dein Gott Marco!»

«Immerhin sind wir dank ihm Meister und Cupsieger geworden und haben in der Champions League ManU und die Bayern geschlagen.»

«Ich dachte immer, dass elf Mann auf dem Feld stehen.»

«Ja, schon. Aber Marco und Alex sind die halbe Miete. Und jetzt weiss ich nicht, weshalb über ihn berichtet wurde. So ein elender Mist! Vielleicht geht er ins Ausland. Die grossen Klubs reissen sich um ihn. Ich darf gar nicht daran denken, was dann aus uns wird …»

«Ach, Gottchen, wie tragisch. Was wird aus Francescolein, wenn Marco nicht mehr da ist? Eine existenzielle Frage.»

«Du kannst gut spotten. Ich erinnere mich noch gut an die Zeiten in der Nati B mit eintausend Zuschauern. Statt ManU und Bayern hiessen die Gegner Kriens und Winterthur. Das möchte ich nie mehr erleben.»

«Dann sollte sich dein Club mittelfristig etwas einfallen lassen. Die beiden spielen auch nicht ewig.»

«Aber ein paar Jahre schon noch. Und solange Marco und Alex spielen, sind wir unschlagbar.»

«Wie alt … was führen wir da eigentlich für eine Unterhaltung? Sehr raffiniert, du lenkst vom eigentlichen Thema ab, weil es dir unangenehm ist.»

«Was? Das wegen Boris?»

«Was habe ich gesagt, bevor dich Marco ablenkte?»

«Dass … dass … ich soll Boris nach Kleinhüningen begleiten?»

«Du hörst mir nie zu, Francesco!»

«Ich höre dir immer zu, mein Schatz.»

«Dann wiederhole bitte meinen letzten Satz.»

«Ich … ich … du willst Boris nach Kleinhüningen begleiten.»

Monika entspannte sich. Ah! Nochmals mit einem blauen Auge davongekommen.

«Spricht etwas dagegen?»

«Ich finde es sogar gut. Aber pass auf. In diesem Gewerbe wird mit harten Bandagen gekämpft.»

«Das kann ja heiter werden. Willst du nicht doch lieber mitkommen, Francesco?»

Sie kraulte ihn hinter dem Ohr.

«Hör auf damit. Ich komme unter keinen Umständen mit.»

«Und wenn ich ganz lieb zu dir bin?»

«Nein … nein … und nochmals nein!»

«Und, wenn ich besonders lieb zu dir bin?»

Ferrari seufzte.

«Also gut, machen wir einen gutschweizerischen Kompromiss. Du gehst mit Boris hin. Wenn ihr mit dem Ergebnis nicht zufrieden seid, nehme ich die Sache in die Hand.»

Monika strahlte und zog ihn ins Schlafzimmer.

6. Kapitel

Die «Basler Zeitung» brachte den Mord an Nationalrat Peter Grauwiler als Aufmacher auf der Titelseite. Und auf den Seiten zwei und drei folgte als Thema des Tages eine Würdigung durch alt Regierungsrat Gustav Koller, wobei dieser sichtlich Mühe bekundete, die politischen Grosstaten hervorzuheben. Nach wenigen Sätzen lobte er seine Verdienste für die Stadt Basel im kulturellen Bereich und strich vor allem sein Engagement als Mitglied des Fasnachts-Comités heraus. Fasnächtler war er also auch. Der Journalist liess sich zu keinerlei Spekulationen bezüglich des Mörders hinreissen. Er zählte lediglich die Fakten auf und zitierte Staatsanwalt Borer, der von schwierigen Ermittlungen, aber bereits von einer konkreten Spur sprach. Seine Leute seien Tag und Nacht im Einsatz und würden alles daran setzen, den Mordfall innert Kürze aufzuklären. Glücklicherweise hatte keiner der Journalisten mitbekommen, wo Grauwiler in Wirklichkeit ermordet worden war, und auch die Entführung von Julie war noch nicht durchgesickert. Einzig der «Blick» schrieb von zwielichtigen Bekanntschaften des Nationalrats, ohne wirklich konkret zu werden. Zitiert wurde eine Person aus dem Milieu, selbstverständlich der

Redaktion bekannt. Die provokante Überschrift «Ist Nationalrat Grauwiler Opfer der Basler Mafia geworden?» war natürlich als Frage gestellt, um ja keinen Prozess wegen Verleumdung zu riskieren. Andere Schweizer Zeitungen hielten sich mit Anschuldigungen und Verdächtigungen zurück. Der Kommissär blätterte den Sportteil durch und blieb an den Lottozahlen hängen. Glück im Unglück! Ich hätte nichts gewonnen, aber die Systemkette ist unterbrochen.

Es regnete in Strömen, gleichmässig und unablässig. Ferrari starrte aus dem Fenster. Wo hält sich Nora Schüpfer auf? Liess sie ihre Tochter Julie von einem Bekannten abholen, um mit ihr unterzutauchen, wie Monika vermutete? Wenn ja, aus welchem Grund? Hatte sie etwas gesehen, kannte sie gar den Mörder? Oder war sie die Täterin?

«Worüber denkst du nach? Man spürt ja förmlich, wie dein Hirn arbeitet.»

«Wieso versteckt sich Nora?»

«Weil sie den Mörder kennt und jetzt um ihr Leben fürchtet. Grauwilers Chauffeur wartet unten, soll ich ihn raufholen? Hast du gewonnen?» Nadine zeigte auf die Lottozahlen.

«Nein, aber es ist sowieso etwas dazwischengekommen, wie du weisst.»

«Was kostet ein Lottoschein?»

«Kommt ganz darauf an, wie hoch dein Einsatz ist. Du kannst schon für drei Franken spielen.»

«Und du?»

«Immer für einundzwanzig.»

«Zwei Mal in der Woche?»

«Nicht immer.»

«Blödsinn, natürlich spielst du zwei Mal in der Woche. Swiss Lotto, Euro Millions, dann Lotto in Deutschland und in Frankreich.»

«In Frankreich spiele ich nicht.»

«Gut. Das macht hundertsechsundzwanzig Franken in der Woche. Aufs Jahr hochgerechnet gibst du mehr als sechstausendfünfhundert Franken aus! Wahnsinn. Wie viel gewinnst du im Jahr?»

«So darfst du nicht rechnen. Es könnte ja sein, dass ich den Jackpot knacke. Ferrari, der Millionär! Wie klingt das?»

«Es hätte ja eine Igeldame sein können, sprach der Igel und sprang vom Kaktus.»

«Hm!»

«Was ist jetzt mit dem Chauffeur?»

«Ja, hol ihn bitte. Danke, Nadine.»

Max Gerber war um die sechzig. Ziemlich korpulent. Verlegen klammerte er sich an sein Béret.

«Setzen Sie sich bitte, Herr Gerber.»

«Eine schlimme Sache, Herr Kommissär. Eine schlimme Sache.»

«Würden Sie uns bitte erzählen, was Sie gestern Morgen gesehen haben?»

«Nicht viel. Nicht viel. Ich musste meinen Chef in

der Kanzlei abholen. Das war schon ein wenig eigenartig. Eigenartig.»

«Wieso?»

«Der Chef war kein Frühaufsteher. Normalerweise holte ich ihn um neun Uhr zu Hause ab. Seine ersten Termine hatte er dann so gegen zehn.»

«Und gestern bestellte er Sie nicht nach Hause, sondern ins Büro.»

«Ja, ganz sonderbar. Ganz sonderbar. Seit Langem wieder einmal ging er in sein Büro. Wissen Sie, er ist nicht mehr oft dort, weil er ja keine Kunden mehr betreut. Und dann noch so früh am morgen. So früh.»

«Wann rief er Sie an?»

«Um halb sieben. Ich sass mit meiner Frau beim Tee. Ich trinke morgens immer eine Kanne Tee. Das gibt mir dann den Boden für den Tag. Dazu lese ich die Zeitung und bereite mich auf den Tag vor. Kaffee vertrage ich nicht. Zum Glück erreichte er mich noch daheim.»

«Wie meinen Sie das?»

«Ursprünglich war geplant, dass ich ihn zu Hause abhole, Frau Kupfer. Er rief mich also an, um mir die Programmänderung mitzuteilen. Er meinte, ich solle ihn um halb acht in der Kanzlei aufladen. Das waren seine Worte. Aufladen. Ich wartete unten auf ihn. Als er nicht kam, bin ich mit dem Lift hochgefahren. Da bin ich ihm geradewegs in die Arme gelaufen.»

«Waren noch andere Leute im Büro?»

«Nein, er war ganz allein. Ganz allein. Es ist eine

kleine Kanzlei, Herr Kommissär. Sie sind nur zu dritt: Herr Kuster, mein Chef und Frau Steiner. Uiuiui, der Chef war ziemlich schlecht gelaunt. Ich fragte, ob ich helfen könne, aber er verneinte. Die Akte, die er suche, liege wahrscheinlich in Bern. Dann bat er mich, ihn ins Gundeli zu fahren, was ich selbstverständlich tat.»

«Haben Sie ihn schon öfters in die Lerchenstrasse gefahren?»

«Nein, zum ersten Mal. Ich musste das Haus zuerst suchen. Dieser Umstand gab Anlass zu einer Grundsatzdiskussion. Der Chef meinte, ich solle mir endlich ein GPS zulegen, denn Zeit sei ja bekanntlich Geld. Er war an diesem Morgen sehr schlecht gelaunt. Sehr schlecht.»

«Dann waren Sie so gegen acht dort.»

«Kurz vor acht. Ich parkierte vor dem Haus und wartete.»

«Wussten Sie, wen er aufsucht?»

«Das … das ist mir jetzt aber peinlich … Der Chef ist bei einer Prostituierten gewesen. Hanspeter Sonderegger hat es mir im Vertrauen erzählt. Peinlich. Peinlich.»

«Hat Ihnen Peter Grauwiler gesagt, wie lange es dauert?»

«Nein, nur, dass ich warten soll. Das kam des Öfteren vor. Ich habe immer wieder Stunden lang vor Lokalen gewartet, ich lese dann eine Zeitung oder ein gutes Buch. Das Warten macht mir nichts aus.»

«Aber Sie haben noch nie in der Lerchenstrasse auf

Ihren Chef gewartet, richtig?», hakte Nadine nach.

«Dort noch nie. Noch nie, Frau Kupfer. Aber das wundert mich auch nicht. Wenn der Chef dort seinen … seinen Vergnügungen nachging, wollte er sicher nicht, dass ich das sehe.»

«Aber gestern schien ihn das nicht zu stören.»

«Wir mussten um neun Uhr an einer wichtigen Sitzung in Augst sein. Vielleicht musste ich ihn zu der Frau fahren, weil er nicht viel Zeit hatte. Ich wäre nie auf den Gedanken gekommen, dass mein Chef dort mit einer Frau, Sie wissen schon», Gerber senkte errötet den Kopf, «ich dachte, dass dort vielleicht jemand aus der Partei wohnt oder ein Kunde der Kanzlei.»

«Weshalb sind Sie eigentlich ins Haus gegangen?»

«Da ist diese Frau gewesen. Sie ist total verstört aus dem Haus gerannt. Zu diesem Zeitpunkt dachte ich noch nichts Schlimmes, aber dann wurde die Zeit langsam knapp. Der Termin in Augst war wichtig. Der Chef hatte das die ganze Zeit betont. Lieber eine halbe Stunde zu früh als eine Minute zu spät. Ich bin also ausgestiegen und, da die Haustür offen stand, bin ich von Wohnung zu Wohnung. Im zweiten Stock links war die Tür nur angelehnt. Ich habe gerufen, keine Antwort. Also klopfte ich an und trat ein. Der Chef lag auf dem Bett … Alles war voller Blut. Ich schrie, ‹Chef, um Himmels willen, Chef, so antworten Sie doch›. Dann bin ich hinuntergerannt und habe Herrn Sonderegger angerufen.»

«Weshalb nicht die Polizei?»

«Ich weiss nicht … er ist mir spontan eingefallen, weil er sich mit dem Chef in Augst treffen wollte. Ich schrie ins Telefon: ‹Der Chef ist tot. Der Chef ist tot!› In meinem Kopf drehte sich alles. Herr Sonderegger sagte, ich solle ja niemanden in die Wohnung lassen, er komme sofort.»

«Und dann?»

«Dann ist er mit einigen Leuten gekommen. Herr Kuster war auch dabei.»

«Der Partner von Grauwiler?»

«Ja, genau. Nach einigen Minuten befahl mir Herr Sonderegger, nach Hause zu fahren. Ich solle mich für die Polizei auf Abruf bereithalten. Was dann weiter passiert ist, weiss ich nicht. Weiss ich nicht.»

Wieder und wieder schüttelte er den Kopf.

«Und die Frau, können Sie sie beschreiben?»

«Jung, blond, etwa so gross wie Sie, Frau Kupfer. Es ging alles so schnell. So schnell … Was ich nicht begreife, warum steht in den Zeitungsberichten, dass der Chef in der Kanzlei gefunden wurde? Das ist doch nicht wahr.»

«Ach wissen Sie, die Journalisten reimen sich so einiges zusammen. Haben Sie ausser der jungen Frau noch jemanden gesehen?»

«Es sind drei oder vier Personen an mir vorbeigegangen. Vermutlich Leute, die zur Arbeit mussten.»

«Lag Herr Grauwiler auf dem Bauch oder auf dem Rücken?»

«Auf dem Bauch, Herr Kommissär. Mit dem Kopf

zur Seite. Ich sah seine leeren Augen. Es war entsetzlich.»

«War er angezogen oder nackt?»

Gerber starrte Ferrari entsetzt an.

«Vollkommen bekleidet, Herr Kommissär. Aber das Jacket trug er nicht. Ich glaube, es hing über einem Stuhl.»

Ferrari nickte.

«Es ist da noch etwas, Herr Kommissär, das ich gerne mit Ihnen besprechen möchte. Besprechen möchte.»

«Bitte.»

«Frau Grauwiler fragte mich, ob ich dabei gewesen bin … Sie wissen schon, bei dem Mord. Ich habe ihr die Wahrheit gesagt, doch jetzt kommen mir Zweifel. Vielleicht wäre es besser gewesen, zu lügen, um die Ehre des Chefs zu wahren. Das beschäftigt mich sehr.»

«Es war richtig, Frau Grauwiler nicht zu belügen, Herr Gerber. Sie hätte ohnehin die Wahrheit erfahren und dann wären Sie als Lügner dagestanden.»

«Gott sei Dank! Mir fällt ein Stein vom Herzen. Sie sah mich bei unserem Gespräch ganz komisch an. Ganz komisch.»

Wen wunderts! Der Herr Nationalrat verabschiedet sich frühmorgens mit dem Vorwand von Terminen und taucht wenig später als Leiche im Appartement einer Prostituierten wieder auf.

«Herzlichen Dank für Ihre Hilfe, Herr Gerber.»

Ferrari klopfte rhythmisch mit seinem Kugelschreiber auf den Tisch. Das bisher Zusammengetragene ergab wenig Sinn. Irgendetwas stimmt hier nicht. Grauwiler kennt Nora Schüpfer. So weit, so gut. Kurz vor dem Mord ändert der Nationalrat plötzlich sein Programm, sucht Unterlagen im Büro, die er nicht findet. Um neun Uhr hat er zusammen mit Sonderegger einen wichtigen Termin in Augst, er ist also unter Zeitdruck. Wieso besucht er unter diesen Umständen Nora Schüpfer? Ging es gar nicht um Sex? Wer weiss, vielleicht war es ja gerade umgekehrt und Nora war Kunde bei Peter Grauwiler? Gut möglich, dass er sie in Rechtsfragen beriet. Ein weiteres Rätsel lag in dieser unsinnigen Aktion von Sonderegger und Kuster. Die beiden Herren hätten doch wissen müssen, dass die Untersuchungen den falschen Tatort entlarven würden. Hm. Ich werde mir einen Termin bei Remo Kuster geben lassen.

«Die Fünfte von Beethoven?», fragte Nadine und stellte dem Kommissär einen Kaffee auf den Schreibtisch.

«Was?»

«Klopfst du die Fünfte von Beethoven?»

Ferrari legte den Kugelschreiber zur Seite.

«Sorry, aber es regt mich zum Denken an.»

«Fassen wir zusammen: Grauwiler ändert seinen Terminplan. Ganz gegen seine Gewohnheit ist er vermutlich schon um sieben in der Kanzlei. Er sucht dort etwas, findet es aber nicht. Zwischen halb acht und acht lässt er sich von seinem Chauffeur in die Lerchenstrasse fahren, um sich mit Nora zu vergnügen. Irgendwie seltsam. Wieso gerade an diesem Morgen, an dem er um neun Uhr einen wichtigen Termin hat?»

«Das habe ich mich eben auch gefragt. Wenn Nora nicht die Täterin ist, würde dies bedeuten, dass der Mörder wusste, dass Grauwiler sich mit ihr trifft.»

«Vielleicht beschattete ihn der Mörder.»

«Möglich. Aber wieso nimmt der Täter eine Zeugin in Kauf? Oder wollte er von Anfang an beide umbringen?»

«Durchaus denkbar, nur ist sie dem Mörder entwischt.»

«Gehen wir einmal davon aus, dass Grauwiler kein Kunde von Nora war. War es umgekehrt und er beriet sie in Rechtsfragen? Oder welche Verbindung bestand zwischen den beiden? Wenn wir diese Frage beantworten können, sind wir ein gutes Stück weiter. Gibt es schon erste Ergebnisse der Fahndung?»

«Ich kümmere mich darum, Francesco.»

«Gut, danke. Und ich lass uns einen Termin bei Remo Kuster geben.»

Pünktlich um halb neun brachte Arthur Koch, völlig übernächtigt und erschöpft, eine Liste mit Freiern, an die er sich erinnern konnte. Luzius Im Obersteg, Markus Markwalder, Sebastian Richter, Niklaus

Grieder, Peter Grauwiler, Robert Stolz, Richard Schultheiss und Tobias von Stahel. Die Namen Robert Stolz und Sebastian Richter waren in Klammern gesetzt, weil sie ehemalige Kunden waren. Ein brisantes Stück Papier! Stararchitekt, Bankdirektor, zwei aus dem Basler Daig und, ach, guck auch!, unser Moralapostel von Stahel. Der Kommissär kritzelte den Namen Sebastian Richter auf einen Zettel. Wer ist das? Erstaunlicherweise waren weder Remo Kuster noch Hanspeter Sonderegger auf der Liste vermerkt, Namen, die Ferrari erwartet hatte. Wenigstens wussten sie jetzt mit Sicherheit, dass Peter Grauwiler zu Noras Kunden zählte. Was natürlich nicht hiess, dass es bei diesem einseitigen Kundenverhältnis geblieben war.

«Negativ. Die Fahndung läuft zwar auf Hochtouren, doch Nora und ihre Tochter sind unauffindbar. Verdammter Mist!»

Nadine liess sich seufzend auf einen Stuhl plumpsen.

«Das war zu befürchten. Da ist eine Menge Sprengstoff drin», Ferrari zeigte auf Thuris Liste.

«Wie gehts Thuri?»

«Nicht gut. Nora meldet sich anscheinend auch bei ihm nicht.»

«Behauptet er.»

«Ich glaube ihm. Das ist leider ein schlechtes Zeichen, denn Thuri ist der Einzige, dem sie wirklich vertraut. Und nicht einmal ihn ruft sie an …»

«Und von Julie fehlt auch jede Spur.» Nadine nahm die Liste vom Tisch. «Ist das der Markwalder von der Bank?»

Ferrari nickte.

«Ach, und der Saubermann der Nation hat sein Rüsselchen auch bei Nora geschwenkt. Der hier wundert mich nun aber doch», sie zeigte auf Richter.

«Den kenne ich nicht. Wer ist das?»

«Ein Freund von diesem Robert Stolz. In der Akte von Stolz taucht der Name zwei Mal auf. Komisch, dass dir der Name nichts sagt. Das war doch einer der Zeugen, die behaupteten, dass Stolz gar nicht am Rhein gewesen sei. Was bedeuten die Klammern?»

«Anscheinend ehemalige Kunden.»

Ferrari strich Richter von seinem Zettel. An diesen Namen hatte er sich wirklich nicht mehr erinnert, obwohl es damals sein Fall war. Tja, das Alter ... Seine grauen Zellen arbeiteten auf Hochtouren.

«Jetzt erinnere mich! Schmales Gesicht, gross, schlank, ziemlich verschlagen. Ein Stiefellecker im Schlepptau von Stolz. Es wundert mich, dass er sich die Dienste von Nora leisten konnte.»

«Ein Tausender pro Bums!»

«Woher weisst du das?»

«Ich habe das Konto am Bildschirm kurz überflogen. Sobald ich dazu komme, drucke ich die Zahlen aus und schaue mir die Details an. Eine satte Million schlummert auf dem Postcheckkonto. Markwalder scheint der Einzige gewesen zu sein, der brav per Überweisung bezahlte.»

«Ein eingefleischter, alter Junggeselle.»

«Er überwies jedes Mal einen Tausender, daher meine Vermutung. Alle anderen Beträge wurden von Nora bar einbezahlt. Ich will sie ja nicht verurteilen, aber mir wird speiübel, wenn ich daran denke, dass ich für Geld mit jemandem ins Bett steigen muss. Bei einer Million sind das tausend Männer! Echt krass. Da wäre ich lieber arm.»

«Du kannst ja mit Nora darüber diskutieren, wenn wir sie finden.»

7. Kapitel

Allmählich bahnten sich die Sonnenstrahlen einen Weg durch die düsteren Wolken. Nadine schloss sich unter Protest Ferrari an, der zu Fuss Remo Kuster aufsuchen wollte. Ein kleiner Spaziergang tut gut, das lüftet das Gehirn aus. Beim Steinengraben blieb der Kommissär einen Augenblick stehen und starrte in eine Baugrube. Bis vor Kurzem stand da ein ehemaliges Hotel, das bis zum zweiten Stock zugemauert worden war.

«Jetzt ist der alte Kasten endlich weg», bemerkte Nadine.

Zum zweiten Mal innert einem Tag musste Ferrari an den Fall Weller denken. Damals war eine Gruppe von jungen Menschen involviert gewesen, die ein Haus in der Delsbergerallee besetzt hatte. Hier war man dieser Versuchung zuvorgekommen. Sie gingen an der Nationale Suisse vorbei zum Spalenberg und bogen in den Nadelberg. Remo Kuster erwartete sie bereits.

«Einen Kaffee oder lieber Mineralwasser?»

«Kaffee für mich.»

«Für mich Mineral.»

Einige Minuten später kam der Anwalt mit einem Tablett zurück.

«Hier kocht sozusagen der Chef höchstpersönlich. Frau Steiner ist in den Ferien. Ich halte die Stellung. Jetzt erst recht …», fügte er leise hinzu. «Bitte, ein Kaffee für Herrn Ferrari, ein Mineralwasser für Frau Kupfer. Eine tragische Angelegenheit …»

Ferrari rührte in seiner Tasse.

«Vielen Dank. Ja, äusserst tragisch. Um mit der Tür ins Haus zu fallen, weshalb brachten Sie den Leichnam ins Büro?»

«Eine Impulshandlung! Ich könnte mich ohrfeigen, wenn ich nur daran denke. Hanspeter Sonderegger rief mich an, er war sehr aufgebracht. Ich konnte zuerst kaum verstehen, was er sagte, und noch weniger konnte ich es dann glauben. Als ich endlich begriff, dass Peter bei einem Schäferstündchen ermordet worden war, wurde mir schlagartig die Tragweite dieses Unglücks bewusst. Da war der einzige Gedanke, ihn von diesem … diesem Ort wegzuholen und hierherzubringen. Ich wollte einen Skandal vermeiden.»

«Das war eine strafbare Handlung, wie Sie natürlich wissen. Zudem wurden durch Ihr Handeln Spuren beseitigt, was die Ermittlungen erschwert.»

«Im Nachhinein ist mir das alles klar. Eine stumpfsinnige, eine vollkommen idiotische Tat.»

«Wer ausser Ihnen und Hanspeter Sonderegger war noch dabei?»

«Kurt Rutschmann und Beat Rupf, beides Freunde von Sonderegger. Es ging uns letztlich nur darum, den guten Ruf von Peter zu wahren.»

«Das ist Ihnen auch gelungen. In den Zeitungen ist heute nur vom Mord in der Kanzlei die Rede.»

«Danke für die Blumen, Frau Kupfer, aber irgendwann kommt die Wahrheit heraus. Dann sehen Sonderegger und ich alt aus. Verdammt alt.»

«Wussten Sie, dass Herr Grauwiler bei Nora Schüpfer verkehrt?»

«Nein! Wir standen uns nicht so nah. Unsere Beziehung beschränkte sich hauptsächlich auf das Geschäftliche. Wir sprachen nur selten über private Dinge. Ich weiss allerdings, dass die Ehe von Emma und Peter nicht besonders gut lief. Das beschäftigte ihn sehr. Wir unterhielten uns mehrmals darüber. Wenn Sie mehr über sein Privatleben wissen möchten, müssen Sie Hanspeter Sonderegger fragen. Der war so etwas wie sein Busenfreund.»

«Gehört die Kanzlei je hälftig Ihnen und Grauwiler?»

«Ja. Das heisst, jetzt gehört die andere Hälfte Emma.»

«Ist das gerecht? Sie leisten schliesslich den Hauptteil der Arbeit.»

«Nicht ganz, Herr Kommissär», Kuster schmunzelte. «Es ist zwar korrekt, dass sich Peter aus dem aktiven Geschäft zurückgezogen hat, etwas anderes liess seine politische Karriere einfach nicht zu, aber seine Beziehungen waren und sind Gold wert. Unsere Kanzlei verfügt über lukrative Mandate verschiedener Kunden, an die Peter locker herangekommen ist. Sein Beziehungsnetz war ausgezeichnet. Wenn mir die Arbeit zu viel wird, engagiere ich Kollegen im

Auftragsverhältnis. Das meiste bewältige ich jedoch selbst. Unsere Stärke liegt im Patentrecht. Wir vertreten einige europäische Firmen, aber vor allem asiatische und südamerikanische hier in der Schweiz. Sie müssen sich das so vorstellen: Wenn jemand plötzlich mit einem bereits bestehenden Markennamen oder einem zum Verwechseln ähnlichen auf den Markt kommt, zum Beispiel mit Coca-Cola, mahnen wir ihn zuerst ab und in einem zweiten Schritt verklagen wir ihn. Oder, wenn jemand ein Produkt herstellt, das unsere Kunden bereits geschützt haben, greifen wir ein. Noch einen Kaffee?»

«Nein danke. Peter Grauwiler war gestern, kurz bevor er ermordet wurde, hier im Büro.»

«Ja, das hat mir Max erzählt. Scheinbar suchte er eine Akte, was mich wirklich erstaunt. Er war schon zwei oder drei Wochen nicht mehr hier. Wollen Sie sein Büro sehen?»

«Wir werfen gern später einen Blick hinein. Kennen Sie Nora Schüpfer?»

«Heisst die … die Prostituierte so?»

«Ja.»

«Nein. Ich bin auch kein Kunde von ihr, falls Sie das fragen wollten, Frau Kupfer.»

«Was könnte Herr Grauwiler hier in der Kanzlei gesucht haben?»

«Keine Ahnung. Ich weiss nur, dass er mit Hanspeter Sonderegger einen Termin bei einer Firma in Augst wahrnehmen wollte. Es ging um eine grössere

Wahlspende für Peters Partei. Die Firma, die Spontex AG, ist übrigens auch Kunde unserer Kanzlei.»

«Nur der Form halber, Herr Kuster, wo waren Sie gestern zwischen halb acht und halb neun?»

«Verdächtigen Sie mich, meinen Partner ermordet zu haben?»

«Ich muss Sie das fragen.»

«Verstehe. Also, ich bin kurz vor acht in der Kanzlei gewesen, was leider niemand bestätigen kann. Frau Steiner ist, wie gesagt, im Urlaub und Zeugen gibt es keine. Ich hätte mir allerdings mit der Ermordung meines Partners einen Bärendienst erwiesen.»

«Wie meinen Sie das?»

«Ich bin zwar ein guter bis sehr guter Anwalt, aber eine Niete im Akquirieren von Kunden. Wenn Sie mich in ein paar Jahren wieder besuchen, werden Sie feststellen, dass wir noch immer über den gleichen Kundenstamm verfügen, sofern die bis dahin nicht abgesprungen sind. Ohne das Beziehungsnetz von Peter wird es sehr schwierig.»

«Wer könnte Ihrer Ansicht nach Grauwilers Mörder sein?»

«Bis vor wenigen Minuten dachte ich der Fall sei klar. Offenbar liege ich falsch. War es denn nicht diese Nora Schüpfer?»

«Wir stehen erst am Anfang unserer Ermittlungen und gehen allen Hinweisen nach. Angenommen, Nora Schüpfer ist nicht die Mörderin, wer käme Ihrer Meinung nach infrage und weshalb?»

«Niemand! Schlicht und ergreifend niemand. Wenn es auf dieser Welt jemanden ohne Feinde gibt, dann ist es Peter … gewesen. Er war immer mit allen gut Freund. Sie dürfen mir glauben, Sie werden niemanden finden, der negativ über ihn spricht. Falls doch, lade ich Sie zum Essen ein, Frau Kupfer, in ein Restaurant Ihrer Wahl.»

«Emma Grauwiler zum Beispiel?»

«Emma? Das glaube ich nicht. Gut, in ihrer Ehe kriselte es. Peter war viel unterwegs, seine politische Karriere hatte für ihn eindeutig Vorrang. Emma unterstützte ihn und zog jahrelang mit, doch in letzter Zeit veränderte sich das. Vermutlich haben sie sich auseinandergelebt. Das passiert ja leider sehr oft. Peter vermutete allerdings, dass jemand Emma gegen ihn aufstachelte.»

«Ein Lover?»

Kuster lachte.

«Sie kennen Emma nicht, Frau Kupfer. Bei Emma gibt es keine halben Sachen. Bevor sie sich einen Lover zulegt, würde sie die bestehende Beziehung auf anständige Art und Weise beenden. Ich kenne Peter und Emma seit mehr als zwanzig Jahren. Peter der Charmeur, Emma die Gerechte. Sonderegger sagt sogar, Emma die Unnahbare! Nein, nein, Emma würde nie über Peter herziehen oder ihm in den Rücken fallen.»

«Jemand hat es getan und leider nicht nur bildlich gesprochen. Einen Feind gibt es, sonst würde der Nationalrat noch leben.»

«Da muss ich Ihnen zustimmen, Herr Kommissär. Ich denke seit gestern ständig darüber nach.»

«Und zu welchem Schluss kommen Sie?»

«Peter ist im falschen Augenblick am falschen Ort gewesen. Wenn Sie mich fragen, sollte diese Nora Schüpfer ermordet werden, und nicht Peter.»

«Durchaus eine Überlegung wert. Jetzt würden wir uns gern Grauwilers Büro ansehen.»

«Selbstverständlich. Es ist das letzte am Ende des Ganges. Wenn Sie mich entschuldigen, die Arbeit ruft.»

«Nur noch eine Frage. Was fahren Sie?»

«Sie meinen die Automarke? Einen grauen Lexus. Weshalb fragen Sie, Frau Kupfer?»

«Ach, nur so. Danke.»

Sie durchsuchten systematisch das Büro von Peter Grauwiler. Nebst verschiedenen erledigten Fällen fanden sie eine Kundenkartei. Etwas altmodisch, diese Art von Datenverwaltung, aber irgendwie passte es zum Bild, das sich Ferrari von Grauwiler machte. Vielleicht liess sich hier ein Anhaltspunkt finden. Auf dem Tisch lag ein Ordner, der einige Reden des Nationalrats und ein angefangenes Manuskript mit dem Titel «Mein wahres Leben» enthielt. Nadine las zehn Seiten, dann legte sie die Biografie kopfschüttelnd zur Seite. Grässlich, eine einzige Lobhudelei auf sich selbst. Grauwiler muss ein schöner Narziss gewesen sein! Bei allem Respekt, das wäre kein Bestseller geworden. Man sah dem Büro an, dass es nur noch selten benutzt wurde. Auf den Ordnern hatte sich eine leichte Staubschicht gebildet. Einzig der antike Schreibtisch schien ab und zu verwendet worden zu sein.

«Fündig geworden?»

«Nur eine Kundenkartei. Dürfen wir sie mitnehmen?»

«Selbstverständlich. Ich frage mich, was Peter gesucht hat. Es muss etwas Wichtiges gewesen sein, sonst wäre der Siebenschläfer nicht so früh ins Büro gekommen. Wir telefonierten jeden Tag zwei oder drei Mal miteinander, aber im Büro war er, wie gesagt, länger nicht mehr.»

«Falls Ihnen dazu doch noch etwas einfällt, hier ist meine Karte.»

«Danke, Herr Ferrari. Hier wäre noch die Handynummer von Frau Steiner. Vielleicht hat sie etwas für Peter erledigt, von dem ich nichts weiss. Sie ist in Italien und gut erreichbar … Womit müssen Hanspeter und ich rechnen?»

«Das kann ich Ihnen im Moment noch nicht sagen. Vortäuschung falscher Tatsachen, Behinderung der Ermittlungen, Vernichtung von Beweismitteln … Kennen Sie Jakob Borer, den Staatsanwalt?»

«Nein, aber Joseph Zwingli, den Ersten Staatsanwalt. Mir ist die Sache äusserst peinlich. Würden Sie bitte Herrn Borer ausrichten, dass ich ihn kontaktieren werde. Ich hoffe, die Angelegenheit lässt sich ohne grosses Tamtam bereinigen.»

«Trinken wir im ‹Schiesser› einen Kaffee?»

«Muss das sein?»

«Kein Kaffee?»

«Doch, gern. Nur nicht immer dort. Ich verstehe nicht, dass es dir in diesem Altersheim gefällt.»

«Die Atmosphäre ist schön, ein Hauch vergangener Zeiten. Hier treffen sich Politiker und einfache Bürger, die Mischung stimmt. Zudem sind die Croissants exzellent und erst …»

«Okay, du hast mich überzeugt! Nur verschone mich bitte mit einem Exkurs in die süsse Handwerkskunst oder gar einem historischen Abriss, Opa!»

Vom Fensterplatz konnten sie das bunte Treiben auf dem Marktplatz beobachten. Gemüse, Früchte, Blumen, Käse, Fleischwaren, Pilze, Honig, Trockenprodukte, Wein, Kaffee und vieles mehr wurde hier von Montag bis Samstag feilgeboten. Als es wieder zu regnen begann, leerte sich der Platz innert Kürze.

«Grauwiler war ein Mensch ohne Feinde! Zumindest fast. Einer, der gut ankam, ein Schönredner ohne Rückgrad. Solche Menschen mag ich gar nicht. Mir ist lieber, wenn jemand Ecken und Kanten hat. So wie du, Francesco. Allerdings bist du eher rundlich, was deine Kurven angeht.»

«He, he! Jetzt wirds persönlich und irgendwie sexistisch. Bis zum Sommer bin ich rank und schlank.

Ein bisschen Velo fahren bringt mich wieder in Form und zwischendurch ein Fitnessteller … Mmh, mein Magen knurrt … Wo waren wir stehen geblieben?»

«Bei Peter Grauwiler, dem fröhlichen Zeitgenossen. Man könnte auch sagen, dem Luftheuler. Irgendwie kommen wir nicht voran. Weder das Gespräch mit Remo Kuster noch die Durchsuchung des Büros hat viel gebracht.»

«Vielleicht liess Kuster die wichtigen Akten rechtzeitig verschwinden.»

«Vergiss es, Francesco. Im Büro miefte es gewaltig. Die Akten sahen aus, als ob sie schon Monate unberührt liegen würden.»

«Immerhin wissen wir jetzt, dass es um die Ehe von Peter und Emma Grauwiler nicht wirklich gut bestellt war.»

«Na prima. Das ist ja etwas ganz Aussergewöhnliches. Francesco, du bist und bleibst ein unverbesserlicher Romantiker. Krisen gehören zu jeder Beziehung. Das besagt doch noch gar nichts.»

«Sagt die Beziehungsexpertin Nadine Kupfer! Apropos Beziehung, ist Noldi wieder normal?»

«Distanziert. Er nickte mir heute Morgen nur kurz zu. Gesagt hat er nichts. Ich bin die böse Alte, die an allem Schuld ist.»

«Das renkt sich schon wieder ein.»

«Vielleicht … vielleicht will ich dann aber auch nicht mehr. Ich kann keinen gebrauchen, der beim ersten Windstoss die Richtung wechselt.»

«Damit gibst du zu, dass es dir mit Noldi ernst ist.»

«Da liegst du ganz falsch, Francesco! Ich will weder mit Noldi zusammenziehen noch Kinderchen von ihm. Er ist zur lieben Gewohnheit geworden. Wie ein Kanarienvogel oder ein Hamster.»

Starke Aussage! Nach grosser Liebe klang das nicht. Allerdings mimte Nadine gern die kühle Schöne, um ja keine Gefühle zeigen zu müssen. Das wusste Ferrari nur zugut. Schmunzelnd stellte er sich Noldi im Hamsterrad vor. Keuchend, immerwährend am gleichen Ort tretend.

«Was lachst du so blöd?»

«Noldi, der Goldhamster. Komm schon, Nadine, er ist in Ordnung und versucht, das Richtige zu tun. Das wird schon wieder.»

«Vielleicht … weisst du … du hast zwar viele Macken, aber du hältst immer zu mir.»

«Ich und Macken?!»

«Du bist sogar der Erfinder aller Macken. Nichtsdestotrotz, auf dich kann ich mich hundertprozentig verlassen.»

Mir wird ganz warm. Elender Mist, ich erröte!

«Du musst deshalb nicht gleich flammend rot werden. Es war nur ein Kompliment, keine Liebeserklärung. Vergiss es, bild dir ja nichts drauf ein … Männer!»

Nadine blickte aus dem Fenster. Eine Windböe fegte über den Marktplatz und mit ihr eine Zeltblache. Nach und nach fuhren kleine Camions und Kastenwagen vor und die Verkäufer begannen, ihre Waren ins Trockene zu bringen.

«Bei dem Regen können wir nicht zurück ins Kommissariat. Nun denn, trinken wir noch einen Kaffee und dann statten wir Emma Grauwiler einen Besuch ab.»

«Etwa mit dem Tram? Das dauert ja ewig.»

«Dafür können wir gleich hier einsteigen. Was hältst du eigentlich von Kusters Theorie?»

«Durchaus möglich, dass Grauwiler in einen Streit verwickelt wurde, der ihn gar nichts anging.»

«Aber wenn der Mörder hinter Nora her war, hätte er doch gewartet, bis sie allein ist.»

«Damit ist diese Theorie wohl weg vom Tisch. Auf, auf, Herr Kommissär. Der Sturm ist vorbei. Gemüse und Früchte sind verpackt und das grüne bimmelnde Ungeheuer wartet auf seine Gäste. Du darfst mich zur Fahrt des Tages einladen.»

Aus Rücksicht auf seine Kollegin entschied sich Ferrari für einen Zweiersitz in der Mitte des Tramanhängers. Schweren Herzens, denn sein Lieblingsplatz ganz vorne rechts war frei. Nadine drehte sich um.

«Was starrst du nach vorne? Da sitzt niemand.»

Eben, war Ferrari versucht zu sagen.

«Tu ich doch gar nicht.»

«Jedes Mal, wenn wir zusammen Tram fahren, gierst du sehnsüchtig nach vorne. Und sag bloss nicht, dass ich mir das einbilde.»

«Keine Ahnung, was du meinst. Ich schaue nur nach draussen.»

Vom Neuweilerplatz mussten sie einige Minuten zu Fuss gehen. Zwar hatte der Regen aufgehört, doch von den Bäumen tropfte es ziemlich stark.

«Na bravo, jetzt bin ich dann pflotschnass. Du mit deinen Scheissideen!»

«Nun hab dich nicht so. Schliesslich bist du auf dem Land aufgewachsen und dort war bestimmt nicht jede Strasse gepflastert.»

«Woher weisst du das?»

Ferrari biss sich auf die Lippen.

«Von mir bestimmt nicht. Also raus damit, Francesco, woher weisst du das?»

«Von deinem Vater.»

«Von Paps? Das glaube ich jetzt nicht! Ihr konspiriert noch immer hinter meinem Rücken? Die Schwatztante Ferrari kanns einfach nicht lassen.»

«Ich weiss nicht einmal, wann wir zuletzt miteinander telefonierten.»

«Blödsinn! Wahrscheinlich seid ihr bereits die besten Kumpels und ich dumme Kuh merke es nicht. Bestimmt hast du schon meine ganze Lebensgeschichte gehört. Fehlt nur noch die obligate Diaschau mit der kleinen, süssen Nadine am Swimmingpool.»

«Bilder hat er mir noch keine gezeigt, aber das wäre interessant.»

«Untersteh dich! Ich rufe ihn heute Abend an. Der wird was hören. Und nun zu dir, Francesco …»

«Da ist es. Ein schönes Haus. Soll ich klingeln oder willst du?», rettete sich Ferrari und drückte bereits auf die Klingel.

Um nicht pietätlos zu erscheinen, hatten sich Nadine und Ferrari bei der Witwe Grauwiler angemeldet. Eine Frau um die fünfzig öffnete die Tür.

«Francesco Ferrari von der Basler Polizei und das ist meine Kollegin Nadine Kupfer.»

«Bitte kommen Sie herein.»

Sie führte die beiden in einen Salon. Nadine hielt ihren Chef zurück.

«Glaub nur nicht, dass du damit durchkommst. Das hat noch ein Nachspiel», flüsterte sie ihm zu.

«Bitte nehmen Sie Platz. Darf ich Ihnen etwas zu trinken anbieten?»

Emma Grauwiler wirkte gefasst. Das konnte natürlich reine Fassade sein.

«Vielen Dank. Wir kommen vom Kaffee. Wir möchten Ihnen unser Beileid aussprechen.»

Sie nahm es nickend zur Kenntnis.

«Wurde diese … diese Frau Schüpfer inzwischen gefasst?»

«Noch nicht. Es ist aber nur eine Frage der Zeit.»

Sie erhob sich, stellte sich vor den Kamin und strich über ein Foto.

«Dass ich mich so in ihm täuschen konnte.»

Ferrari sah hilfesuchend zu Nadine hinüber. Übernimm du! Das ist Frauensache.

«Es tut uns sehr leid. Wir stehen noch am Anfang der Ermittlungen und vieles ist noch unklar», nahm Nadine den Faden auf.

«Sind Sie verheiratet, Frau Kupfer?»

«Nur lose liiert.»

«Lose liiert?» Emma Grauwiler schmunzelte. «So heisst das heute. Wohnen Sie mit ihm zusammen?»

«Nein!»

«Das ist sicher auch besser. Dann können Sie sich in die eigenen vier Wände zurückziehen, wenn es in der Beziehung nicht gut funktioniert.»

«Wie lange kennen Sie Ihren Mann schon?»

«Kennen? So, wie es scheint, kannte ich ihn nie wirklich. Wir verliebten uns während des Studiums und sind seit zwanzig Jahren verheiratet.»

«Haben Sie Kinder?»

«Zuerst wollten wir nicht, dann konnten wir nicht. Das liegt an mir. Mein Arzt probierte alles Mögliche aus, aber es ging nicht. Und eine künstliche Befruchtung kam für mich nicht infrage.»

«Sie sind von Beruf Psychologin?»

«Ja, allerdings übte ich meinen Beruf nur ein gutes Jahr aus. Ich konnte die vielen Problemfälle nicht verkraften. Statt zu helfen, wurde ich selbst krank.»

«Danach waren Sie für Ihren Mann tätig?»

«Es war ein steiniger Weg. Für ihn und für mich. Ich bin mir nicht einmal sicher, ob Peter überhaupt Nationalrat werden wollte. Ich war nämlich stets die treibende Kraft im Hintergrund. Beinahe bin ich versucht zu sagen, dass Peter meine Marionette war. Das klingt furchtbar, ich weiss, doch es ist die Wahrheit. Er führte einfach das aus, was ich mir in den Kopf gesetzt hatte.»

«Weshalb sind Sie nicht selbst in die Politik eingestiegen?»

«Weil ich zu schwach bin, Frau Kupfer!»

Nadine sah sie misstrauisch an.

«Sie glauben mir nicht? Sehen Sie, mein Leben lang bin ich den Problemen ausgewichen. Wenn mich jemand anschreit, ziehe ich mich automatisch in mein Schneckenhaus zurück. Nur keine Konfrontation. So jemand taugt nichts in der Politik. Peter war es hingegen egal, ob ihn jemand kritisiert. Das prallte an ihm ab. Er war schon immer eine Frohnatur, die einfach Spass am Leben haben wollte und es liebte, in der Öffentlichkeit zu stehen. Ich zog dafür viel lieber im Hintergrund die Fäden. Wir sind … waren sehr gegensätzlich und Gegensätze ziehen sich ja bekanntlich an.»

«Aber eben räumten Sie ein, dass Ihr Mann vielleicht gar nicht glücklich über das Nationalratsmandat gewesen sei.»

«Stimmt. Die Funktion als Grossrat und der Vorsitz in vielen Vereinen waren für ihn in Ordnung, aber ich wollte mehr. Etwas hoch hinaus, wie Peter meinte. Als Nationalrat war er unglücklich. Es wäre seine letzte Legislaturperiode gewesen … Vor ein paar Wochen unterhielten wir uns darüber.»

Emma Grauwiler betrachtete wieder das Bild auf dem Kamin. Sekunden verstrichen. Ferrari deutete Nadine an, weitere Fragen zu stellen.

«Ihre Ehe … wie würden Sie Ihre Ehe beschreiben?»

«Zuerst war es die grosse Liebe, dann in einer zweiten Phase eine schöne Lebensgemeinschaft. Doch in den letzten Jahren stritten wir oft, vor allem, weil Peter mir die Schuld an seinem Unglück gab. Der Nationalrat war für ihn wirklich eine riesige Belastung.»

Sie drehte sich zur Wand hin und wischte einige Tränen weg.

«Wussten Sie von der Beziehung zu Nora Schüpfer?»

«Nein! Ich bin tief gekränkt. Verstehen Sie das, Frau Kupfer?»

Nadine konnte es ihr nachfühlen und nickte.

«Immer und immer wieder stelle ich mir die gleichen Fragen. Was trieb ihn zu dieser Prostituierten? Was habe ich falsch gemacht? Waren es die ewigen Streitereien oder bin ich nicht mehr attraktiv? Sie war bestimmt jung und hübsch. Seit ich es weiss, bin ich wie von Sinnen.»

Emma Grauwiler verlor die mühsam aufrechterhaltene Fassung. Sie sass weinend auf dem Sofa. Nadine legte tröstend einen Arm um sie und gab Ferrari zu verstehen, dass er sie allein lassen solle.

«Ich kann doch nichts dafür, dass ich nicht mehr zwanzig bin!», schluchzte Emma Grauwiler. «Ich …

ich habe schon seit Längerem gemerkt, dass er es sich auswärts holt. Er blockte mich nur noch ab … Das tut so weh … Warum nur ist er zu dieser Dirne gegangen, Frau Kupfer?»

«Ich weiss es nicht.»

«Ich könnte es noch verstehen, wenn er sich in eine meiner Freundinnen verliebt hätte. Aber käufliche Liebe! Damit beleidigt er mich über seinen Tod hinaus.» Nach einer Weile fuhr sie fort, «Peter war nie ein Kind von Traurigkeit, das habe ich auch so an ihm geliebt, und bis vor einigen Jahren gab es keinerlei Probleme zwischen uns, im Bett meine ich. Dann wollte er plötzlich nichts mehr von mir wissen. Er brauche keinen Sex mehr in seinem Alter, Geselligkeit und Freundschaft seien jetzt wichtiger. Ich solle mich damit abfinden. Sieht diese Nora gut aus?»

«Ziemlich.»

«So gut wie Sie?»

«Das müssen Sie einen Mann fragen. Da bin ich nicht objektiv.»

«Ich möchte ein Foto von dieser Nora sehen. Haben Sie eines dabei?»

«Leider nein.»

Emma Grauwiler lehnte sich zurück. Sie atmete tief ein und aus.

«Und jetzt? Ist es gut, dass Peter tot ist? Ist es schlecht, dass Peter tot ist? Ich weiss es nicht. Schrecklich! Ich sollte um ihn trauern, aber es fällt mir schwer. Wir verbrachten so viel Zeit miteinander und doch kannte ich ihn nicht. Wie konnte er mir das nur antun? Mein ganzes Leben habe ich nach ihm ausgerichtet. Jetzt ist das Kartenhaus, das Lügengebilde zusammengekracht. Was soll jetzt werden?» Sie erhob sich und öffnete das Fenster zum Garten. «Entschuldigen Sie, Frau Kupfer, wie heissen Sie mit Vornamen?»

«Nadine.»

«Entschuldigen Sie, Nadine, dass ich Sie mit meinem Geschwätz belästige. Sie sind sicher nicht hier, um sich das Gejammer einer hysterischen Kuh anzuhören.»

«Ich … es tut mir so leid, Frau Grauwiler.»

«Emma, ich heisse Emma.»

«Sie sagen, dass er sich seit einigen Jahren anders verhält.»

«Er zog sich Schritt für Schritt von mir zurück. Nur privat, geschäftlich harmonierten wir wie früher.»

«Was gehörte zu Ihrem Aufgabenbereich?»

«Ich habe die Termine koordiniert, die Auftritte geplant, die Reden geschrieben.»

«Gibt es einen Terminplan?»

«Sicher. Auf meinem Laptop. Ich drucke ihn aus, wenn Sie wollen.»

«Wissen Sie auswendig, wie der gestrige Tag aussah?»

«Morgens um neun mit Hanspeter Sonderegger in Augst. Es ging um eine Werbekampagne der Partei, für die wir einen Sponsor suchten. Eine ziemlich wichtige Sache, deshalb war auch der Parteipräsident dabei. Am Nachmittag ein Vortrag an der Universität und am Abend ein Dinner mit Vortrag bei Novartis.»

«Waren Sie nicht überrascht, dass er schon so früh das Haus verliess?»

«Doch, und wie! Ich wies unserer Köchin nämlich an, das Frühstück um acht Uhr zu servieren. Er verliess jedoch das Haus, kurz nachdem ich aufgestanden war.»

«Ohne Begründung?»

«Er müsse noch kurz in die Kanzlei und sich dann mit Hanspeter absprechen. Ich fand das sonderbar, wollte aber nicht schon wieder einen Streit anfangen.»

«Hatte Ihr Mann Feinde?»

«Feinde? Wahrscheinlich war ich sein einziger Feind.»

«Das dürfen Sie nicht sagen, Emma.»

«Auch nicht, wenn es der Wahrheit entspricht? Er war total unglücklich in Bern. Vielleicht wäre alles anders verlaufen, wenn ich nicht so ehrgeizig gewesen wäre.»

«Hat Ihr Mann Drohungen erhalten? Gab es Konflikte in der Partei?», setzte Nadine nach.

«Nein! Mein Mann war sehr beliebt und auch in der Partei unangefochten. Seit alle wissen, dass er sein Amt zur Verfügung stellt, hat natürlich das Gerangel um seine Nachfolge begonnen. Aber die kleine Partei wird in Schwierigkeiten geraten, denn Peter war das Aushängeschild. Ich glaube nicht, dass sie den Sitz verteidigen können. Weshalb fragen Sie mich nach den Feinden, Nadine?»

«Wir müssen alle Möglichkeiten ausloten.»

«Sie bezweifeln also, dass diese Frau Schüpfer die Mörderin ist?»

«Es sind lediglich Vermutungen. Bewiesen ist noch gar nichts. Wenn wir Nora Schüpfer vernehmen können, wissen wir mehr. Bis dahin ermitteln wir auch in andere Richtungen.»

«In welche Richtungen?»

«Wir klären zum Beispiel ab, ob es ein politisch motivierter Mord sein könnte oder ob es einen Zusammenhang mit der Kanzlei gibt.»

«Verdächtigen Sie etwa Remo Kuster?»

«Wir verdächtigen niemanden.»

«Und gleichzeitig alle!», schmunzelte sie.

«Das kann man so sagen.»

«Remo gehört wie ich zu den Verlierern. Es ist ein grosser Verlust für ihn und die Auswirkungen auf die Kanzlei sind nicht abzuschätzen. Ich sprach heute lange mit ihm. Seine Kurzschlusshandlung zusammen mit Hanspeter ist mir ehrlich gesagt ein Rätsel. Ich weiss nicht, wie er so etwas machen konnte. Sicher, er wollte den guten Ruf von Peter wahren, und das rechne ich ihm hoch an, aber doch nicht auf diese Weise.»

«Er weiss, dass er einen Fehler gemacht hat.»

«Verdächtigen Sie auch mich, Nadine?»

«Sollte ich?»

«Ja und nein. Ich bin seine Mörderin, Nadine. Nicht physisch, aber psychisch. Ich konnte nicht loslassen. Dabei wusste ich, dass er nicht mehr will, nicht mehr kann. Doch ich … ich wollte über ihn das erreichen, wozu ich selbst nicht in der Lage bin. Er sollte weiterhin Karriere machen, bis hin zum Bundesrat.»

Nadine sprach noch kurz mit der Haushalthilfe und beschwor sie, Emma Grauwiler unter keinen Umständen allein zu lassen. Dann verliess sie eine gezeichnete Frau, die alles, woran sie glaubte und wofür sie lebte, für immer verloren hatte.

8. Kapitel

Ich bin nochmals glimpflich davongekommen. Emma Grauwiler sei Dank! Dafür habe ich mir draussen wahrscheinlich eine Erkältung eingefangen. Na ja, besser ein Schnupfen als von meiner Partnerin abgekanzelt zu werden. Ferrari war sichtlich zufrieden und die Fahrt ins Kommissariat verlief ohne weitere Diskussionen. Nadine brütete vor sich hin. Das Gespräch mit Emma schien ihr ziemlich unter die Haut gegangen zu sein.

Auf Ferraris Tisch lag eine Notiz von Noldi, «Melde mich, sobald ich erste Ergebnisse habe». Gut, hoffentlich fand sich etwas Brauchbares auf Grauwilers Computer. Wir müssen unbedingt genauere Profile erstellen, grübelte der Kommissär weiter. Was Nora Schüpfer betraf, so konnte Arthur Koch am ehesten weiterhelfen. Ferrari rief bei seiner Dienststelle an und erfuhr, dass Thuri zusammengebrochen war. Seine Kollegen hatten ihn zur Untersuchung ins Kantonsspital gebracht. Wenige Minuten und ein Anruf später war Ferrari ratloser als zuvor, denn Arthur Koch war ausgebüxt. Von wegen Schwächeanfall! Zu Hause ging auch niemand ans Telefon.

Hm. Dann blieb als Alternative nur noch Rebecca Haller. Immerhin kannte sie Nora schon seit der Kindheit. Doch Ferrari hatte kein Glück, es meldete sich lediglich der Telefonbeantworter.

«Chef, Thuri ist zusammengeklappt.»

«Ich weiss. Die Kollegen fuhren ihn ins Kanti. Da ist er aber nicht mehr und zu Hause geht niemand ans Telefon. Bei Rebecca Haller hatte ich auch kein Glück.»

«Vielleicht sind sie gemeinsam auf der Suche nach Nora?»

«Ich denke eher, dass er sie schon gefunden hat und nun irgendwo trifft.»

«Mit Rebecca im Schlepptau?»

«Eher allein. Das ist eine Angelegenheit zwischen Arthur und Nora.»

«Hoffentlich findet Georg sie bald. He! Bist du schon wieder am Lottospielen?»

Ferrari deckte mit dem Arm den Lottoschein zu. Nadine rannte um den Tisch.

«Aha! Erwischt! Und erst noch ein deutscher Lottozettel.»

«Nicht zerknüllen!»

Sie warf ihn achtlos in den Papierkorb.

«Wo gibst du den überhaupt auf?»

«Bei … weshalb willst du das wissen?»

«Einfach so. Weil es mich interessiert.»

«Stephan gibt ihn auf.»

«Stephan? Er spielt auch?»

«Ab und zu, genau wie ich.»

«Moment mal. Stephan fährt mit euren Lottozetteln über die Grenze und gibt sie dort auf?»

«So ungefähr.»

«Was, so ungefähr?»

«Nicht nur unsere beiden Lottozettel, auch die von anderen Kollegen.»

«So ist das! Ihr seid mir ja ein schöner Spielhaufen! Stephan fährt während der Arbeitszeit mit den Lottozetteln aller Spielsüchtigen nach Deutschland. Wenn das Jakob wüsste!»

«Wenn Jakob was wüsste, Frau Kupfer?»

Unbemerkt hatte Jakob Borer das Büro betreten.

«Guten Tag, Herr Staatsanwalt. Nichts Besonderes. Es ist nur so, dass Stephan Moser als Kurier zwei Mal in der Woche während der Arbeitszeit mit allen Lottoscheinen der Spielsüchtigen im Kommissariat über die Grenze fährt.»

«Das … ich kann es nicht glauben. Das ist ein Skandal, Ferrari!»

«Dem kann ich mich nur anschliessen, Francesco», doppelte Nadine nach.

«Quatsch! Wenn wir uns über den FCB unterhalten oder jemand in der Garage die Winterreifen während der Dienstzeit wechselt, regt sich auch niemand darüber auf.»

«Ich verstehe nicht, was das mit den deutschen Lottoscheinen zu tun hat?»

«Das ist doch das Gleiche, Herr Staatsanwalt. Der Reifenwechsel findet auch während der Arbeitszeit statt.»

«Ach, das meinen Sie, Frau Kupfer! Dagegen ist nichts einzuwenden. Kommissär Moser sorgt mit seinem Botengang für ein gutes Arbeitsklima. Skandalös ist einzig und allein, dass ich nichts davon weiss. Ich hätte mir unzählige Fahrten über die Grenze sparen können.»

«Wenn Sie mir Ihren Lottoschein am Mittwoch bis zwölf und am Freitag bis vier bringen, kann ihn Stephan mitnehmen. Kein Problem.»

«Ausgezeichnet! Hervorragend, kann ich da nur sagen. Gewinne in Deutschland sollen sogar steuerfrei sein.»

«Aber so viel ich weiss nur, wenn Sie das Geld in Deutschland lassen.»

«Darüber werde ich mich mit meinem Treuhänder eingehend unterhalten. Ich halte Sie auf dem Laufenden, Ferrari. Wo ist eigentlich Frau Kupfer?»

Nadine stand vor dem Kaffeeautomaten, warf einen Jeton ein, drückte auf Kaffee normal, schüttelte den Kopf und fragte sich, wie sie das alles verdient hatte.

Am Nachmittag meldete sich Rebecca Haller auf dem Kommissariat. Immerhin ein kleiner Erfolg, wir sind bescheiden geworden. Nadine führte sie zu sich ins Büro. Ferrari nahm auf einem Stuhl an der Wand Platz.

«Ich war arbeiten, ich putze bei mehreren Leuten. Haben Sie Julie gefunden?»

«Leider noch nicht. Aber die Suche läuft auf Hochtouren.»

«Wenn ihr etwas geschieht, bin ich schuld. Ich könnte mir das nie verzeihen. Sie müssen sie finden. Unbedingt!»

«Machen Sie sich keine Sorgen. Wir werden sie bestimmt finden.»

«Weshalb wollten Sie mich dann sprechen?»

«Es geht um Nora. Wir wissen praktisch nichts über Ihre Freundin.»

«Thuri weiss viel mehr als ich, Frau Kupfer. Fragen Sie ihn.»

«Wir können ihn im Augenblick nicht erreichen.»

«Mein Gott! Ist er auch entführt worden?»

Ein kurzes Schmunzeln umspielte Ferraris Lippen. Wachtmeister Koch würde sich wohl nicht so leicht als Opferlamm auf die Schlachtbank legen. Weitaus wahrscheinlicher war, dass er sich auf der Jagd befand.

«Nicht entführt. Er ist überarbeitet und die Situation um Nora setzt ihm arg zu. Bestimmt schläft er zu Hause. Deshalb dachten wir, dass Sie uns etwas über Nora Schüpfer erzählen könnten. Sie kennen Nora schön länger, oder?»

«Ja, wir sind im Wettsteinquartier zur Schule gegangen und sassen immer in der gleichen Bank. Primar, Sekundar und dann kaufmännische Lehre. Nora glänzte überall und ich bin hinterhergehinkt, auch bei den Jungs», lächelte sie. «Wir sind durch dick und dünn gegangen. Nora ist meine beste Freundin und jetzt das ...»

«Leben ihre Eltern noch?»

«Sicher, in einem Altersheim in Kleinhüningen.» Rebecca Haller sah Nadines erstauntes Gesicht und fügte hinzu, «sie sind das Verwalterpaar dieser Alterssiedlung.»

«Wissen ihre Eltern, welchen Beruf Nora ausübt?»

«Um Himmels willen, nein! Ihr Vater würde sie umbringen. Sie glauben, dass sie Chefsekretärin in der Chemie ist. Sie sind richtig stolz auf ihre Tochter.»

«Wie ist Nora zu ... zu ihrem Beruf gekommen?»

«Nach dem KV ging Nora zu einer Bank, während ich arbeitslos wurde. Sie versuchte, mir eine Stelle zu vermitteln, aber mit meinem Durchschnitt von knapp über vier war ich für die Bänkler zu schlecht. Nora ist dann einige Male mit auswärtigen Direktoren ausgegangen. Das gefiel ihr. Sie blühte richtig auf, meinte, da würde die ganz grosse Kohle gemacht. Und von diesem Kuchen wollte sie auch ein Stück. Anfangs begriff ich nicht, wie sie das anstellen wollte. ‹Ach du, meine naive, prüde Rebecca, wie wohl?›, meinte sie. Da wusste sogar ich, was Sache ist.»

«Konnten Sie es ihr nicht ausreden?»

«Wenn sich Nora etwas in den Kopf setzt, zieht sie es durch. Sie nahm einen Kredit auf, richtete sich das Appartement im Gundeli ein und fing mit ... fing damit an. Reiche alte Knacker kannte sie ja genug.»

«Und Julie?»

«Es gab eine Zeit, da dachte ich, dass sie aufhört. Sie ging mit einem Thomas … Thomas Lutz. Sie war richtig verliebt in den Jungen und wollte ernsthaft aussteigen. Er sollte unter keinen Umständen erfahren, wie sie ihr Geld verdient. Zu diesem Zeitpunkt arbeitete ich bereits für Nora. Mein Gott, war ich froh, dass sie endlich einen Schlussstrich ziehen wollte. Doch es kam anders. Eines Abends besuchten die beiden ein Konzert, als zwei Jungs auftauchten. Einer von ihnen war ein ehemaliger Kunde. Sie ahnen bestimmt schon, wie diese Geschichte ausging. Ja, sie machten sich über Thomas lustig. ‹Musst du auch bezahlen oder macht sie es dir gratis?› Alles Sprüche unter der Gürtellinie. Thomas verprügelte den einen, aber gegen den zweiten hatte er nicht den Hauch einer Chance. Der nahm ihn richtig auseinander … Das wars dann. Thomas konnte nicht damit umgehen, dass seine Freundin eine Edelprostituierte war. Da war Nora aber bereits schwanger und das Kind wollte sie behalten.»

«Wissen Sie, wo dieser Thomas Lutz heute wohnt und was er macht?»

«Keine Ahnung.»

Ferrari schrieb sich den Namen auf einen Zettel. Bisher lief die Unterhaltung bestens. Nadine war voll in ihrem Element.

«Wissen Sie, wie die beiden Männer heissen?»

«Keine Ahnung. Ich habe den einen einige Male

gesehen. Er sieht aus, als ob … der ist nicht ganz normal», flüsterte sie kaum hörbar.

«Wie kommen Sie darauf?»

«Mit dem stimmt etwas nicht. Er hat so einen wilden Blick und wenn er lacht, läuft es einem kalt den Rücken hinunter. So lacht kein normaler Mensch. Es wirkt zu laut und total unnatürlich.»

Rebecca rieb sich die Augen.

«Möchten Sie etwas trinken?»

«Ja gern, ein Glas Wasser. Ich bin sehr müde. Es waren zwei anstrengende Tage. Hoffentlich ist dieser Horror bald zu Ende und hoffentlich mit einem Happy-End.»

Ferrari reichte ihr ein Glas Wasser.

«Danke.»

«Kennen Sie Kunden von Nora?»

«Nur diesen einen. Ich warnte Nora vor ihm. Der war nicht sauber. Einen solch bösen Blick habe ich nie zuvor gesehen.»

«Würden Sie ihn wiedererkennen?»

«Sofort. Und leider bekam ich recht, mein Gefühl täuscht mich selten. Er … er hat Nora geschlagen oder gewürgt. Ich weiss es nicht genau. Auf jeden Fall zeigte sie ihn an. Seither ist sie ihn ein für alle Mal los. Ich atmete richtig auf.»

Robert Stolz junior liess grüssen, wenn auch auf eine sehr unrühmliche Art und Weise.

«Ich bin so froh über ihre neue Liebe. Thuri ist ihr grosses Glück. ‹Ende Mai ist endgültig Schluss›, sagte sie mir strahlend am letzten Dienstag. ‹Ich höre auf. Thuri und ich werden heiraten. Und, ob du es glaubst oder nicht, Rebecca, ich besitze so viel Geld, dass es für ein ganzes Leben reicht. Die Wohnung werde ich verkaufen. Ich bin der glücklichste Mensch auf der Welt.› Und jetzt … jetzt ist alles anders. Schrecklich! Ich weiss nicht, was ich mache, wenn Julie etwas passiert ist …»

Sie schluchzte. Nadine reichte ihr ein Papiertaschentuch und legte tröstend ihren Arm um sie. Sekunden vergingen. Unruhig rutschte Ferrari auf seinem Stuhl hin und her, was ihm einen strafenden Blick seiner Kollegin eintrug.

«Glauben Sie, dass Nora Peter Grauwiler ermordet hat?», nahm Nadine das Gespräch wieder auf.

«Nein!»

«Und, wenn er sie bedroht hat?»

«Das ist etwas anderes. Aber ist es dann Mord, Frau Kupfer?»

«Dann wäre es Notwehr gewesen.»

«Wenn Sie nichts dagegen haben, dann würde ich gern nach Hause gehen. Ich bin ziemlich erledigt.»

«Selbstverständlich. Vielen Dank für Ihre Hilfe, Frau Haller. Ich begleite Sie noch zum Ausgang.»

Der Vater von Julie hiess also Thomas Lutz. Ferrari bat Big Georg, den hundertdreissig Kilo schweren Leiter der Fahndung, der seine Leute vom Schreibtisch aus durch Basel dirigierte, die Adresse von Lutz ausfindig zu machen. Ebenso jene von Robert Stolz, für den Fall, dass er nicht mehr unten am Rhein wohnte. Das würde Georg am effizientesten erledigen. Ein Gespräch mit diesen Herrschaften konnte nicht schaden. Was Nora betraf, so plante sie den Bruch mit ihrem bisherigen Leben. Sie wollte heiraten, neu anfangen. Vielleicht dachte sie sogar an gemeinsame Kinder mit Thuri. Finanziell war sie abgesichert und die Eigentumswohnung würde sicher auch eine stolze Summe einbringen.

«Nora will ein neues Leben anfangen. Eindeutig. Nur frage ich mich, wie dazu ein Mord passt.»

Keine Reaktion. Der Kommissär hing seinen Gedanken nach und schien nichts zu hören.

«Francesco! Hörst du mich?», versuchte Nadine sich bemerkbar zu machen.

«Wie … was … hast du etwas gesagt?»

«Ich sagte, Nora will neu anfangen. Wieso sollte sie gerade jetzt einen Mord begehen?»

«Stimmt. Das spricht schon eher für Notwehr. Vielleicht wollte sie nicht mehr und Grauwiler hat sie bedrängt. Es kam zum Handgemenge und da passierte es.»

«Du meinst im Klartext, dass er ihr an die Wäsche wollte. Sie wehrt sich und murkst ihn ab.»

«Möglich wärs. Irgendwie passt es aber nicht zum Menschen Grauwiler. Georg versucht übrigens, Robert Stolz und Thomas Lutz aufzutreiben.»

«Dieser Stolz junior wohnt doch am Rhein.»

«Ja, sofern er in den letzten Jahren nicht umgezogen ist.»

«Ah ja … jetzt, wo wir so nett miteinander plaudern, da wäre noch eine Kleinigkeit. Wie kommst du dazu, dich mit meinem Paps über mein Privatleben zu unterhalten?»

«Ich …»

«Was, ich?! Du bist genau gleich wie alle anderen.»

«Heute im ‹Schiesser› …»

«Ich weiss genau, was ich dort sagte. Das hast du wie Honig reingeschleckt, obwohl du hinterrücks meinen Paps über jeden meiner Schritte informierst. Du bist ein ganz …»

«Störe ich? Sie waren auf einmal verschwunden, Frau Kupfer.»

«Kommen Sie nur herein, Herr Staatsanwalt. Ihre Anwesenheit wird langsam zur lieben Gewohnheit.»

Puh! Nochmals von der Schippe gesprungen.

«Ich wollte mich nur kurz bei Ihnen bedanken.»

«Bitte, gern geschehen.»

«Nicht bei Ihnen, Ferrari, sondern bei Ihnen, liebe Frau Kupfer!»

«Bei mir?»

Nadine liess sich mit offenem Mund auf den Stuhl fallen.

«Aber sicher bei Ihnen! Emma rief mich an. Sie erzählte mir, wie einfühlsam Sie zu ihr gewesen sind.

Sie schwärmte in den höchsten Tönen. Sie seien ihr in den schweren Stunden eine grosse Hilfe gewesen. Nun denn, ich will Sie nicht länger von Ihrer Arbeit abhalten. Machen Sie weiter so, liebe Frau Kupfer!»

Dieser Fall hatte es in sich. Die Welt stand Kopf und Nadine wusste nicht, ob ihr das gefallen sollte. Wie auch immer, für heute war Schluss.

Ferrari sass im Dreier in Richtung Birsfelden. Meine Welt ist schon ziemlich klein. Basel, Birsfelden und zurück, ab und zu Ferien im Tessin. Ein Gewohnheitsmensch erster Klasse, alles andere als ein Weltmann. Nicht so, wie mein Schulfreund Yvo Liechti, Stararchitekt, Kosmopolit, Sonnyboy und Lover von Nadine, aber das ist nur eine Vermutung. Soweit bin ich noch nicht mit meinen Recherchen. Es geht mich zwar nichts an, doch interessieren würde es mich brennend, ob zwischen den beiden etwas läuft. Ahnt Noldi etwas? Na ja, zwischen ihm und Nadine herrscht im Moment ziemliche Funkstille. Mit einem gewaltigen Ruck kam das Tram zum Stehen. Ferrari wurde nach vorne geschleudert und konnte sich im letzten Augenblick am Sitz festklammern. Ui, das war knapp! Eine Frau mit einem Kinderwagen rannte wild gestikulierend über den Fussgängerstreifen. Wenig später fuhr der Dreier in die Schlaufe der Endstation. Ferrari stieg aus und spazierte durch den Wald nach Hause, er atmete tief ein und aus. Das tat gut. Eine kleine schwarze Katze folgte ihm im Abstand von etwa fünf Metern. Jedes Mal, wenn sich der Kommissär umdrehte, blieb sie stehen, putzte sich ein Bein oder leckte sich über den Bauch, ohne Ferrari aus den Augen zu lassen. Komm, Miez, Miez, komm zu mir! Ferrari schnalzte mit der Zunge. Die schwarze Katze beäugte ihn misstrauisch und irgendwie mitleidig. Glaubst du wirklich, dass ich auf deine plumpen Annäherungsversuche reinfalle?, schien sie zu fragen. Ferrari schmunzelte. Er liebte diese Unnahbarkeit von Katzen, ihre Selbstständigkeit und auch ihre Eigenhciten. Sie wissen ganz genau, was sie wollen, und nicht selten wählen sie ihre Besitzer selber aus.

Monika schien nicht besonders gut gelaunt zu sein. Sie begrüsste ihn ziemlich mürrisch.

«Habe ich etwas verbrochen?»

«Nein!»

Nikki deutete ihm vom Treppenabsatz an, dass er zu ihr hochkommen solle.

«Was ist mit deiner Mutter los?»

«Sie war mit Boris bei diesem Occasionhändler. Mehr weiss ich auch nicht.»

«Oje! Das kann ja ein gemütlicher Abend werden.»

Das Essen blieb Ferrari beinahe im Hals stecken. Die sonst immer heitere Monika sass wortkarg am Tisch, schöpfte, ass eine Kleinigkeit und räumte dann ab. Ferrari half ihr.

«Wie oft muss ich dir noch erklären, dass du diese Pfanne nicht in die Geschirrspülmaschine stecken sollst. Die wird nicht sauber.»

«Entschuldigung!»

«Und steh mir nicht dauernd im Weg herum.»

«Entschuldigung. Es ist wohl besser, wenn ich dich allein lasse. Falls du mich suchst, ich bin im Wintergarten.»

Ferrari nahm die angefangene Weinflasche und ein Glas und verzog sich. Vom Wintergarten aus hörte er, wie es in der Küche schepperte, gefolgt von einer Fluchtirade. Nach zwanzig Minuten setzte sich Monika neben ihn.

«Ein Glas Wein?»

«Nein!»

«Sicher nicht?»

«Hörst du nicht mehr gut? Nein, n e i n, nein!»

«Entschuldige … was ist eigentlich los? Ich komme gut gelaunt nach Hause und du fällst wie eine Furie über mich her. Du schleuderst uns wie Hunden den Frass vor, räumst ab, bevor wir richtig fertig sind, wirfst mich aus der Küche und zerdepperst das Geschirr. Voll gemütlich.»

«Es ist nichts!»

«Nun komm schon.»

Ferrari wollte Monika in den Arm nehmen. Sie stiess ihn zurück.

«Lass das!»

Seufzend schenkte er Wein nach und setzte seinen treusten Hundeblick auf.

«Frieden?», Ferraris Stimme war zuckersüss.

Sie lachte. Wusste ich es doch. Diesem Blick kann keine Frau widerstehen.

«Das war vielleicht ein mieser Tag! Nichts als Probleme, aber lass und von etwas anderem reden.»

Der Kommissär schielte auf die «Basler Zeitung». Das ist mir heute Morgen im Büro gar nicht aufgefallen, ein Artikel über Marco Streller. Was steht da? Marco Streller nimmt am Benefizlauf von Olivia Vischer teil! Das war also der Grund, weshalb «Telebasel» über ihn berichtet hatte. Gott sei Dank, er bleibt uns erhalten.

«Möchtest du den Artikel in Ruhe lesen?», riss ihn Monika aus seinen Gedanken.

«Nein, nein! Schon gut.»

«Ich wollte dir nämlich auch gerade davon erzählen. Olivia veranstaltet einen Promilauf mit anschliessendem Bankett, und alles für einen guten Zweck. Sie hat mich gefragt, ob ich ihr bei der Organisation helfe.»

«Und?»

«Ich habe zugesagt, schliesslich ist es eine gute Idee.»

«Das bedeutet, dass Marco an dem Lauf teilnimmt und sicher auch am Bankett.»

«Vermutlich. Du musst dir übrigens keine Ausrede ausdenken. Ich habe Olivia bereits gesagt, dass du solche Events hasst.»

«Also bitte, man kann ja auch einmal eine Ausnahme machen. Es ist ja ein karitativer Anlass und meine Frau sitzt im Organisationskomitee. Da muss ich doch mitkommen.»

«So, so.»

«Was ist denn jetzt schon wieder? Ich möchte dir nur eine Freude machen.»

«Ja, natürlich. In Tat und Wahrheit geht dir der Wohltätigkeitsball am Arsch vorbei. Du kommst nur mit, weil du neben Marco sitzen willst.»

«Also bitte …»

«Gibs doch wenigstens zu. Männer! Das interessiert dich», sie schleuderte ihm die Zeitung vor die Füsse, «aber wie es mir bei diesem Drecksack von Autohändler ergangen ist, ist dir schnuppe.»

«Du warst bei dem Occasionhändler?»

Ferrari füllte nochmals die Gläser.

«Schön, dass du danach fragst. Was grinst du so saudumm? Ich fand es ganz und gar nicht lustig. Der verdammte Kriecher liess uns schön auflaufen. Ich bin gar nicht zum Argumentieren gekommen. Er zeigte mir den Vertrag, in lächelndem, zuvorkommendem Ton, als ob er sich mit einer Siebenjährigen unterhalten würde. Es sieht nicht gut aus für Boris. Im Vertrag, er kopierte ihn mir sogar …», sie rannte ins Wohnzimmer und klatschte Ferrari das dreiseitige Papier auf den Tisch, «steht klipp und klar, dass der Käufer den Wagen so übernimmt, wie er dasteht. Die exakte Formulierung heisst: Wie gesehen. Selbstverständlich ohne Garantie!»

Ferrari las die Zeilen durch.

«Ein Standardvertrag. Der ist meiner Meinung nach in Ordnung.»

«Das meint Walter auch. Er sei sogar niet und nagelfest.»

«Wie gehts unserem Anwalt?»

«Gut. Olga ist wieder schwanger. Sie können bald eine kleine Fussballmannschaft aufstellen.»

«Schon wieder ein Junge?»

«Ja, dabei wünschen sie sich ein Mädchen. Er meint, das komme schon noch. Sie müssten nur noch ein wenig üben.»

«Na dann, viel Spass dabei. Wenn Walter findet, dass der Vertrag in Ordnung ist, dann ist er es auch.»

«Und deine Spezis spielten dabei eine traurige Rolle. Von wegen die Unbestechlichen!»

«Du meinst die Leute von der MFK?»

«Exakt. Die wussten genau, dass das Auto ein Schrotthaufen ist. Aber wen interessiert das schon. Das Arschloch in Kleinhüningen zog ja nur einen Ausländer über den Tisch, der sich nicht wehren kann.»

«Jetzt komm aber wieder runter, Monika. Erstens kann niemand etwas dafür, wenn Boris dumm genug ist, sich ohne fachlichen Rat eine Rostlaube andrehen zu lassen.»

«Und zweitens?»

«Zweitens zu meinen Kollegen, ach was, es sind nicht einmal meine Kollegen, auf jeden Fall lege ich die Hand dafür ins Feuer, dass die kein fahruntaugliches Auto durch die Prüfung lassen.»

«Verbrenn dich nur nicht dabei. Und drittens?»

«Es gibt kein drittens.»

Monika erhob sich abrupt und verschwand im Schlafzimmer. Was war das? Dem Kommissär schwante nichts Gutes.

«So, hier kommt drittens. Du kannst auf dem Sofa schlafen. Schnarch hier draussen vor dich hin. Du bist genau gleich wie dieser Schrotthändler und deine sauberen Kollegen. Immer feste draufhauen auf den kleinen Mann.»

«Aber …»

Monika schlug die Schlafzimmertür hinter sich zu. Na bravo, ausgelagert! Ferrari gab seiner Decke und dem Kissen einen Tritt. Und alles, weil sie mit diesem Idioten in Kleinhüningen nicht klargekommen ist. Und wer badet es aus? Francesco Ferrari höchstpersönlich! Zumindest hat sie mir den Pyjama noch hingeworfen. Das wird eine Nacht! Unruhig wälzte sich der Kommissär zwei Stunden auf dem Sofa herum. Das Genick tat ihm bereits entsetzlich weh und fast wäre er auf den Klubtisch gestürzt. Jetzt habe ich aber genug! Leise schlich er sich mit seiner Decke und dem Kissen ins Schlafzimmer und legte sich vorsichtig neben Monika ins Bett. Geschafft! Die Frau Apothekerin schläft tief und fest und schnarcht!

9. Kapitel

Ferrari sass am Schreibtisch und massierte sich den Nacken. Die halbe Nacht auf dem Sofa ist mir gar nicht bekommen. Immerhin war Monika heute früh umso fürsorglicher. Gut, ich spielte bewusst den Leidenden, um ihr schlechtes Gewissen zu schüren. Der Kommissär blickte auf den vor ihm liegenden Kaufvertrag. Boris, dieser Trottel, ist schliesslich für sein Handeln selbst verantwortlich. Aber nein, ich darf jetzt die Kohlen aus dem Feuer holen. Besser ich mach es gleich, Monika wird sonst keine Ruhe geben. Ferrari rief den Chef der Motorfahrzeugkontrolle in Münchenstein an. Nach zehn Minuten wurden sie handelseinig. Er würde den Prüfbericht faxen, der Angelegenheit intern nachgehen und ihn anrufen, falls irgendwelche Ungereimtheiten auftauchten, aber die Wahrscheinlichkeit sei gering. Korruption und Bestechung gäbe es nämlich nicht bei ihm, eine Gefälligkeitsprüfung schon gar nicht. Das wäre im Strassenverkehr viel zu gefährlich. Nach dieser Exkursion ins Reich von Blech und Gummi verglich Ferrari die Kundenkartei von Grauwiler mit der Freierliste von Arthur Koch. Keine Übereinstimmung. Na ja, das ist zu erwarten gewesen.

«Kopfweh?»

«Nur ein steifer Nacken. Bin wohl dumm gelegen in der Nacht.»

Nadine schnappte sich den Vertrag auf dem Tisch.

«Kaufst du ein Auto? Wow! So eine alte Kiste!»

«Es gehört einem Freund von uns. Besser gesagt, den Eltern einer Schulfreundin von Nikki. Sie wurden gelinkt und jetzt versucht Monika, den Vertrag rückgängig zu machen.»

«Wenn ich dabei etwas helfen kann …»

Das fehlte noch … Halt! Das war vielleicht gar keine schlechte Idee. Monika und Nadine gegen den Schrotthändler! Wenn die beiden zusammen einfahren, gibt er klein bei. Vertrag hin oder her.

«Was grinst du so blöd?»

«Nichts … gar nichts. Danke für dein Angebot, ich komme gern darauf zurück.»

Nadine setzte sich auf den Stuhl und las den Vertrag durch.

«Scheint in Ordnung. Wo steht die Karre?»

«Bei Cortellini in Birsfelden.»

«Die schaue ich mir mit Monika an.»

Ferrari rieb sich unter dem Tisch die Hände. Wunderbar! Ein Problem weniger.

«Ich habe beim Chef der MFK den Prüfbericht angefordert. Selbstverständlich streng vertraulich und unter Kollegen.»

«Sehr gut, dann warten wir so lange.»

Von Nora Schüpfer und ihrer Tochter Julie gab es nichts Neues. Und auch Arthur Koch blieb weiterhin verschwunden. Hm. Heute war Freitag, der zweite Tag nach dem Mord, und sie waren nicht wirklich weiter. Gelinde ausgedrückt. Nadine rief Remo Kusters Sekretärin an. Sie konnte sich beim besten Willen nicht vorstellen, was Peter Grauwiler in der Kanzlei gesucht hatte. Er sei seit mindestens drei Wochen nicht mehr im Büro gewesen. Sie habe in seinem Auftrag jeweils die Mails kontrolliert und diese mit ihm telefonisch besprochen. Die tägliche Post sei von Remo erledigt worden. Frau Steiner bot an, ihre Ferien vorzeitig abzubrechen und sofort nach Basel zurückzufahren, was Nadine nicht für notwendig hielt. Zumindest nicht im Moment.

«So wie es aussieht, weiss niemand, was für eine Akte Peter Grauwiler suchte. Ich frage mich die ganze Zeit, ob das überhaupt relevant ist. Möglich, aber genauso gut könnte das Gegenteil zutreffen. Zudem wüsste ich gern, wo sich Thuri herumtreibt.»

«Ich auch. Vermutlich ist er zusammen mit Nora abgetaucht. Nur diese Vorstellung gefällt mir überhaupt nicht … Ja, bitte?»

Noldi trat ein, übersah Nadine geflissentlich und legte Ferrari seinen Bericht auf den Tisch.

«Im PC von Peter Grauwiler konnte ich nichts Besonderes entdecken», erklärte er förmlich. «Keine geheimen Dateien, nichts gelöscht.»

«Danke. Möchtest du dich nicht einen Moment setzen, Noldi?»

«Ist das ein dienstlicher Befehl, Francesco?»

«Eine freundschaftliche Bitte.»

Noldi setzte sich. Seine ganze Körpersprache verriet Wut und Ablehnung.

«Was ist los mit dir, Noldi?»

«Nichts … doch! Sie … sie ist an allem schuld.»

Nadine wollte aus dem Büro rennen, doch Ferrari hielt sie zurück.

«Du bleibst! Setz dich bitte, Nadine.»

Sie versetzte dem Stuhl einen Fusstritt und lehnte sich mit verschränkten Armen an die Wand.

«Ich denke, es ist an der Zeit, einige Dinge zu klären. Euer Eiertanz macht mich langsam, aber sicher wahnsinnig. Also Noldi, weshalb ist Nadine an allem schuld?»

«Sie wollte Thuri unbedingt Nora ausreden.»

«Das ist doch die Höhe!»

«Doch, genau so ist es. Du hast keine Möglichkeit ausgelassen.»

«Das muss ich mir nicht länger anhören …»

«Du bleibst, Nadine! … Gut, nehmen wir einmal an, das trifft zu. Dann begreife ich trotzdem nicht, warum du das mit dem Mord und dem Verschwinden von Nora, Julie und Thuri in Zusammenhang bringst.»

«Am Mittwochmorgen wollte Thuri mit mir reden. Aber weil Nadine dabei war, traute er sich nicht. Er weiss ja, dass sie ihn wegen seiner Beziehung zu Nora ablehnt. Ich bin sicher, dass der Fall längst aufgeklärt wäre, hätte ich nur in Ruhe mit ihm sprechen können. Aber sie weiss immer alles besser. Sie macht ja keine Fehler.»

Nadine rannte hinaus.

«Das ist jetzt aber nicht dein Ernst?!»

«Vollkommen! Sie ist schuld am ganzen Drama. Sie verspottete Thuri, lachte ihn aus und wollte, dass er Nora verlässt. Vielleicht …»

«Wenn du mir jetzt noch sagst, dass Nadine in Thuri verliebt ist, wäre das die Krönung des absoluten Stumpfsinns.»

«Möglich wäre es», antwortete Noldi trotzig.

Ferrari klopfte mit dem Kugelschreiber heftig auf die Tischplatte. Beziehungskiste im Dienst! Nicht unbedingt das, was wir jetzt brauchen. Noldi glaubt tatsächlich den Mist, den er rauslässt. Das wird ein hartes Stück Arbeit, bis die sich wieder vertragen.

«Du … dass du auf Nadines Seite bist, ist ja sonnenklar.»

«Ach ja?»

«Die wickelt dich doch um den kleinen Finger. Wenn nur die Hälfte von dem stimmt …» Noldi hielt inne.

«Nur die Hälfte von was?»

«Nichts … ich sag jetzt nichts mehr. Kann ich gehen?»

«Sicher. Es hält dich niemand auf.»

«Es … Francesco …»

«Danke für deinen Bericht, Noldi. Du hast wie immer ausgezeichnete Arbeit geleistet. Ist noch etwas?»

«Nein … es ist schon gut.»

Noldi schlich wie ein geschlagener Hund davon. Das halbe Kommissariat, nein das ganze lästert demnach über Nadine und mich. Natürlich hinter vorgehaltener Hand, wie es sich gehört.

«Darf ich?»

«Sie fehlen mir gerade noch, Herr Staatsanwalt.»

«Oh, schlecht gelaunt an einem solch schönen Morgen? Schauen Sie nach draussen, Ferrari. Der Frühling ist da. Spüren Sie diese Kraft, diese unbändige Energie? Die Blumen blühen, die Bäume spriessen. Das ist die reinste Poesie. Öffnen Sie Ihr Herz und nehmen Sie die positive Energie in sich auf. Geniessen Sie den Frühling. Sie sollten zu mir hinüberkommen. Ein einziges Blütenmeer. Die Natur ist aus dem Winterschlaf erwacht.»

«Schön für die Natur!»

«Oho! Sorgen?»

«Im Kommissariat kursieren Gerüchte über Nadine und mich.»

«Ach, das! Und, stimmt es?»

«Ich muss doch sehr bitten, Herr Staatsanwalt!»

«War nur eine Frage. Gegen die Gerüchteküche kommen nicht einmal Sie an, mein Lieber. Da müssen Sie durch. Und ehrlich gesagt, so ganz unschuldig sind Sie ja auch nicht. Wieso hängen Sie andauernd wie Kletten zusammen und lassen niemanden dazwischen? Bildlich gesprochen, nur bildlich gesprochen!

Wenn ich da an die Geschichte damals im Grossen Saal der Mustermesse denke. Da ist Frau Kupfer wie eine Furie, was heisst wie eine Furie, wie der Teufel in Person, über mich hergefallen. Seither mache ich mir schon auch ab und zu meine Gedanken, ob zwischen Ihnen mehr als nur ein kollegiales Verhältnis besteht … Nun, da dies nun geklärt ist, gehen wir zum Tagesgeschäft über. Gibt es Neuigkeiten im Fall Grauwiler? Ich muss unserem Regierungsrat einen Knochen vorwerfen, damit er Ruhe gibt.»

«Wir sind noch nicht weiter als gestern Abend, obwohl jetzt schon neun Uhr ist.»

«Na, na, nur nicht so schnippisch, Ferrari! Ich kann auch nichts für die Gerüchteküche. Diese Suppe haben Sie sich selbst eingebrockt. In dem Fall werde ich Schneider einfach sagen, dass Sie eine heisse Spur verfolgen. Heisse Spur ist immer gut! Ah, da ist ja auch unsere Frau Kupfer … dann will ich nicht länger stören.»

Nadine hatte geweint.

«Ich will in diesem Fall nicht mehr weiter ermitteln, Francesco. Nimm Stephan dazu und ich übernehme seinen Job für diese Zeit.»

«Kommt nicht infrage.» Ferrari nahm seine Assistentin in den Arm. «Wir sind ein Team, basta! Das stehen wir gemeinsam durch. Noldi ist total verblendet.»

«Es ist nicht nur Noldi. Die anderen zeigen auch mit dem Finger auf mich.»

«Blödsinn! Das bildest du dir nur ein.»

«Sie tuscheln hinter meinem Rücken.»

«Hinter unseren Rücken, Nadine. Es geht nicht nur um den Fall. Sie denken, dass wir mehr als nur ein Team sind. Sogar unser Herr Staatsanwalt beteiligt sich an der Gerüchteküche.»

Nadine erholte sich langsam und setzte sich auf Ferraris Stuhl.

«Noldi … das geht mir voll unter die Haut. Das andere Gerede ist mir egal. Ist ja nichts Neues. Aber Noldi … dass er so von mir denkt … er weiss doch, dass ich nicht so bin …»

«Er ist verwirrt. Irgendwie steht er zwischen den Fronten. Thuri ist sein bester Freund und du bist seine … Partnerin.»

«Das bin ich nicht. Damit das ein für alle Mal klar ist.»

«Gut, dann ist er halt dein Vergnügungsobjekt, dein Spielzeug. Besser so?»

Sie lächelte.

«Das trifft es auch nicht. Etwas dazwischen.»

«Wir müssen diesen Fall schnell aufklären. Er vergiftet das Klima, hier im Kommissariat und vor allem zwischen dir und Noldi. Soll ich jetzt Stephan fragen oder besser gesagt, lässt du mich wirklich im Stich?»

Sie küsste ihn auf die Wange.

«Danke! Es geht mir schon bedeutend besser.»

«Sehr gut … Ah, da rattert ja auch der Prüfungsbericht der MFK herein … Es scheint keine Ungereimtheiten zu geben, wie erwartet.» Ferrari legte das Fax in die oberste Schublade seines Schreibtisches. «Dann statten wir jetzt Robert Stolz einen Überraschungsbesuch ab. Er wohnt immer noch am St. Johanns-Rheinweg, wie mich Big Georg wissen liess.»

Der Rhein führte ziemlich viel Wasser. Die braune, trübe Brühe floss mit grosser Geschwindigkeit Richtung Deutschland. Bei Wallbach hatte der Rhein bereits das Ufer überschwemmt und Keller geflutet. Auf der Kleinbasler Seite fuhren mit Sandsäcken beladene Lastwagen vor. Wenn es so weiterging, würde der Fluss in Kürze eine kritische Höhe erreichen. Nadine und der Kommissär standen am St. Johanns-Rheinweg oberhalb der Johanniterbrücke und bestaunten diese elementare Gewalt, als ein ziviles Polizeifahrzeug auf ihrer Höhe hielt.

«Hallo Kollegen!»

«Grüezi, Francesco. Hallo, Nadine. Du solltest deinen Schlitten wegfahren. Wir sperren den Rheinweg ab, eine reine Vorsichtsmassnahme. Vermutlich tritt der Rhein im Kleinbasel übers Ufer und das lockt hier natürlich unzählige Schaulustige an. Wir haben so unsere Erfahrungen gemacht …»

Während Nadine ihr Auto wegfuhr, sie versuchte ihr Glück in der St. Johanns-Vorstadt, blickte Ferrari zur Mittleren Rheinbrücke. Es war schon eine Weile her, seit der Rhein so viel Wasser mit sich führte.

Damals, vor einigen Jahren, gab es einen Toten auf der Klingentalfähre, ein kniffliger Fall, den er allein lösen musste. Kommissär Francesco Ferrari, der einsame Wolf der Basler Polizei! Lang, lang ists her! Er schmunzelte. Immer wieder wurden ihm Assistenten zugeteilt, aber keine Zusammenarbeit dauerte lange. Bis Nadine in sein Leben trat.

«So, wir können. Der Porsche ist in Sicherheit. Schon eindrücklich, diese Naturgewalt.»

«Ja, sehr. Bei dieser Strömung wäre wohl auch ein geübter Schwimmer machtlos.»

«Ich trau mich auch bei Tiefststand nicht da rein. Hoffentlich entschärft sich die Situation bald, sonst überschwemmt die Brühe wieder halb Deutschland. Köln löste bereits Hochwasseralarm aus.»

Robert Stolz junior war nun nicht gerade das, was man sich als Schwiegersohn wünscht. Verschlafen, wahrscheinlich nach einer Freinacht, unrasiert und laut gähnend liess er sie in die Wohnung.

«Er stinkt!», bemerkte Nadine. «Er stinkt sogar grauenhaft!»

Von der grossen Dachterrasse mit Blick auf den Rhein konnte man das Naturschauspiel noch besser beobachten. Eine sensationelle Aussicht! Die gesamte Wohnung war beeindruckend, fünf grosse Zimmer und eine Küche, die keinen Wunsch offen liess. Mit der Ordnung sah es allerdings anders aus, überall lagen Kleider und leere Flaschen herum. Stolz setzte sich auf einen Barhocker und strich sich eine Strähne aus dem Gesicht.

«Bullen! Wenigstens eine geile Chica. Was wollt ihr? Ist jemand versoffen? Oder beklagt sich eine, dass ich es nicht mehr bringe? Auch ein Bier?», er griff hinter die Bar.

«Danke, nein.»

«Ach ja, ihr seid ja im Dienst. Alles Kacke.»

Stolz schlug mit der Hand auf die Bierflasche, die er an die Kante der Marmorplatte hielt. Der Bierdeckel flog in hohem Bogen weg.

«Wirklich nicht?»

«Nein!»

«Du wolltest mich schon einmal hochnehmen, Ferrari. Ehrlich, jetzt kanns ich ja zugeben, ich dachte, die ist alle. Dann tauchte sie plötzlich wieder auf, im wahrsten Sinn des Wortes! Wie Phönix aus der Asche. Guter Joke!»

«Zum Glück. Sonst würdest du nicht hier sitzen, sondern im Knast.»

«Ah, du kannst auch reden. Willst du einen Schluck?»

«Nochmals, nein danke.»

«Zicke! Wahrscheinlich irgendein Hochschulabschluss, arrogant wie die Sau und prüde, dass man das Kotzen kriegt, aber ein Superbody.»

«Du musst es ja wissen. Lieber arrogant und prüde als versoffen und stinkend. Du füllst dir wohl jeden Abend die Lampe und mimst den grossen Max, was? Und das Ganze, inklusive diesem Designerloch sponsered by Mami und Papi. Echt stark. Aber die Kohle ist nötig, denn sonst würde dich keine normale Frau anrühren. Du stinkst nämlich bestialisch, du versoffenes Arschloch!»

«Starke Ansage!» Stolz roch an seinem Leibchen. «Ich stinke tatsächlich. Es ging gestern Abend hoch zu in der Cargo Bar. Dann schleppte ich zwei Tussis ab. Ein flotter Dreier. Als ich heute Morgen aufwachte, waren sie weg.»

«Hoffentlich mit deiner Kohle.»

«Meinst du?» Er rutschte vom Hocker und schlurfte ins Schlafzimmer. «Das Geld ist noch da, auch die Kreditkarten. War wohl doch aus Liebe.»

Ferrari verfolgte das Gespräch amüsiert.

«Wegen Geld und Liebe sind wir auch hier.»

«Da bin ich aber gespannt», Stolz rülpste heftig.

«Sie kennen eine Nora Schüpfer.»

«Das war mal, ist schon einige Zeit her. Sie zeigte mich an, doch das Ganze verlief im Sand. Nicht der Rede wert.»

«Sie haben sie geschlagen und gewürgt.»

«Quatsch! Ich mag halt eine etwas härtere Gangart. Olle Kamellen! Was wärmt ihr den Mist jetzt wieder auf?»

«Wir suchen Nora Schüpfer.»

«Bitte, schaut euch ungeniert um. Weil ihr so nett seid, gebe ich euch einen Tipp. Sie liegt in kleine Teile zerstückelt im Gefrierschrank.» Er holte sich das nächste Bier. «Man soll mit dem anfangen, womit man am Abend aufgehört hat. Eine alte und sehr bewährte Lebensweisheit. Immer noch kein Bier, Zicke?»

«Danke, nein, Arschloch!»

«Wieso sucht ihr das Luder überhaupt?»

«Das geht dich einen Dreck an.»

«Wenn du hinter ihr her bist, Ferrari, ist sie eine Killerin. He! Hat sie dem Grauwiler das Licht ausgeblasen? Das ist es! Sie hat die Spiessersau erledigt. Super! Das macht sie mir schon wieder sympathisch.»

«Kennen Sie Peter Grauwiler?»

«Eine schmierige Sau, ein Geiferer! Wenn du dem auf den Teller kotzt, bedankt er sich noch dafür. Der hat meine Alten eingewickelt.»

«Wann hast du Nora zum letzten Mal gesehen, bei deinem kleinen Mordversuch?»

«Spinnst du? Ich hab sie ein wenig am Hals geschüttelt. Das bringt das Adrenalin hoch. Und dann musst du im richtigen Moment loslassen. Voll geil. Die lief voll Amok, aber das Geld nahm sie.»

«Wie siehts mit deinem Kumpel Richter aus?»

«Der? Was weiss denn ich. Der kann sich doch die Alte gar nicht leisten.»

Ferrari blätterte in einer Zeitschrift.

«Das solltest du lieber lassen, Ferrari.»

«Und wieso?»

«Weil du sonst vielleicht den Stoff findest, Francesco!», half ihm seine Kollegin auf die Sprünge.

«Welchen Stoff?»

«Mann, Zicke, gar nicht schlecht.»

«Kokain?»

«Bingo!»

Jetzt erst begriff der Kommissär, wovon die beiden redeten. Manchmal bin ich so etwas von beschränkt! Er schüttelte alle Zeitschriften, die auf dem Tisch lagen. Einige Briefchen fielen auf den Boden.

«Wer hat dir das gesteckt, Zicke?»

«Niemand. Übrigens, der Besitz von Kokain ist strafbar.»

«Shit! Dann werde ich wohl jetzt meinen Anwalt anrufen.»

«Das hat noch etwas Zeit. Zuerst beantwortest du unsere Fragen. Glaubst du, dass Grauwiler ein Kunde von Nora war?»

«Null Ahnung. Ich bins jedenfalls nicht mehr seit der dämlichen Anzeige.»

«Hast du Nora auch ausserhalb ihres Appartements getroffen?»

«Nein … Das heisst, einmal, das war kurz nach der Anzeige, bin ich ihr und ihrem Lover an der Avo Session über den Weg gelaufen. Da gabs Zoff. Aber das ist eine Ewigkeit her.

«Was ist genau passiert?»

«Wir haben etwas geplaudert und da ist ihr Lover auf mich los. Einer meiner Freunde hat ihn dann in seine Einzelteile zerlegt. Das war ein irrer Joke!»

«Dein Freund heisst nicht zufällig Sebastian Richter?»

«Gut geraten, Zicke. Ich erfuhr erst später, dass sie den Typen heiraten wollte. War wohl nichts. Dass sie den Grauwiler abgemurkst hat, finde ich affengeil. Ich teile die Leute immer in Kategorien ein. Nora killt im Affekt und du schiesst einem voll berechnend ein ganzes Magazin in den Ranzen.»

«Interessant. Was ist mit dir?»

«Ich lasse morden, ich mache mir doch die Hände nicht dreckig.»

«So kommen wir nicht weiter. Sie haben also seit etwa acht Jahren keinen Kontakt mehr zu Nora Schüpfer, ist das korrekt?», mischte sich Ferrari ins Gespräch ein.

«Ja, Herr Kommissar!», brüllte Stolz. Er stand in Achtungstellung da und salutierte.

«Und Ihr Freund Richter?»

«Das müssen Sie ihn selbst fragen!»

«Wo finden wir diesen Richter?»

«Rütimeyerstrasse, ganz oben am Bundesplatz!»

«Wenn Ihnen noch etwas zu Nora Schüpfer einfällt, dann erreichen Sie uns unter dieser Nummer», Ferrari drückte ihm seine Visitenkarte zwischen die Finger der salutierenden Hand.

«Zu Befehl, Herr General!»

«Komm, Nadine, wir gehen.»

Stolz stand immer noch stramm.

«Und was wird jetzt aus uns, Zicke? Sniffst du eine Runde mit?»

«Räum das Zeug weg, bevor wir es uns anders überlegen. Und vergiss nicht zu duschen.»

«Cool!»

Sebastian Richter war nicht zu Hause, vermutlich auf Stolz' Vorwarnung ausgeflogen. Als sie ins Büro zurückkamen, sass Big Georg auf Ferraris Stuhl. Er wischte sich mit einem Taschentuch über die Stirn.

«Was treibt dich denn aus deinem Reich zu den Normalsterblichen, Georg?»

«Ich habe angerufen, aber ihr nehmt nicht ab.»

Wie auf Kommando griffen Nadine und der Kommissär nach ihren Handys.

«Ist nicht weiter schlimm. Mit dem Lackaffen da neben euch will ich nicht reden und da bin ich halt selbst schnell heraufgekommen. Ein wenig Bewegung tut gut, sagt zumindest mein Arzt. Was ich fragen wollte: Wie lange sollen wir noch mit der Suche fortfahren, Francesco?»

«Am liebsten so lange, bis ihr Nora, Julie und Thuri findet.»

«Das kann ewig dauern. Wir haben bald ganz Basel auf den Kopf gestellt und unsere Kollegen suchen auch das hinterletzte Kaff ab. Verdammt noch mal, Francesco, was wird hier eigentlich gespielt? Ist Thuri in den Fall verwickelt?»

«Wenn wir das wüssten, wären wir einen zünftigen Schritt weiter.»

«Verstehe. Ich möchte mit euch etwas unter sechs Augen besprechen, allerdings muss es unter uns bleiben.» Georg Kaufmann, wie der Leiter der Fahndung mit richtigem Namen hiess, wippte mit Ferraris Bürostuhl. «Ganz bequem, das Ding. So einen möchte ich auch. Kriegt man den auf Bestellung vom Hausmeister?»

«Ein Geschenk von Olivia Vischer.»

«Aha! Ja, die Vischer! Immer die Spendierhosen an. Du könntest doch bei ihr ein gutes Wort für mich einlegen.»

«Das mache ich, Georg, versprochen! Aber du wolltest mit uns etwas besprechen.»

«Also, ihr wisst ja, dass Thuri zusammengebrochen ist.»

«Ja, hier im Kommissariat.»

«Genau. Nach einem Anruf, den ihm die Zentrale durchstellte.»

«Und das sagst du uns erst jetzt?»

«Ich weiss es auch erst seit einer Stunde. Reiner Zufall. Ich habe mich mit Petra, das ist eine der Telefonistinnen, unterhalten und sie erzählte es mir so nebenbei. Ums kurz zu machen, Thuri wurde von einer Frau angerufen. Danach drehte er vollkommen durch, schrie ‹Woher kam der Anruf? Könnt ihr den zurückverfolgen?› und klappte zusammen.»

«Ihr zeichnet doch alle Anrufe auf.»

«Nicht bei privaten Telefongesprächen für Kollegen, Nadine.»

«War es eine jüngere oder eine ältere Frau?»

«Das kann keiner so richtig beantworten. Sie flüsterte anscheinend nur. Es war ein ganz kurzes Gespräch. Sorry, ich bin euch keine grosse Hilfe.» Er stemmte sich mühsam aus dem Sessel, der sich exrem nach hinten bog und merkwürdige Geräusche von sich gab. «So, ich gehe jetzt wieder. Wir suchen vierundzwanzig Stunden weiter. Danach blasen wir das Ganze ab. Einverstanden?»

«Einverstanden. Danke, Georg.»

«Mein armer Bürostuhl! Big Georg hat ihn kaputt gemacht!»

Ferrari stellte sich hinter seinen Stuhl und bog ihn nach vorne.

«Er ist halt nur für eine Person konstruiert», lachte Nadine.

«Glück gehabt, er ist noch ganz!» Strahlend setzte sich der Kommissär und wippte. «Die Anruferin war hundertprozentig Nora. Immerhin bedeutet das, dass sie noch lebt. Aber sie verriet ihm nicht, wo sie sich versteckt. Sonst hätte er nicht gefragt, ob sie den Anruf zurückverfolgen können.»

«Stimmt. Sicher ist, dass sie dringend mit ihm sprechen oder ihn sehen wollte. Superdringend.»

«Weshalb superdringend?»

«Thuri hatte Dienst. Wahrscheinlich konnte sie ihn übers sein Handy nicht erreichen. Die einzige Chance war über die Telefonzentrale.»

«Hm. Besuchen wir Hanspeter Sonderegger. Der steht noch auf meiner Liste. Und vorher gehen wir rasch ins Labor.»

«Wieso denn das?»

«Ich will mit Noldi reden, und zwar deutlich.»

«Na, dann Prost!»

Der Computerspezialist der Basler Polizei hatte mehrere Geräte mit einem Bildschirm verkabelt, auf dem drei verschiedene Kurven parallel untereinander verliefen. Die Abweichungen dieser Kurven waren sehr gering. Geduldig warteten der Kommissär und seine Kollegin, bis Noldi seine Arbeit beendete.

«Ein Stimmenvergleich, um den mich Daniel in einem Erpressungsfall gebeten hat. Die Stimmen sind identisch. Nur beim einen Band geht etwas nicht auf. Da gibt es einen unnatürlichen Unterbruch. Ich finde aber schon noch heraus, weshalb. Nadine, Francesco, wegen heute Morgen …»

«Schon gut, Noldi. Ich glaube, dass wir das später in Ruhe bei einem Glas Wein oder bei einem Essen bereinigen sollten. Bei uns allen liegen die Nerven blank und wir sollten uns jetzt nicht noch gegenseitig hochschaukeln.»

Noldi war das Gespräch mehr als nur unangenehm. Immer wieder fuhr er mit der Hand durch seine Haare.

«Trotzdem, was ich sagte, war nicht in Ordnung. Es tut mir leid. Ich weiss, dass ihr ein super Team seid.»

Aber am Vorwurf gegen Nadine hältst du weiter

fest. Na warte, dachte Ferrari. Darüber werden wir uns noch unterhalten, mein Freund, wenn auch nicht heute.

«Das weiss ich, Noldi. Schon vergessen.»

Nadine stiess Ferrari in den Rücken. Von wegen deutlich reden. Das Gesülze war schier nicht zu ertragen.

«Du musst uns helfen. Von Rebecca Haller wissen wir schon einiges über Nora, über ihre Jugendzeit, ihre Ausbildung und wie sie … wie sie Prostituierte wurde. Jetzt möchten wir gern mehr über Thuri erfahren. Was weisst du von ihm?»

Noldi fuhr seinen Computer herunter.

«Nicht viel. Er ist ein Einzelgänger, redet nur, wenn du etwas fragst. Nicht einmal auf unseren Touren ist er gesprächig.»

«Welche Touren?»

«Wir klettern zwei Mal im Jahr zusammen. Das weisst du doch, Nadine.»

«Aber nicht, dass du mit Thuri unterwegs bist.»

«Na ja, das hat dich nie besonders interessiert. Wir gehen immer mit einem guten Bergführer in die Wand. Unser Traum ist es, irgendwann den K2 zu besteigen. Das wäre fantastisch. Habt ihr gewusst, dass dieser zweithöchste Berg weit anspruchsvoller ist als der Mount Everest?»

«Ehrlich gesagt, nein … Zurück zu Thuri. Habt ihr nie über persönliche Dinge gesprochen?»

«Eigentlich nie. Nur einmal ist er etwas aufgetaut.

Wir waren bowlen, da hat er mir gesagt, dass er Nora heiraten wolle, und noch einiges mehr.»

«Und was?»

«Ich weiss nicht, ob ich euch das sagen darf.»

«Du bleibst hier, verdammt noch mal», Ferrari konnte Nadine gerade noch am Arm festhalten. «Was soll dieser Kindergarten?»

«Es … es ist nicht wegen dir, Nadine … Thuri hatte ein wenig zu viel getrunken. Deshalb sprudelte es zum allerersten Mal aus ihm heraus. Er wuchs bei seinem Vater und seiner Stiefmutter auf. Irgendwie kam er mit ihr nicht klar.»

«Warum war er nicht bei seiner leiblichen Mutter?»

«Anscheinend ist sie Alkoholikerin. Das Sorgerecht wurde dem Vater zugesprochen, aber die Mutter stand fast jeden Tag vor der Tür. Ich glaube, dass sie Thuri gegen die Stiefmutter aufhetzte oder zumindest versuchte sie es. Das hat er nie wirklich verkraftet. Die Kochlehre in Samedan war wohl eine Flucht. Später ist er dann ins Polizeikorps eingetreten, wir haben zusammen die Polizeischule absolviert.»

«Und seither seid ihr gute Freunde.»

«Die besten. Nora kennt er auch sicher schon seit sieben oder acht Jahren.»

«Und was ist an seiner Geschichte so geheimnisvoll?»

«Es … Thuri hat … er hat sexuelle Probleme.»

«Und wie äussern sich die?»

«Nicht, was du denkst. Er ist weder pervers noch verklemmt. Er … er kann keinen Sex haben.»

«Keinen Sex haben?», echote der Kommissär.

«Noldi meint, dass er impotent ist.»

«Impotent?»

«Das solls geben, Francesco.»

«Leider ja. Deshalb ist Thuri auch nie eine Beziehung eingegangen. Ausser mit Nora. Mit ihr ist es anders. Irgendwie hat sie es gespürt und liebt ihn so, wie er ist.»

«War er nie bei einem Arzt?»

«Doch. Aber alle Therapien sind fehlgeschlagen.»

«Vielleicht ist er nicht impotent, sondern schwul.»

«Siehst du, Francesco. Jetzt zieht sie wieder alles ins Lächerliche.»

«Ehrlich gesagt, dachte ich dasselbe.»

«Thuri ist nicht schwul. Er versagt einfach, wenn er mit einer Frau ins Bett geht.»

«Und das ist ihr egal?»

«Ja, vollkommen, wie es scheint. Dass …»

«Sprich es aus, Noldi.»

«Dass er Julie so abgöttisch liebt, kommt nicht von ungefähr. Er ist überzeugt, dass er nie ein Kind zeugen wird.» Seine Miene verfinsterte sich. «Und jetzt ist er verschwunden.»

«Nachdem er mit Nora telefoniert hat.»

«Dann lebt Nora noch! Uff, das ist eine gute Nachricht. Und Julie?»

«Keine Spur von den beiden. Thuri war nach dem

kurzen Gespräch ziemlich verzweifelt. Hat er sich bei dir gemeldet?»

«Nein! Ich schwörs!»

«Wo könnte sich Nora verstecken? Sie ist weder bei Thuri noch bei ihren Eltern. Das haben Georgs Leute überprüft.»

«Vielleicht verstecken sie sich ‹Im Sternen› in Langenbruck.»

«Wieso dort?»

«Da haben sie ihre erste gemeinsame Nacht verbracht, wenn auch nicht so, wie Thuri es sich vorgestellt hat.»

«Weiter, Noldi, es ist wichtig!»

«Mehr fällt mir dazu nicht ein. Nadine, ich …»

Doch die war bereits nach draussen verschwunden.

In Langenbruck wurde die Baselbieter Polizei leider auch nicht fündig. Nora und Arthur waren zwar im Hotel bekannt, der Hotelier schwärmte in den höchsten Tönen von deren Tochter, mit der er immer und immer wieder über die Ökorodelbahn gedüst sei, doch leider seien sie schon länger nicht mehr hier zu Gast gewesen.

Hanspeter Sondereggers Büro befand sich im Industriezentrum hinter dem Bahnhof St. Johann. Ferrari erkannte ihn auf Anhieb. Sein Gesicht hatte ihn wochenlang auf den Wahlplakaten verfolgt. Er stand vor einem grossen Lagergebäude auf einer der Rampen und diskutierte mit einem Chauffeur. Als sie ausstiegen, beendete er das Gespräch mit dem Lastwagenfahrer.

«Ich habe schon viel von Ihnen und Ihrer Kollegin gehört, Herr Ferrari. Freut mich, Sie endlich einmal persönlich kennenzulernen, Frau Kupfer. … Wollen wir unser Gespräch in meinem Büro führen oder lieber dort drüben?» Er zeigte auf eine kleine Baracke, die zum Café umfunktioniert worden war.

«Am besten dort, wo wir uns ungestört unterhalten können.»

«Dann wohl doch besser in meinem Büro.»

Hanspeter Sonderegger war Inhaber mehrerer Lagerhäuser. Er vermietete einzelne Stockwerke oder auch nur quadratmeterweise, je nach Bedarf.

«Ihr Geschäft scheint zu florieren», begann Ferrari das Gespräch.

«Wichtig sind eine gute Lage, nicht zu weit weg vom Zentrum, und eine den Kundenbedürfnissen angepasste Infrastruktur. Regale, die Platz für Paletten bieten, aber auch die Nutzung von Staplern muss möglich sein. Sie können auch Personal stunden- oder tageweise bei uns mieten. Das lohnt sich vor allem für KMUs, die selbst produzieren und nicht alles auf einmal verkaufen können. Die lagern dann ihre Waren bei uns ein und rufen sie nach Bedarf ab. Unser Kundenstamm besteht aus Kaffeegrosshändlern, Bauunternehmern bis hin zu einem Verlag.» Sonderegger machte eine kurze Pause und fuhr dann in ernstem

Ton fort: «… eine tragische Geschichte, das mit Peter. Ein grosser Verlust für uns alle. Menschlich, aber auch als Exponent der Partei. Lassen Sie mich bitte noch vorab eines bemerken. Ich weiss, dass Remo und ich eine grosse Dummheit begangen haben. Es war eine Kurzschlusshandlung. Mein erster Gedanke war, wir müssen Peter dort rausholen. An etwas anderes habe ich nicht gedacht. Selbstverständlich werde ich dafür geradestehen und die Konsequenzen tragen.»

«Eine Meisterleistung war das tatsächlich nicht.»

«Das ist milde ausgedrückt, Herr Kommissär.»

«Kannten Sie Nora Schüpfer?»

«Nein. Wir sind uns nie begegnet. Ich bin aus allen Wolken gefallen, als mich Gerber anrief.»

«Wie lange kennen Sie Peter Grauwiler?»

«Seit der Parteigründung, das sind etwa fünfzehn Jahre. Wir sind eine Splitterpartei. Unsere Gegner sagen, dass wir ein Sammelsurium von Unzufriedenen seien, die sich in keiner anderen Partei wohlfühlten. Ich war früher bei der FDP. Peter kam vom linken Flügel, ein eingefleischter Sozi.»

«Grauwiler war Ihr Frontmann.»

«Wenn Sie es so nennen wollen, Frau Kupfer. Peter hatte Charisma, er hielt die Partei am Leben. Wir setzten voll auf ihn. Allerdings zeichnete sich ein Umbruch ab. Vor zwei Wochen kündete Peter völlig überraschend seinen Rücktritt an. Nicht nur als Nationalrat, er wollte sich vollkommen aus der Politik zurückziehen. An der nächsten Vorstandssitzung wollten wir über seine Nachfolge im Nationalrat diskutieren.»

«Da kommt doch sicher nur der Parteipräsident infrage.»

«Unter keinen Umständen. Das lassen meine Geschäfte nicht zu. Das Präsidium ist bereits ein Grenzfall. Mehr geht nicht.»

«Wer ist Peter Grauwilers Mörder?»

«Eigenartige Frage, Frau Kupfer. Diese Nora Schüpfer … denke ich», fügte er hinzu.

«Und wenn es nicht Nora Schüpfer gewesen ist?»

Sonderegger dachte nach.

«Niemand aus der Partei. Sein Privatleben kenne ich gut, da kommt auch keiner infrage. Und in der Kanzlei lief es saumässig gut, ich sehe also auch keinen geschäftlichen Grund. Niemand, Frau Kupfer, absolut niemand.»

«Wenn Sie sein Privatleben gut kennen, wie steht es um Peter Grauwilers Ehe?»

«Die Ehe stand vor dem Aus. Peter wollte nicht mehr, aber aus Rücksicht auf seine Frau wollte er sich nicht scheiden lassen. Man kann zwanzig Jahre Ehe nicht einfach wie ein Kleenex entsorgen, wie er zu sagen pflegte. Es war ihm sehr wichtig, eine Lösung zu finden, die beiden Partnern gerecht würde.»

«Wussten Sie von Grauwilers Kontakt zu Nora Schüpfer?»

«Absolut gar nichts. Ich war vollkommen überrascht, dass Peter diese Frau … hm … besucht. Das geht mich ja auch nichts an.»

«Gab es Probleme in der Partei?»

«Das Übliche. Echte Probleme sind erst aufgetaucht, als Peter seinen Rücktritt bekannt gab. Jetzt beginnen die Hahnenkämpfe. Aber ich befürchte, dass am Schluss nur Leichen herumliegen … Pardon, das war geschmacklos!» Sonderegger sah Ferrari auffordernd an. «Sie sollten mich jetzt noch fragen, wo ich zur Tatzeit gewesen bin.»

«Und, wo waren Sie?»

«Ich war ab sieben Uhr hier im Gebäude, und zwar auf behördliche Anweisung. Ein Inspektor kontrollierte die elektrischen Anlagen. Ich bin Etage für Etage mit ihm durchgegangen. Ich könnte mich verfluchen, dass ich auf den Anruf von Gerber reagiert habe. Ein Prozess ist nicht gerade förderlich fürs Geschäft. Tja, selbst schuld.»

Der Kommissär erhob sich. Wir drehen uns im Kreis. Nirgends eine Angriffsfläche, nirgends ein Motiv. Es ist zum Haareraufen. Wenn wir den Nächsten befragen, was er von Peter Grauwiler hält, und der auch nur voll des Lobes ist, schreibe ich nach Rom. Dann kann ihn der Papst heilig sprechen. So viel Gutes ist sogar mir zu viel.

«Noch eine Frage, Herr Sonderegger. Wie würden Sie die Lebenssituation von Peter Grauwiler beschreiben, ging es ihm gut?»

«Ja, abgesehen von den Eheproblemen. Peter war ein sehr zufriedener und positiv eingestellter Mensch. In der Politik lief es wie am Schnürchen und finanziell musste er sich nun wirklich keine Sorgen machen.»

«Aber vom Nationalratsgehalt wird man sicher nicht reich.»

«Davon nicht. Ihnen kann ich es ja sagen, er ist nie wirklich aus der Kanzlei ausgetreten. Und die ist eine einzige Goldgrube.»

«Sagte Peter Grauwiler.»

«Und liess den Worten auch Taten folgen.»

«Könnten Sie uns das bitte näher erklären.»

«Selbstverständlich, aber unter dem Siegel der Verschwiegenheit. Mit seinen Mandaten verdiente er echt Geld. Ich weiss, wovon ich spreche. Peter half mir vor einem Jahr aus der Klemme. Ich startete mit diesem Gebäude genau auf dem Höhepunkt der Wirtschaftskrise. Die Folge davon war, dass der halbe Kasten leer stand. Als die Banken Druck aufsetzten, meine anderen Lagerhäuser sind bereits hoch belehnt mit Hypotheken, stand ich kurz vor dem Konkurs. Da half mir Peter. Das werde ich ihm nie vergessen … nie.»

«Von welcher Grössenordnung sprechen wir?»

«Zwei Millionen. Peter bürgte für mich bei der Kantonalbank. Das ging ruckzuck über die Bühne. Ich bekam die nötige Luft und kann nun in Ruhe meine Kredite abstottern. Die Bürgschaft musste ich nie in Anspruch nehmen.»

«War Emma Grauwiler damit einverstanden?»

«Davon gehe ich aus. Ich sprach jedoch nie mit ihr darüber.»

«Eine allerletzte Frage, welche Automarke fahren Sie?»

«Einen schwarzen BMW mit allen Schikanen. Ein Prunkstück. Sie müssen wissen, ich bin ein Autofreak. Wollen Sie ihn sehen?»

«Nein, danke!»

Vielleicht stimmt es doch. Grauwiler war ein Heiliger. Nicht gerade im Sinn der Kirche, wenn man die Seitensprünge betrachtet. Aber doch ein Gutmensch, hilfsbereit, immer zu einem Spässchen aufgelegt und ziemlich reich. Denn keine Bank auf der Welt akzeptiert einen Bürgen, wenn sie nicht sicher ist, dass sie sich im Notfall an ihn halten kann.

10. Kapitel

Nadine fuhr am Grand Casino vorbei in Richtung Allschwil. Beim Anblick des Spielcasinos schwor sich Ferrari, den nächsten Lottoschein auch tatsächlich wieder aufzugeben. Vielleicht sollten Borer und ich eine Tippgemeinschaft bilden. Gar nicht so schlecht, der Gedanke! Wir könnten den Einsatz verdoppeln und damit auch die Gewinnchancen. Sehnsüchtig blickte der Kommissär dem Spielcasino nach. Da könnte ich auch den Jackpot knacken, schon mit einem Franken.

«Will der Herr nun auch noch ins Casino?»

«Nur so zum Spass. Ich bin noch nie im Grand Casino gewesen.»

«Weiss Monika eigentlich, wie du dein Geld verpulverst?»

«Ich frage sie ja auch nicht, was sie sich alles kauft. Und dich auch nicht.»

«Soweit kommts noch.»

«Mit dem, was ihr in eure Klamotten investiert, könnte ich wahrscheinlich doppelt so viel spielen. Wenns reicht.»

«Du hältst Monika und mich also für zwei verschwenderische Modepüppchen?»

«Das habe ich nicht gesagt. Aber nehmen wir zum Beispiel deine Schuhe. Ganz ehrlich, du trägst praktisch jeden Tag andere Schuhe.»

«Modische, teure Schuhe.»

«Meine Rede. Genau wie Monika, immer nach dem neusten Trend.»

«Was man von dir nicht behaupten kann.»

«Entschuldige bitte. Es ist auch nicht nötig, jeden Modegag mitzumachen.»

«Sei froh, dass Monika dich einkleidet. Sonst würdest du wie ein Clochard durch die Gegend rennen.»

«Also, bitte!» Ferrari traute seinen Ohren nicht. Ich glaub, ich spinn! Der Spruch könnte von meiner Mutter sein.

«Es wäre dir also lieber, wenn Monika und ich in Sack und Asche herumlaufen würden?»

«Du übertreibst masslos, doch manchmal ist weniger eben mehr. Im Kleiderkasten ist mein Teil nur etwa halb so gross, was sage ich, ein Viertel so gross wie der von Monika.»

«Aha! Der Herr kontrolliert Monikas Kleideranteile, wenn sie nicht zu Hause ist.»

«Blödsinn. Und bei dir zum Beispiel …»

«Bei mir? Was ist bei mir?»

«Nichts.»

«So nicht, Francesco. Raus damit, was ist bei mir?»

«Dein Kasten im Gang platzt aus allen Nähten. Schuhe, Schuhe und nochmals Schuhe.»

«Das ist doch … sag mir auf der Stelle, woher du das weisst?»

«Mein Geheimnis!»

Ohne den Blinker zu setzen, fuhr Nadine aufs Trottoir.

«Autsch! Ist das nötig?», Ferrari rieb sich die Stirn.

«Ich will jetzt sofort wissen, woher du das weisst.»

«Nur eine Vermutung.»

«Wers glaubt! Du redest nicht von irgendeinem Schrank, sondern explizit von dem im Gang. Also, ich warte.»

«Von … von deinem Paps.»

«Was! Woher weiss er das? … Na klar, er war vor zwei Wochen bei mir zum Essen. So eine Frechheit. Ich ackere in der Küche und er klappert inzwischen meine Schränke ab. Vermutlich hat er in deinem Auftrag spioniert!»

«Also, bitte!»

«Du wiederholst dich», entgegnete Nadine trocken und fuhr wie eine Wahnsinnige los.

Weshalb kann ich nicht einfach die Klappe halten? Immer wieder tappe ich in die gleiche Falle. Jetzt bringe ich sogar Nationalrat Kupfer ernsthaft in Verruf. Ich werde ihn vorwarnen müssen, dass da etwas auf ihn zukommt.

«Der ist zum letzten Mal in meiner Wohnung gewesen. Spioniert mich aus! Was glaubt ihr eigentlich … He! Pass doch auf, du Trottel!»

Ferrari rutschte tief in seinen Recarositz. Sie ist imstande und zertrümmert mit ihrer miesen Laune halb Basel.

«Verkriech dich nur! Also, damit ich dich richtig verstanden habe, Monika und ich sind zwei Modepüppchen, die ihr ganzes Geld sinnlos verprassen. Ich bin total gespannt, was Monika davon hält.»

Oje. Das kann ja heiter werden.

«Wohin fahren wir eigentlich?»

«Nochmals zu diesem Richter. Vielleicht haben wir jetzt mehr Glück und er ist zu Hause.»

«Aha! Gute Idee und schön, dass wir vorgängig darüber geredet haben.»

«Ich denke eben mit. Eigentlich bin ich die beste Assistentin, die man sich wünschen kann. Du hast echt Glück mit mir. Ist Grauwiler von Haus aus vermögend gewesen oder stammt das Geld von seiner Frau? Und wie reich sind sie wirklich?»

«Das weiss ich nicht. Wenn man das Haus der Grauwilers sieht, würde ich sagen, die sind ziemlich reich. Ich rufe Brugger an, unseren Bankenspion. Der soll das herausfinden.»

Nadine parkierte in der Rütimeyerstrasse. Sie klingelten mehrere Male, doch niemand öffnete.

«Richter ist nicht zu Hause oder er macht einfach nicht auf.»

«Dann eben nicht. Fahren wir zurück ins Kommissariat.»

Ferrari unterhielt sich am Nachmittag intensiv mit Bernhard Brugger, seinem Vertrauensmann im Bankensektor. Peter Grauwiler war durch seine Kanzlei ein vermögender Mann geworden, genau wie Sonderegger berichtet hatte. Vor allem in den letzten Jahren waren grosse Summen von Grauwiler & Kuster auf das Privatkonto von Emma und Peter Grauwiler überwiesen worden. Brugger sprach mit grosser Hochachtung über den Nationalrat.

«Grauwiler verstand es, sein politisches Netz für seine Kanzlei zu nutzen. Lobbying, eigentlich das Normalste auf der Welt. Tatsache ist doch, dass niemand mehr in die Politik geht, weil man in der Privatwirtschaft ein Mehrfaches verdient.»

«Ist das korrekt? Gibt es da keinen Gewissenskonflikt? Politiker müssten doch absolut neutral sein.»

«Ach, hör mir mit deinen Moralpredigten auf. Vom Gehalt eines Nationalrats kann keiner leben. So funktioniert unser politisches Milizsystem nun mal. Nimm lieber einige meiner Bankspezies unter die Lupe. Das sind Kriminelle! Die wissen seit Jahren, dass sie auf einem Pulverfass sitzen, schreiben Jahr für Jahr Verluste, frisieren die Bilanzen und schanzen sich und ihren Aktionären gewaltige Dividenden zu. Damit haben sie alle Banken in Verruf gebracht. Das ist Kriminalität im grossen Stil, aber da geschieht nichts. Und wer bezahlt die Zeche? Wie immer der kleine Mann. Das ist eine verdammte Sauerei.»

Es gelang Brugger immer wieder, über sein Lieblingsthema zu referieren. Irgendwie bewundernswert.

«Schon gut. Das höre ich jetzt zum hundertsten Mal. Zurück zu Grauwiler. Offiziell ruhte sein Amt als Anwalt, trotzdem zockte er über die Kanzlei gigantische Summen ab.»

«Gut, du bornierter Esel! Dann drehen wir das Ganze einfach um. Nehmen wir an, dass Emma Grauwiler als stille Teilhaberin in die Bresche gesprungen wäre. Was dann?»

«Dann wäre sie Kusters Partnerin gewesen.»

«Und da sie verheiratet sind und vermutlich keine Gütertrennung haben, wäre es aufs Gleiche hinausgekommen. Linke Tasche, rechte Tasche.»

«Gut! Ich gebe mich geschlagen. Du findest das also in Ordnung?»

«Absolut. Jetzt kannst du noch bei deinen Kollegen von der Steuer nachfragen, ob die Einkünfte auch ordnungsgemäss versteuert wurden. Und dann, mein Lieber, dann würde ich das alles ganz schnell vergessen. Du musst dich damit abfinden, dass es Leute gibt, die ihr Geld leichter und schneller verdienen als du.»

«Das ist mir schon lange klar. Du gehörst auch zu denen.»

Brugger lachte.

«Du hast halt den falschen Beruf. Ist das alles? Oder soll ich noch einen anderen ausspionieren?»

«Nur noch eine Kleinigkeit. Könntest du herausfinden, wie es um die Finanzen von Remo Kuster steht?»

«Schon erledigt», kicherte Brugger. «Für mich bist du ein offenes Buch. Also, Kuster ist genauso vermögend wie Grauwiler und ebenfalls eine ehrliche Haut, was mich nicht überrascht. Kuster wickelte seine Geschäfte teilweise über uns, teilweise über andere Banken ab, aber unter dem Strich teilten sie den Ertrag hälftig, wie die praktisch identischen Überweisungen belegen. Eigentlich wäre es ja normal, wenn Kuster, der die ganze Arbeit macht, einen grösseren Anteil des Kuchens für sich behält. Da kann ich nur den Hut ziehen. Eine Seltenheit in der heutigen gierigen Zeit!»

«Stimmt. Danke, Bernie, du hast mir sehr geholfen.»

Die Überwachung von Patenten schien eine Marktlücke und vor allem sehr lukrativ zu sein. Ferrari liess sich mit dem Chef der kantonalen Steuerbehörde verbinden. Es bedurfte einiger Überzeugungsarbeit, doch nach anfänglichem Zögern und dem Hinweis, er könne gern beim Staatsanwalt nachfragen, bestätigte ihm der Kollege vom Amt, dass sowohl Grauwiler als auch Kuster in etwa den von Ferrari genannten Betrag versteuerten. Grauwiler gab selbstverständlich auch sein Honorar als Nationalrat an und machte entsprechende Abzüge für Reise- und Repräsentationsspesen geltend. Alles sauber und korrekt! Ferrari strich auf seinem Zettel seine Notiz «Vermögensverhältnisse von Grauwiler und Kuster überprüfen». Erledigt.

Inzwischen lag auch der Obduktionsbericht vor. Es hatte etwas länger gedauert, da in der Pathologie eine Grippeepidemie ausgebrochen war.

«Keine Angst, es ist nicht die Schweinegrippe», erklärte Peter Strub beschwichtigend im Wissen, dass Ferrari zu Hypochondrie neigte. «Nicht, dass du noch als Einziger mit einem Mundschutz hier im Haus herumläufst, so wie deine Verwandten in Italien.»

Ferrari seufzte. Das einzig Italienische an ihm war sein Name. Seine Familie wohnte schon seit Generationen in Basel.

«Ich bin Basler! Geht das nicht in deinen Dickschädel hinein?»

«Ein Papierlischwiizer!»

«Ah! Und Strubs waren wohl schon beim Rütlischwur dabei.»

«Nicht direkt, aber mein Stammbaum geht auf Jahrhunderte zurück. Ostschweizer, falls es dich interessiert.»

«Nun, du Ostschweizer, was hast du herausgefunden?»

Ich lasse mich vom Gerichtsmediziner nicht weiter provozieren. Unter keinen Umständen.

«Der Mord ist gegen acht Uhr früh begangen worden. Die Person», Strub hielt sich wohlweislich zurück, da er die Stimmung im Kommissariat kannte, «stach drei Mal zu. Ein Stich in den Magen, einer seitlich in den Arm und einer von hinten direkt ins Herz. Sicher kein Zufallstreffer, der letzte Stich.»

«Wie kommst du darauf?»

«Ich denke, dass sie sich stritten. Dann ist er wahrscheinlich auf sie losgegangen. Sie nimmt das Messer und sticht zu. Erster Stich in den Bauch. Er weicht aus, zweiter Stich in den Arm, er fällt bäuchlings aufs Bett, dritter Stich in den Rücken. Das wars. Aus die Maus!»

Da war sie wieder, die Schuldzuweisung. Obwohl Strub sich bemühte, neutral zu berichten, und natürlich die Unschuldsvermutung kannte, hatte auch er bereits Nora Schüpfer verurteilt.

«Gab es irgendwelche Kampfspuren?»

«Nichts, auch keine Kratzspuren. Und Sex hatte der Nationalrat auch nicht. Verfluchte Sache.»

«Was ist mit der Tatwaffe?»

«Ein Stiletto-Springmesser. Eine sehr beliebte Waffe, die ursprünglich aus Italien stammt und sich bis ins 16. Jahrhundert nachweisen lässt. Die relativ schmale, aber lange Klinge verursacht äusserlich wenig sichtbaren Schaden. Das heisst im Klartext, es floss nur wenig Blut. Dafür ist der innere Schaden meist erheblich, wie der vorliegende Fall drastisch belegt. Du hast also Glück, Francesco. Dank dieser heimtückischen Tatwaffe hast du es nicht mit einer blutgetränkten Leiche zu tun.»

Ferrari erbleichte. Allein der Gedanke daran trieb ihm den Schweiss auf die Stirn. Strub lachte.

«Schon fertig! Ich will dein zartes Gemüt nicht überstrapazieren. Die Idioten transportierten die Leiche mit dem Messer ab. Es lag neben dem Opfer im Büro.»

«Fingerabdrücke?»

«Von einer Person, die nicht in unserer Datenbank erfasst ist. Das Messer passt im Übrigen genau in eine Scheide, die wir in Nora Schüpfers Schminktisch gefunden haben. Ich gehe davon aus, dass das Messer ihr gehört. Verständlich, dass sie sich eine Waffe zulegt bei ihrem Risikoberuf. Immerhin waren Sonderegger und Kuster nicht so dumm, das Messer mit blossen Händen anzufassen. Glaubten die wirklich, dass wir auf ihre idiotische Aktion hereinfallen?»

«Anscheinend. Wenn wir nur diese Nora auftreiben könnten.»

«Am besten gleich im Dreierpack, mit der Kleinen und mit Thuri. Die Meinungen bei den Kollegen gehen ziemlich weit auseinander. Die einen halten Thuri für einen Idioten, weil er sich mit einer Nutte einlässt, und die anderen finden es toll, dass er zu seiner Beziehung steht.»

«Und was denkst du?»

«Thuri ist ein Idiot und Noldi ein dreifacher. Du bist echt zu beneiden, Francesco. Nadine ist schwer in Ordnung. Seit ich das dem Trottel von IT-Spezialist um die Ohren gehauen habe, redet er nicht mehr mit mir.»

«Hoffentlich nimmt das alles ein gutes Ende. Wurde eigentlich Noras Terminkalender in Bettingen gefunden?»

«Fehlanzeige. Wahrscheinlich trägt sie diesen auf sich.»

«Was gibt es noch?»

«Nichts. Es ist alles gesagt, Francesco. Ich hoffe für Thuri, dass Nora unschuldig ist. Aber wer war es dann?»

«Das sage ich dir, wenn wir es wissen.»

«Auf jeden Fall steckt hinter dieser Tat eine grosse Wut.»

Ferrari sah ihn fragend an.

«Angenommen Grauwiler belästigt diese Nora. Sie will nicht so recht am frühen Morgen, er wird wild, geht auf sie los und bedrängt sie. Da greift sie zum Messer und sticht zu. Soweit ein mögliches Szenario. Nur eines begreife ich nicht, weshalb um Himmels willen sticht sie ein drittes Mal zu, als er wehrlos auf dem Bauch liegt. Das Ziel war doch erreicht, Notwehr! Daher glaube ich, dass der Mörder von abgrundtiefem Hass getrieben wurde.» Strub ging zur Tür. «Morgen bin ich nicht da. Ich fahre mit Susanne nach Luzern. Die Schwiegermutter wird achtzig, sie ist rüstig wie eine Zwanzigjährige. Zuerst gibts Älplermakronen, dann wird bis zum Umfallen gejasst.»

«Viel Spass und liebe Grüsse an Susanne. Übrigens … danke!»

Strub sah ihn irritiert an.

«Ich bin froh, dass du nicht zu denen gehörst, die über Nadine herziehen.»

Ein weiterer Versuch, Richter aufzutreiben, schlug fehl. Ferrari überlegte, ob man auch ihn zur Fahndung ausschreiben sollte, entschied sich aber, zuzuwarten. Vielleicht würde es etwas bringen, nochmals mit diesem Irren Robert Stolz zu sprechen. Ferrari lehnte sich zurück. Die Stimmung im Kommissariat war alles andere als gut, die Anspannung gross. Jedes falsche Wort konnte eine Explosion auslösen. Wie Strub gesagt hatte, die Meinungen waren gemacht. Doch es gab nicht nur eine Fraktion für Thuri und eine gegen ihn, sondern gleichzeitig eine pro und kontra Nadine. Wohl die Hälfte der Kolleginnen und Kollegen warfen ihr vor, gegen Nora gehetzt und damit bewusst einen Keil zwischen die Liebenden getrieben zu haben. Und inmitten dieses Sumpfes tummelte sich Noldi. Was bezweckt er damit, Nadine laufend zu beleidigen? Bis jetzt hatte ich das Gefühl, dass sie seine grosse Liebe ist. Was es ist? Es ist Unsinn, sagt die Vernunft. Es ist Unglück, sagt die Berechnung. Es ist unmöglich, sagt die Erfahrung. Es ist, was es ist, sagt die Liebe. Wie recht Erich Fried mit seinem Gedicht hat. Der Liebe kommt auch bei den christlichen Tugenden die grösste Bedeutung zu. Glaube, Liebe, Hoffnung. Dreht sich nicht letztlich alles darum? Wir glauben, wir lieben und wir hoffen, wenn auch ganz unterschiedliche Dinge. Und das ist gut so. Borer nimmt die internen Querelen eher auf die leichte Schulter. Ein Glück. Trotzdem, wir müssen bald mit ersten Ergebnissen aufwarten. Die bisherigen Ermittlungen führen alle in eine Sackgasse. Es zeichnet sich keiner ab, der ein elementares Interesse daran hatte, den Nationalrat zu ermorden. Strubs Worte hallten in Ferraris Kopf nach. Es muss schon jemand eine grosse Wut haben, wenn er auf den bereits schwer verletzten Mann von hinten einsticht.

«Wie siehts mit dem Alibi von Emma Grauwiler aus?», wandte sich der Kommissär an Nadine, die für einmal mit gemässigtem Tempo fuhr.

«Du verdächtigst doch nicht etwa Emma?»

«Peters Worte lassen mir keine Ruhe. Weshalb bringt Nora Grauwiler um? Es genügte doch vollkommen, ihn kampfunfähig zu machen. Und das hatte sie bereits mit dem ersten Stich erreicht.»

«Ja, das ist seltsam. Nur Emma kanns nicht gewesen sein, sie hat ein Alibi. Eliane, die Haushaltshilfe, bereitete das Morgenessen vor, als sie hörte, wie Peter Grauwiler das Haus verliess. Kurz darauf ist Emma in die Küche gekommen, gemeinsam haben sie dann gemütlich gefrühstückt.»

«Wer informierte sie über den Tod ihres Mannes?»

«Unser Herr Staatsanwalt, mein neuer Freund! Er sprach ihr persönlich sein Beileid aus.»

«Dann können wir Emma Grauwiler von unserer Liste streichen.»

«Von deiner, mein Lieber! Das war auch etwas weit hergeholt.»

«Findest du? Sie macht mir nicht den Eindruck einer gefestigten Persönlichkeit. Darf ich dich an einen unserer früheren Fälle erinnern? Wir verdächtigten alle und jeden, nur nicht die Ehefrau. Zudem wollte Grauwiler das Brimborium nicht mehr mitmachen, er wollte sich sogar scheiden lassen, was bestimmt nicht im Sinne von Emma war. Ein Motiv wäre das schon.»

«Halt, halt! Du interpretierst. Bleiben wir bei den Fakten. Sonderegger hat lediglich gesagt, eine Lösung finden, die beiden gerecht wird. Das kann auch heissen, wieder zueinanderfinden.»

«Aber wusste das Emma? Vielleicht dachte sie, sie verliert ihn für immer. Und wenn sie ihn nicht halten kann, kriegt ihn auch keine andere.»

«Du schaust zu viele Krimis, Francesco. So einfach ist die Wirklichkeit nicht.»

«Hm. Ich bleibe aber dabei, Emma Grauwiler wirkte auf mich ziemlich verstört. Psychisch angeknackst.»

«Aha! Jetzt kommt der grosse Psychologe zum Vorschein. Dr. Jekyll und Mr. Hide!»

«So ungefähr. Sie ist hin- und hergerissen, weiss, wohin er am frühen Morgen geht.»

«Woher weiss sie es?»

«Von … sie lässt ihn beschatten.»

Nadine lachte.

«Gut. Spinnen wir deinen Gedanken weiter. Sie lässt ihn also beobachten und gibt dem Mann, der Grauwiler observiert, den Auftrag, ihn zu ermorden. Somit wären der Schnüffler und der Profikiller ein und dieselbe Person. Möglich, wenn auch sehr unwahrscheinlich. Oder engagiert Emma einen anderen? Bei dieser zweiten Version hätten wir allerdings das Problem, dass der gedungene Mörder vom Detektiv gesehen wird. Irgendwie hinkt deine Theorie!»

«Schon gut. Ich gebe auf. Man wird ja wohl noch darüber nachdenken dürfen.» Ferrari sah zum Fenster hinaus. «Wohin fahren wir eigentlich?»

«Nach Hause!»

«Nach Hause? Binningen liegt aber in der entgegengesetzten Richtung.»

«Zu dir nach Hause. Ich habe mit Monika abgemacht, dass wir diesen Occasionheini besuchen. Ohne dich, nur wir zwei Frauen ganz allein. Und bei dieser wunderbaren Gelegenheit werde ich mich mit Monika über die Eine-alte-Hose-und-ein-Paar-Schuhe-genügen-Mode von Francesco Ferrari unterhalten.»

«Hm!»

Da muss ich wohl durch. Was solls. Wenigstens ist Kollege Stephan mit unseren Lottoscheinen nach Deutschland unterwegs. Und, wenn die beiden Damen womöglich noch heute Abend den Occasionhändler aufsuchen, bleibt mir genügend Zeit, um zum Kiosk zu spazieren und meinen Swiss-Lotto-Tipp abzugeben. Dem Gewinner winkten immerhin eineinhalb Millionen.

Beim konspirativen Treffen der Verschwörerinnen wurde die Strategie festgelegt, wie der Schrotthändler in die Knie gezwungen werden konnte. Jedes Mal, wenn Ferrari kurz in der Küche etwas holte, ein Stück

Schokolade aus dem Kühlschrank, ein wenig Brot, etwas Käse, schwiegen sie sich an und warteten geduldig, bis er sich wieder verdrückt hatte. Mist. Ich würde zu gerne wissen, was sie aushecken, wie sie den Händler dazu kriegen wollen, den Wagen zurückzunehmen. Gegen Viertel nach fünf sass die Strategie. Es konnte losgehen.

Fröhlich pfeifend pilgerte Ferrari zuerst zum Kiosk und setzte sich danach in den Wintergarten. Ich sollte öfters bei Tageslicht nach Hause kommen. Er streckte sich und atmete die Frühlingsluft tief ein. Das tat gut. Sechs Monate Winter waren genug. Die ersten Schneeflocken im vergangenen Oktober waren zwar nicht liegen geblieben, aber die Kälte, sie blieb. Wie hielt das nur die Bergbevölkerung aus? Dort schneite es manchmal sogar im Juni oder Juli. Das wäre definitiv nichts für mich. Seltsam. Während ich das Gefühl habe, die Winter werden von Jahr zu Jahr länger, sprechen alle von Klimaerwärmung und dem Abschmelzen der Gletscher. Das verstehe, wer will. Der Kommissär blickte zum Apfelbaum, in dem zwei Amseln rege ein Nest bauten. Er gähnte und schenkte sich ein Glas Wein nach. Das ist wirklich urgemütlich hier. Eine gute Idee von Monika, den Wintergarten bauen zu lassen. So friedlich und still … Plötzlich fiel ein Schuss. Ferrari schreckte hoch. Was soll das? Wer ballert hier in der Gegend herum? Wo bin ich überhaupt? Ah, zu Hause! Und das war gar kein Schuss, sondern lediglich das Zuknallen der Haustür.

Ferrari hörte, wie Monika und Nadine heftig miteinander diskutierten.

«Und, wie wars?»

Die beiden sahen ihn mit funkelnden Augen an.

«Damit kommt er nicht durch, das schwöre ich dir!»

«Das ist eine fiese, dreckige Ratte», polterte Nadine wütend.

Der kleine Ausflug nach Kleinhüningen schien nicht vom Erfolg gekrönt zu sein. Im Krieg der rostigen Räder ging offenbar der Occasionhändler als Sieger vom Feld.

«Was grinst du so blöd, Ferrari?»

Oh, oh! Wenn Monika von Francesco zu Ferrari wechselte, wurde es brenzlig.

«Die Runde geht an den Drecksack, doch das Spiel ist noch nicht vorbei. Wie heisst es so schön, wir haben zwar die Schlacht verloren, nicht aber den Krieg.»

Vielleicht sollte ich den Händler kennenlernen. Mir gelingt es kaum, einer der beiden Paroli zu bieten, und er bodigt gleich beide.

«Das gefällt dir wohl noch?»

«Entschuldige, Monika, was soll der giftige Ton? Ich kann doch nichts dafür, wenn sich Boris über den Tisch ziehen lässt. Walter hat bestätigt, dass der Vertrag in Ordnung ist und dasselbe trifft auch auf den Prüfbericht zu. Der Wagen erfüllte alle Kriterien. Boris ist einfach ein Pechvogel.»

«Wenn es einen deiner Spezis getroffen hätte, würdest du eine ganz grosse Kiste aufmachen. Von Pontius zu Pilatus laufen und den Händler unter Druck setzen. Aber es geht ja nur um einen armseligen Ausländer. Boris ist ja ein Untermensch. Mit dem kann man machen, was man will.»

«Aber …»

«Ha! Jetzt gehen dir die Argumente aus!»

Monika und Nadine schauten ihn herausfordernd an.

«Ich kann nichts dafür, dass euch der Schrotthändler abgeseilt hat. Lasst mich gefälligst in Ruhe.»

Ferrari griff nach seinem Glas.

«So geht das nicht, Ferrari! Jetzt wird nach Lösungen gesucht.»

«Geht es euch überhaupt um Boris? Oder kratzt es an eurem Ego, dass ihr gegen den Händler nicht ankommt?»

«Das ist doch …»

«Schluss! Ich will nicht weiter darüber diskutieren. Wenn ihr mich sucht, ich bin im Wintergarten.»

Ferrari schlug die Küchentür zu. So, jetzt haben es die beiden Hyänen geschafft. Meine Stimmung ist auf dem Nullpunkt. Der Kommissär setzte sich wieder in den Wintergarten. Recht ist Recht! Und Boris war dumm genug, den Vertrag zu unterzeichnen. Walter konnte nichts ausrichten, dann kann ich auch nichts unternehmen. Verlorene Liebesmühe! Immerhin, durch meinen letzten Auftritt bin ich dem Kleiderkrieg entgangen. Raffiniert! Tür zu schlagen, auf beleidigt machen und schon sind sie in der Defensive. Ferrari prostete sich zu.

Es klingelte. Ferrari seufzte. Wenn jetzt noch meine Mutter zu Besuch kommt, wandere ich aus.

«Francesco … Francesco … ich meine», Staatsanwalt Borer stand kreidebleich vor der Tür. «Entschuldigen Sie, Ferrari … ich kann mich nicht erholen …»

Am Strassenrand standen zwei Streifenwagen mit Blaulicht.

««Wollen Sie reinkommen, Herr Staatsanwalt?»

«Nein … es ist etwas Schreckliches passiert! Arthur Koch … Passanten fanden ihn. Er ist tot!»

11. Kapitel

Schweigend fuhren sie hinter den beiden Streifenwagen her. Der Supergau war eingetreten, ein Mord an einem Polizisten! Das hatte es in der gesamten Laufbahn des Kommissärs noch nie gegeben. Einfach unfassbar, Arthur Koch war tot! Vielleicht handelte es sich um einen tragischen Unfall oder hing Thuri doch tiefer in dem Fall mit drin, als sie bisher angenommen hatten? Nadine kaute auf ihrer Unterlippe. Man spürte förmlich, wie ihr Gehirn arbeitete. Was jetzt wohl in ihr vorging? Die Streifenwagen fuhren über die Schwarzwaldbrücke auf die Autobahn. Nach fünf Minuten bogen sie rechts ab in Richtung Langen Erlen und hielten beim Parkplatz, den die Polizei mit einem Grossaufgebot weiträumig abgesperrt hatte.

«Hallo, Peter.»

«Ciao, Francesco. Was für ein rabenschwarzer Tag. So etwas darf doch einfach nicht passieren! Alle sind total geschockt. Sei vorsichtig», flüsterte Peter Strub. «Wir sitzen auf einem Pulverfass. Meine Leute sind extrem aufgebracht … Hallo, Nadine.»

Nadine ging wortlos an ihnen vorbei zum Toten. Er lag am Rand des Parkplatzes unter einer Blache.

Borer folgte ihr. Als einer von Strubs Leuten mit Nadine reden wollte, brachte ihn der Staatsanwalt mit einer herrischen Bewegung zum Schweigen.

«Kannst du mir schon etwas sagen, Peter?»

«Nur so viel, er wurde mit grosser Wahrscheinlichkeit von hinten erschlagen. Keine Schussverletzung, keine Messerstiche. Nach dem Schlag auf den Hinterkopf ist er vermutlich nach vorne auf diesen Stein gefallen. Was letztendlich Schuld an seinem Tod ist, wird die Obduktion zeigen.»

«Kampfspuren?»

«Keine. Er war wohl auf dem Weg zu seinem Auto.»

Strub deutete auf einen parkierten Mazda. Ferrari nickte. Er bückte sich zur Leiche und hob die Plane. Arthur Koch lag auf dem Bauch. Was war bloss aus seinen Träumen geworden? Noch vor Kurzem wollte er seine grosse Liebe heiraten. Und jetzt? War das Schicksal oder gar Gottes Wille? Nein, daran konnte Ferrari beim besten Willen nicht glauben. Eine unbeschreibliche Traurigkeit stieg in ihm auf und eine unbändige Wut angesichts des Unfassbaren. Sekunden vergingen, ohne dass jemand ein Wort sprach. Die Stille tat gut.

«Wieso Thuri, Francesco? Wieso Thuri?», stammelte Nadine nach einer Weile.

«Komm, lass uns einige Schritte gehen.»

Ferrari führte sie weg vom Tatort. Beim «Parkrestaurant Lange Erlen» setzten sie sich an einen Tisch auf der Terrasse.

«Ich kann nicht mehr, Francesco! Das geht über meine Kräfte.»

Der Kommissär nickte. Jetzt war es zu ihrer persönlichen Angelegenheit geworden. Bisher ging es um einen Fall, in dem jemand aus ihrem Bekanntenkreis gesucht wurde. Mehr nicht. Das hatte sich nun schlagartig geändert. Der beste Freund von Noldi lag tot auf dem Parkplatz vor dem Restaurant. Die anfängliche Betroffenheit wurde zur persönlichen Befangenheit. Eine schwierige Situation. In einiger Entfernung röhrte ein Hirsch. Dieser urtümlich anmutende Laut liess Ferrari für einen kurzen Augenblick in die Vergangenheit abtauchen. Hier, in den Langen Erlen, in diesem wunderbaren Naherholungsgebiet hatte er die meisten Wochenenden seiner Jugend verbracht. Der obligate Ausflug am Sonntag in den Tierpark, eine Kleinigkeit essen, dann ab auf den Spielplatz, währenddessen seine Eltern im Gartenrestaurant sassen, der Musikkapelle zuhörten, die im Sommer jeden Sonntag im Pavillon spielte, und Lose kauften. Zu gewinnen gab es meistens irgendwelche Blumentöpfe, aber einmal jauchzte sein Kinderherz himmelhoch, bescherte ihm doch das Losglück einen grünen Wellensittich! Nur leider war ihm ein kurzes Leben beschieden.

«Bringst du mich bitte nach Hause, Francesco?», fragte Nadine und holte ihn in die Gegenwart zurück. Sie reichte ihm die Autoschlüssel. «Ich nehme einige Tage frei. Ich muss nachdenken. Es kann so nicht mehr weitergehen.»

Wieder nickte der Kommissär. Er spielte mit den Autoschlüsseln in seiner Hand und schwieg. Die einzige angemessene Reaktion, wie ihm schien, denn in diesem Schweigen lag eine tiefe Dimension des Verstehens. Manchmal muss man sich die Zeit nehmen und der Heilung eine Chance geben. Ferrari trottete hinter Nadine her zum Porsche.

«Ich sage Borer, dass ich dich nach Hause bringe, und dann zum Tatort zurückkomme. Es dauert nur einen kurzen Moment. Bin gleich zurück.»

Wortlos setzte sich Nadine auf den Beifahrersitz.

Staatsanwalt Borer unterhielt sich mit Peter Strub und einem Polizisten.

«Indiskutabel! Unerhört! So etwas will ich nie mehr hören.»

«Es ist nur die Wahrheit», begehrte der Polizist auf. «Wir denken alle so.»

«Was Sie denken, ist Ihre Sache. Was Sie hingegen aussprechen, wird zu meiner Angelegenheit.»

Ein weiterer Polizist mischte sich ein.

«Aber es stimmt, das ganze Polizeikorps denkt so!»

«Wir sind auch Vertreter des Korps, meine Herren. Kommissär Ferrari, Strub, der Leiter der Pathologie, und meine Wenigkeit, und wir, wir denken nicht so. Ende der unsäglichen Debatte! Sie können jetzt Ihre Arbeit wiederaufnehmen.»

Die Polizisten gingen zu ihrem Streifenwagen.

«Natürlich ist es ihre Schuld, auch wenn der tausend Mal etwas anderes behauptet!»

«Hartmann!»

«Herr Staatsanwalt?»

«Sie kommen morgen früh in mein Büro, um neun Uhr. Ich werde Ihren Vorgesetzten informieren. Haben Sie mich verstanden?»

«Sehr wohl, Herr Staatsanwalt!»

«Und bringen Sie Ihren Kollegen gleich mit.» Borer schäumte vor Wut. «Was glauben die eigentlich? Ungeheuerlich diese Insubordination! Haben Sie das gehört, Ferrari?»

«Es war nicht zu überhören. So denkt wohl die Hälfte der Kolleginnen und Kollegen.»

«Dann werden wir dagegensteuern. Und wie! Ich habe mich noch nie vor einer Konfrontation gedrückt. Wie geht es Frau Kupfer?»

«Ich fahre sie nach Hause. Das war jetzt eindeutig zu viel.»

«Kann man sie allein lassen?»

«Ich weiss nicht … vielleicht ist es besser, wenn ich sie zu uns nach Hause bringe. Monika kümmert sich bestimmt gern um sie.»

«Sehr schön.»

«Ich bin in einer halben Stunde zurück.»

«Gut. Wir halten so lange die Stellung.»

Nadine liess sich widerstandslos nach Birsfelden fahren. Monika führte sie ins Gästezimmer und schloss leise die Tür. Ein bisschen Ruhe würde ihr gut tun.

«So habe ich Nadine noch nie erlebt. Sie reagiert auf nichts, sie ist ganz apathisch.»

«Ja. Die Sache macht ihr schwer zu schaffen. Der Streit mit Noldi, die Anfeindungen der Kollegen und jetzt noch der Tod von Thuri. Sie braucht Zeit, um ihr inneres Gleichgewicht wiederzufinden.»

«Schwer ist es, die rechte Mitte zu finden: Das Herz zu härten für das Leben, es weich zu halten für das Lieben.»

«Schön gesagt. Ein Zitat von dir?»

«Leider nein, von Jeremias Gotthelf.»

Sie hörten Nadine weinen.

«Es ist gut, dass sie bei uns übernachtet. Niemand sollte in solchen Momenten allein sein.»

«Es war Borers Idee.»

«Wirklich? Manchmal überrascht er mich.»

«Mich auch. Ich muss nochmals zurück, es kann dauern.»

«Kein Problem. Wurde Koch ermordet?»

«Mit grösster Wahrscheinlichkeit.»

Die Spurensicherung hatte inzwischen ihre Arbeit beendet. Als Ferrari mit dem Porsche vorfuhr, wurde Arthur Koch gerade abtransportiert.

«Ah, da bist du ja, Francesco. Es ist alles im Kasten. Ich bringe dir morgen die Ergebnisse vorbei», informierte Strub.

«Du gehst nicht nach Luzern?»

«Die Schwiegermutter muss warten. Ich will Thuri selbst obduzieren. Das bin ich ihm schuldig. Zudem möchte ich ein Auge auf meine Leute werfen. Es brodelt verdammt heftig. Man könnte auch sagen, die Kacke ist am Dampfen, und zwar nicht auf Sparflamme.»

Ferrari schaute sich um. Strubs Leute unterhielten sich mit einigen uniformierten Polizisten. Hartmann, anscheinend der Sprecher der Unzufriedenen, deutete immer wieder auf Borer.

«Wollen Sie sich das mit morgen früh nicht noch einmal überlegen, Herr Staatsanwalt?»

«Kommt nicht infrage! Ich habe bereits Georg informiert. Er wird beim Gespräch anwesend sein. Wir müssen einen Nagel einschlagen, ein klares Zeichen setzen. Ein für alle Mal. Sonst läuft das Ganze aus dem Ruder.»

«Teilt Georg Ihre Meinung?»

«Vollkommen!»

Strub winkte seinen Leuten zu.

«Abfahrt! Es gibt eine lange Nacht, Jungs.»

Schaulustige, die sich hinter den Absperrungen eingefunden hatten, verliessen den Ort des Grauens. Ein schreckliches Phänomen, diese Gaffer. Ferrari hatte absolut kein Verständnis für die unwillkommenen Zuschauer, die nicht selten die Arbeit der Polizei behinderten, und meist keinen Willen zur aktiven Hilfeleistung zeigten. Letzteres konnte vor allem bei Unfällen verheerend sein. Die menschliche Natur war und blieb dem Kommissär ein Rätsel.

«Und jetzt?», wandte sich Borer an Ferrari.

«Jetzt unterhalten wir uns mit dem Beizer und dem Mann, der Thuri gefunden hat. Es sei denn, dass Sie nach Hause wollen.»

«Absolut nicht. Ich habe nicht alle Tage die Möglichkeit, mitten im Geschehen zu sein. Dieser Perspektivenwechsel ist sehr interessant.»

Ferrari machte einen Bogen um den Tatort. Die letzten Gäste, meist Spaziergänger mit ihren Hunden, die sich noch kurz einen Schlummertrunk gegönnt hatten, waren gegangen. Einzig am Stammtisch sassen zwei Männer und eine Frau. Wie sich herausstellte, handelte es sich um das Wirtepaar Ingrid und Heinz Loosli sowie um Urs Hurter, der Thuri abends um halb zehn gefunden hatte.

«Danke, dass Sie auf uns gewartet haben. Ich bin Francesco Ferrari von der Basler Polizei und das ist Staatsanwalt Borer.»

«Das ist doch selbstverständlich. Möchten Sie etwas trinken?»

«Ein Kaffee wäre nicht schlecht. Vielen Dank, Frau Loosli.»

«Sie fanden das … ich meine den Toten, Herr Hurter?»

Die Bezeichnung Opfer konnte der Kommissär nicht aussprechen.

«Ja. Ich jogge dreimal in der Woche in der Langen und wollte zu meinem Auto. Da sah ich ihn auf dem Bauch liegen. Zuerst dachte ich, er sei gestolpert, und fragte, ob ich helfen könne. Als ich keine Antwort bekam, bückte ich mich zu ihm hinunter und erst dann sah ich die Wunde in seinem Genick. Ich bin sofort ins Restaurant gerannt und Ingrid informierte die Polizei.»

«Waren zu diesem Zeitpunkt noch andere Personen auf dem Parkplatz?»

«Einige Hündeler!», brummte Hurter.

Ferrari sah ihn fragend an.

«Die meisten von denen sind anständig. Sie lassen zwar ihre Hunde frei laufen, pfeifen sie aber zurück, wenn wir Jogger kommen. Doch leider Gottes gibt es auch die anderen. Sie glauben gar nicht, wie mühsam und ärgerlich das ist. Diese Idioten, ich kann es nicht anders sagen, lassen die Hunde einfach unbeaufsichtigt. Dann muss ich den Lauf unterbrechen, denn niemand garantiert mir, dass der Hund nicht zubeisst.»

«Ach so! Jetzt verstehe ich. Sie meinen einige Hundehalter. Sonst niemand?»

«Nein. Tut mir leid.»

«Trotzdem vielen Dank, auch dafür, dass Sie so lange gewartet haben.»

«Gern geschehen. Es war interessant, Ihre Kollegen im Einsatz zu beobachten. Weiss man schon, wer der Tote ist?»

«Einer unserer Kollegen», rutschte es Borer heraus.

«Mein Gott! Das ist ja schrecklich.»

«Ist Ihnen etwas Ungewöhnliches aufgefallen?», wandte sich Ferrari an das Wirtepaar.

«Überhaupt nichts. Momentan ist es hier eher ruhig. Es läuft so wenig, dass wir bereits um zehn schliessen. Normalerweise haben wir bis Mitternacht geöffnet. Sie sagten, der Tote sei ein Polizist?»

«Ja. Er ist seit einigen Tagen nicht mehr zum Dienst gekommen.»

«Das rote Auto neben Ihrem Porsche … gehört das etwa dem Toten?»

«Wieso fragen Sie, Frau Loosli?»

«Es stand gestern schon hier. Ich glaube, dass der Fahrer am Nachmittag sogar bei uns eingekehrt ist, und zwar in Begleitung einer blonden Frau.»

«Sind Sie sicher?»

«Ziemlich. Ich wischte nämlich gestern die Terrasse, in der Hoffnung auf schönes Wochenendwetter und viele Gäste. Da parkte der gleiche Wagen. Er wäre mir nicht weiter aufgefallen, doch als der Fahrer ausstieg, trat vom Pavillon eine Frau auf ihn zu. Scheinbar hatte sie ihn erwartet. Die beiden stritten ziemlich heftig miteinander. Du musst sie auch gesehen haben, Heinz. Sie sind dann reingekommen und sassen ganz hinten an der Wand.»

«Ach, du meinst das junge Pärchen. Die wollten ungestört bleiben. Ich fragte, ob sie nicht lieber ans Fenster sitzen wollen. Der Mann, ein ziemlich muskulöser Typ mit einer tiefen Stimme, bedankte sich höflich, zwinkerte mir zu und meinte, sie möchten gern allein sein. Die junge Frau sass mit dem Rücken zu mir am Tisch, ihr Gesicht habe ich nicht gesehen.»

«Sie waren aber nicht lange da», ergänzte Ingrid Loosli. «Es regnete nur kurz, ein Schauer. Ich bin dann wieder nach draussen gegangen und sah den Mann allein wegfahren. Er liess die Frau einfach stehen.»

«Wissen Sie, in welche Richtung die Frau wegging?»

«In Richtung der Wohnüberbauung ‹Im Surinam›.»

«Heute war nicht zufälligerweise einer der beiden im Lokal?»

«Nein.»

«Vielen Dank. Sie haben uns sehr geholfen.»

Ferrari fuhr den Staatsanwalt nach Hause.

«Das ist ein unheimlicher Fall! Ein toter Nationalrat und ein toter Wachtmeister. Morgen weiss es ganz Basel und dann ist die Hölle los.»

«Dafür haben Sie ja selbst gesorgt, Herr Staatsanwalt.»

«Es ist mir herausgerutscht. Ein Lapsus. Andererseits ist die Stimmung im Korps derart schlecht, Gruppenbildung allenthalben, da wird ein Kollege mit Sicherheit der Presse den einen oder anderen Wink geben, um die Diskussion anzuheizen. Haben Sie schon einmal in einem Mordfall ermittelt, in dem ein Kollege das Opfer war?»

«Nein, bisher noch nie.»

«Einmal ist immer das erste Mal, wie es so schön heisst. Wir werden unter Druck geraten, intern und extern. Sozusagen von allen Seiten: Politik, Polizei, Medien, Öffentlichkeit! Ich darf gar nicht daran denken …»

«Tja, da müssen wir durch. Das wird schon werden.»

«Ihr Wort in Gottes Ohr, Ferrari … Vielen Dank fürs Heimfahren. Grüssen Sie die Kollegin Kupfer. Sie soll eine Auszeit nehmen, das ist wichtig. Es ist niemandem gedient, wenn sie ein Burnout riskiert. Richten Sie ihr das bitte aus. Und wir beide, wir sehen uns morgen im Kommissariat. Gute Nacht, Ferrari.»

12. Kapitel

Nadine erholte sich erstaunlich schnell. Sie dachte nicht im Geringsten daran, bei Monika zu bleiben und sich Zeit zu nehmen, wie Ferrari immer wieder beim frühmorgendlichen Kaffee betonte. Alles Insistieren nützte nichts, sie bestand darauf, den Kommissär ins Büro zu begleiten.

«Sie sieht schlecht aus, muss das sein», flüsterte Monika Ferrari zu, als Nadine ins Bad ging.

«Rede du mit ihr. Auf mich hört sie sowieso nicht.»

«Sie hat halt ihren eigenen Kopf und dazu einen ziemlichen Dickschädel.»

«Wie du, mein Schatz! Ich nehme sie mit, und wenn ich merke, dass es nicht geht, bringe ich sie zurück.»

Ferrari fuhr den Porsche in die Tiefgarage. Ein Kommissär, der sich zurzeit in den Ferien befand, hatte Nadine seinen Parkplatz überlassen. Schon praktisch, dachte Ferrari. An solche Bequemlichkeiten könnte ich mich gewöhnen, obwohl das Tramfahren auch seine Reize hat. Auf dem Weg zu ihren Büros schlug ihnen die schlechte Stimmung förmlich entgegen. Zwei Ermittler, die beim Kaffeeautomaten standen, liessen provokativ den Kaffee stehen und verschwanden. Nadine bemerkte es, zeigte aber keine Reaktion. Hoffentlich hält sie das durch. Kurz nach acht Uhr kam bereits Peter Strub mit den Untersuchungsergebnissen.

«Wir wollten keine Zeit verlieren und haben die ganze Nacht gearbeitet. Ums kurz zu machen, der Schlag auf den Hinterkopf war tödlich. Die Fraktur auf der Stirn hat keine Bedeutung. Thuri war zu diesem Zeitpunkt bereits tot. In der Wunde am Genick fanden wir Teilchen eines Mauersteins, der eindeutig von der Baustelle neben dem Parkplatz stammt. Der Täter nahm ihn dort auf, fiel von hinten über ihn her und schlug zu.»

«Gehst du davon aus, dass der Täter ein Mann ist?»

«Ich liess noch in der Nacht von einer Streife einige Steine holen, um sie zu analysieren. Sie sind gross, länglich und absolut unhandlich. Die bauen damit eine Mauer. Hier ist einer.»

Ferrari hob ihn hoch.

«Ziemlich schwer.»

«Exakt! Eine Frau kann den Stein unmöglich als Waffe benutzen. Höchstens mit beiden Händen, aber das ist unwahrscheinlich. Die Dinger wiegen etwa sechs bis acht Kilo. Klingt nicht nach viel. Doch, wenn du den Stein mit einer Hand hältst und damit eine Bewegung machst … los, versuchs.»

Der Kommissär holte zu einem imaginären Schlag aus. Dabei rutschte ihm der Stein aus der Hand und fiel krachend aufs Parkett.

«Genau das meine ich. Der Täter muss kräftig sein und grosse Hände haben, um ihn mit einer Hand schwingen oder werfen zu können. Du konntest ihn noch knapp halten. Andi, einer meiner Assistenten, das ist der kleine, feingliedrige, der musste den Stein bereits mit beiden Händen halten. Daher tippe ich auf einen Mann. Natürlich kann es auch eine gut durchtrainierte Frau gewesen sein.»

«Habt ihr das Auto untersucht?»

«Ja. Fingerabdrücke von drei Personen, einem Kind und zwei Erwachsenen. Verschiedene Haare, blond und braun. Vermutlich von Nora, Julie und Thuri. Wie gehts Nadine?»

«Schlecht.»

«Ist sie bei dir zu Hause?»

«Leider nicht. Sie ist mitgekommen.»

«Wenn das mal gut geht. Meine Truppe ist auf sie eingeschworen. Sollte ich allerdings hören, dass einer von ihnen dumm schwatzt, werfe ich ihn raus.»

«Loyalität auf Befehl, hoffentlich funktioniert das.»

«In schwierigen Zeiten muss man zu unkonventionellen Mitteln greifen. Respekt vor dem da drüben!»

«Borer?»

«Du hättest hören sollen, wie er Georg heute früh den Tarif erklärte.»

«Wir reden vom gleichen Borer, oder?»

«Ich bin auch erstaunt. Es geschehen halt doch noch Zeichen und Wunder. Entgegen der gestrigen Abmachung wollte Georg die Sache auf seine Weise regeln, ohne den Staatsanwalt. Doch davon wollte der nichts wissen und bellte in den Hörer: ‹Das ist mein letztes Wort, ihr erscheint pünktlich in meinem Büro oder ich miste deinen Augiasstall höchstpersönlich aus.› Das hat Big Georg anscheinend verstanden. Chapeau!»

«Tja, unser Herr Staatsanwalt hat versteckte Talente.»

«Ich geh dann mal. Grüss Nadine von mir. Und Kopf hoch, das stehen wir gemeinsam durch. Wenn du mich brauchst, Anruf genügt.»

«Danke, Peter.»

Kaum war Strub weg, betrat der Koloss vom Waaghof schwitzend Ferraris Büro. Er liess sich stöhnend auf den Besucherstuhl fallen, der arg knackste.

«Willst du nicht lieber auf meinen Stuhl sitzen?»

Georg bewegte sich hin und her.

«Lass nur. Der hält schon. Ich war gerade mit zwei von meinen Leuten bei Borer. Mann, ging der voll zur Sache. Eigentlich wollte ich die Angelegenheit ja selbst regeln, aber er steht in der Hierarchie weiter oben. So musste ich mich wohl oder übel fügen.»

«Wir sollten uns auf die Lösung der beiden Morde konzentrieren, Georg. Diese Polemik rund um den Fall bringt nichts. Überhaupt nichts. Sie blockiert nur alle.»

«Ganz deiner Meinung, Francesco. Deswegen bin ich auch nicht hier. Es ist eine Sauerei, was Hartmann da angezettelt hat. Du weisst, dass ich bedingungslos hinter meinen Leuten stehe, aber so nicht. Ich wollte fragen, wie es Nadine geht?»

«Dreh dich um, dann weisst du es.»

Georg erhob sich umständlich. Er ging auf Nadine zu, die zögernd Ferraris Büro betrat, und nahm sie in die Arme.

«Mädchen, was machst du nur für Sachen?! Lass dich doch nicht von so einem Idioten wie Hartmann provozieren. Du siehst verdammt schlecht aus.»

«Danke für das Kompliment, Georg.»

Er liess sich wieder auf den Stuhl plumpsen.

«Pass auf sie auf, Francesco, und zwar gut. Sonst reiss ich dich in Stücke … Der zweite Punkt, weshalb ich hier bin: Wir sind rund um die Uhr einsatzbereit. Ihr ruft, wir kommen. Ich will, dass dieses Schwein gefasst wird!»

«Das wollen wir auch. Leider tappen wir ziemlich im Dunkeln. Kein wirklicher Ansatzpunkt, kein Motiv, kein Verdacht. Es ist wie verhext. Der Tod von Grauwiler hinterlässt nur Verlierer. Wenn du etwas tun willst, dann treibe bitte Nora und Julie auf. Lebendig. Und bitte Georg, keine unnötige Hektik. Wir wollen alle das Schwein kriegen, doch ohne ganz Basel in Schutt und Asche zu legen.»

«Verstanden. So, jetzt muss ich ein sehr unangenehmes Gespräch führen, mit den Eltern von Thuri. Die wissen noch nicht, dass ihr Sohn tot ist. Thuri ist … war zwar Christophs Mann, aber er hat mich darum gebeten.»

Ferrari wusste nur zugut, wie schwierig diese Aufgabe war. Was sollte man sagen? Was konnte man sagen? Die richtigen Worte zu finden angesichts des Unfassbaren, war beinahe ein Ding der Unmöglichkeit. Und doch musste das Entsetzliche ausgesprochen werden.

«Da ist übrigens noch die Adresse von diesem Thomas Lutz. Er wohnt an der Hegenheimerstrasse. Also dann, bis später. Und haltet schön die Ohren steif», sagte es und schnaubte davon.

Ferrari versuchte, seine Gedanken zu ordnen. Thuri sprach also vorgestern mit Nora, nach Aussage des Wirtepaares stritten sie sich sogar. Wollte er, dass sie sich der Polizei stellte, oder ging es um die Entführung von Julie? Wie auch immer, zu einer Einigung kam es nicht, denn Thuri fuhr ohne Nora weg. Wieso wählten sie die Langen Erlen als Treffpunkt? Es gab durchaus Orte, die weniger frequentiert wurden. Vielleicht, weil Nora sich in der Nähe versteckte? Möglich. Und nur einen Tag später traf Thuri an gleicher Stelle eine oder mehrere Personen. Was war geschehen? Kam es zum Streit, drohte Thuri, seine Kollegen zu informieren? Was wusste er, dass er zum Schweigen gebracht werden musste? Und wer der bisher Vernommenen konnte den Mauerstein halten und damit zuschlagen? Praktisch alle männlichen Verdächtigen, dieser Ansatz würde sie nicht wirklich weiterbringen.

In den nächsten Stunden gingen Nadine und Ferrari die Liste der Freier durch und kontaktierten sie. Sie hatten Glück, alle waren am Samstagmorgen zu Hause. Einige wie Markwalder gaben sofort zu, Kunde bei Nora gewesen zu sein. Andere zierten sich zuerst. Doch auch diese Spur schien im Sand zu verlaufen, zumal alle Befragten glaubhaft versichern konnten, wo sie zur Tatzeit gewesen waren. Sie würden die Alibis noch überprüfen, aber Ferraris Bauchgefühl sprach eine eindeutige Sprache. Besorgt schaute er zu Nadine hinüber.

«Ich brauche eine Pause. Wollen wir kurz ins ‹Acqua›?», schlug er vor.

«Hör auf, mich wie ein Kind zu bemuttern. Es geht mir gut.»

Dieser Versuch war fehlgeschlagen.

«Was willst du eigentlich bei Thomas Lutz?»

«Nichts Konkretes. Ich liess mir nur vorsorglich die Adresse geben. Man weiss ja nie. Komm, Nadine. Etwas frische Luft tut uns gut. Ich muss hier raus. Wir kommen sowieso nicht weiter.»

Sie sah ihn misstrauisch an.

«Das ist wirklich kein Trick. Ich schwörs. Von mir aus können wir auch nochmals zu diesem Richter fahren. Es ist alles besser, als hier herumzusitzen und Däumchen zu drehen.»

Dieses Mal war Richter zu Hause. Er öffnete ohne Widerstand die Tür und setzte sich in Boxershorts auf einen Stuhl.

«Der ist total verladen», flüsterte Nadine.

«Robi sagt, dass ihr mich sucht», lallte er. «Wegen der Nutte aus dem Gundeli.»

«Hatten Sie noch Kontakt zu ihr?»

«Womit soll ich das denn bezahlen? Ich bin nicht Robi. Für mich sorgen keine Alten.»

«Aber sie werden doch von Stolz unterstützt.»

«Das war einmal. Okay, wenn ich was dringend brauche, kriege ich es von Robi. Aber bei Nora ist nix mehr los.»

«Kennen Sie Peter Grauwiler?»

«Wer kennt den Arsch nicht.»

«Was haben Sie gegen ihn?»

«Ein Gutmensch. Wie ich solche Typen hasse, echt zum Kotzen. Schleimig und aalglatt. Die wollen für alle nur das Beste und ja nirgends anecken.»

Richter strich sich nervös durch die Haare.

«Woher kennen Sie ihn?»

«Von Robi.»

«Suchst du etwas?», fragte Nadine.

«Nein, ja! Scheisse … wo ist es denn …»

«Suchst du das hier?»

«Gib her!»

Nadine warf ihm ein Papierbriefchen zu.

«He! Vorsichtig, nicht verschütten.»

Richter öffnete zitternd das Briefchen und zog eine Linie rein.

«Wow! Geil! Was wollt ihr eigentlich von mir?»

«Weisst du, wo Nora sich versteckt?»

«Die ist doch sicher bei dieser Bullensau.»

«Und wer hat Grauwiler am Mittwochmorgen getötet?»

«Ich wars nicht. Robi kanns auch nicht gewesen sein. Wir lagen ziemlich lange im Koma. War eine wilde Party. Echt cool. Das ist sicher sein Kumpel gewesen, dieser Sondi.»

«Wie kommst du auf Hanspeter Sonderegger?»

«Robi sagt, dass er dem Grauwiler zehn Kisten schuldet.»

«Sonderegger schuldet Grauwiler zehn Millionen?», wiederholte Nadine ungläubig.

«Oder zwanzig. Was weiss denn ich. Der Schönschwätzer wollte auf jeden Fall sein Geld zurück, aber Sondi konnte nicht zahlen. Nur logisch, dass er den Idioten rasiert. Ist sonst noch was?»

«Was fährst du für ein Auto?»

«Wenn ich Glück habe, bekomme ich den Ferrari von Robi. He! Du heisst ja Ferrari, bist du mit denen verwandt?»

«Nein.»

«Du hast also keinen eigenen Wagen?»

«Nö. Wars das?»

«Ja. Das heisst, einen Gratistipp habe ich noch für dich. Lass die Finger vom Koks, sonst gibts bald einen Spinner weniger in Basel.»

«Glaubst du den Mist?», wandte sich Nadine an den Kommissär.

«Ich hatte nicht den Eindruck, dass sich Richter das aus den Fingern sog. Gut, die Summe ist viel zu hoch, Sonderegger sprach von zwei Millionen. Ich frage mich nur, woher Robert Stolz von Grauwilers Bürgschaft wusste. Und wieso wollte der Nationalrat sein Geld zurück?»

«Wenn das wahr ist, wäre Sonderegger erledigt gewesen.»

«Und wir hätten ein Mordmotiv.»

«Dann fragen wir doch mal Stolz junior, was er dazu meint.»

Die Hochwasserlage hatte sich in den letzten Stunden entspannt. Ferrari parkierte den Porsche direkt vor Stolz' Haus. Ein untrügliches Zeichen, wie mies es Nadine geht, wenn sie mich fahren lässt, sinnierte der Kommissär. Robert Stolz, wiederum verschlafen und unrasiert, begrüsste sie wie alte Bekannte.

«Hallo, Zicke! He! Hast du die Nacht mit deinem Lover durchgeknallt? Du siehst ja schrecklich aus.»

«Halt die Klappe und mach uns einen Kaffee!»

Stolz trottete brav in die Küche und kam kurze Zeit später mit drei Kaffee zurück.

«Ist die immer so?», wandte er sich an Ferrari.

«Heute ist sie besonders gut gelaunt. Sie sollten sie erleben, wenn sie schlecht drauf ist.»

«Puh! Lieber nicht. Also, was willst du?»

«Ich will wissen, was du mit Grauwiler zu schaffen

hast und wieso du Gerüchte verbreitest, dass Sonderegger zehn Millionen auftreiben muss.»

«Sachte, sachte! Von zehn Kisten war nie die Rede. Es ging um zwei oder drei.»

«Und woher weisst du das?»

Ohne zu antworten, ging Stolz nochmals in die Küche und kam mit einem Glas zurück, das er Nadine reichte.

«Hier! Trink das!»

«Was ist das?»

«Aspirin 500. Das wirkt gegen alles, sozusagen ein Allerweltsmittel.»

Nadine roch am Glas und leerte es dann in einem Zug.

«So. Und jetzt deine Antwort, ich warte!»

«Grauwiler war bei meinen Alten. Er bettelte sie um drei Millionen an.»

«Wirklich? Und waren es zwei oder drei?»

«He! Ich lüge nicht. Was soll das? Zwei oder drei, das ist doch egal.»

«Wann war das?»

«Vor ein, zwei Wochen. Dem Frieden zuliebe schaue ich einmal pro Woche bei meinen Alten vorbei und mache auf lieben Sohn. Wäre echt eine Katastrophe, wenn sie meine Goldkarte sperren würden. Als ich aufkreuzte, klopfte Grauwiler gerade die Socken und meine Alten diskutierten intensiv darüber, ob sie ihm helfen wollen oder nicht. Nach einigem Geschwafel meinte mein Alter für Peter ja, aber für diesen Sonderegger müsse er es sich gründlich überlegen.»

«Und, halfen sie ihm?»

«Keine Ahnung. Immerhin half es mir, ich konnte mich rasch wieder abseilen. Aber du kannst ja meinen Alten fragen. Ruf ihn an», er schrieb die Nummer auf und reichte Nadine den Zettel. «War das alles?»

«Bis zum nächsten Mal.»

«Ich freue mich schon jetzt. Pass auf dich auf, Zicke. Übertreibs nicht mit den Orgien.»

«Keine Angst. Ich will auf keinen Fall so aussehen und schon gar nicht so werden wie du, Arschloch!»

13. Kapitel

Robert Stolz senior liess es sich nicht nehmen, persönlich im Kommissariat zu erscheinen. Er wollte schon immer die Zentrale der Staatsmacht von innen kennenlernen, wie er es formulierte. Pünktlich war er jedoch nicht gerade, der gute Mann. Nadine trat ungeduldig ans Fenster und blickte in den Hof hinunter.

«Schau mal, Francesco. Ist das nicht nett?»

Jakob Borer erklärte einem Mann, den Ferrari nicht kannte, den Gebäudekomplex.

«Eine kleine Einzelführung durch den Waaghof für Stolz senior.»

«Das ist der alte Stolz?»

«Exakt. Von wegen unpünktlich, unser werter Herr Staatsanwalt hat unseren Gast abgefangen. Und wir warten nun hier schon eine halbe Stunde.»

«So geht das nicht. Das ist doch kein Kaffeekränzchen, wir ermitteln schliesslich in zwei Mordfällen. Borer hätte uns zumindest informieren können, dass Stolz hier ist.»

Zehn Minuten später führte ein gut gelaunter Staatsanwalt Robert Stolz senior ins Büro des Kommissärs.

«So, hier ist die kleine Führung zu Ende. Guten Tag, Frau Kupfer, Ferrari. Darf ich Ihnen Robert

Stolz vorstellen?» Borers Sensor für aufziehende Gewitterwolken reagierte sofort, als er das mürrische Gesicht des Kommissärs sah. «Entschuldigen Sie bitte die kleine Verspätung, werte Kollegen. Die Zügel sind ein wenig mit mir durchgegangen, als ich unten zufälligerweise Robert traf.»

Pah! Zufällig! Von Zufall konnte sicher keine Rede sein. Jeder wusste um die Eitelkeit des Herrn Staatsanwalts. Tauchte irgendwo eine prominente Persönlichkeit auf, war seine Wenigkeit nicht weit.

«Nun, Robert, es war schön, dich wieder einmal zu sehen. Grüss Andrea von mir. Jetzt will ich aber nicht länger stören.»

Ferrari bat Stolz senior, sich zu setzen.

«Ein interessanter Ort, Herr Ferrari. Doch zuerst muss ich mich für mein spätes Erscheinen entschuldigen. Zu meiner Verteidigung kann ich einzig anbringen, dass ich Jakob gebeten habe, Sie über meine Ankunft zu informieren. Aber ich sehe es Ihnen an, dass er es unterlassen hat. Typisch, Jakob! Das war früher schon so.»

«Kennen Sie den Staatsanwalt schon lange?»

«Aus der Studienzeit, wir wohnten zusammen in einer Wohngemeinschaft. Jakob war unser Jungspund. Lang, lang ists her, Herr Ferrari. Es war eine schöne Zeit. Damals lernte ich übrigens auch meine Frau kennen.»

So, so, der Spiesser Borer hatte in einer WG gewohnt. Ferrari stellte sich Borer mit langem, strähnigem Haar, offenem farbigem Hemd und einem Amulett der Friedensbewegung auf der Brust vor. Ein Lächeln huschte über seine Lippen.

«Interessant! Unser Staatsanwalt in seiner Sturm-und-Drang-Zeit.»

«Sturm und Drang ist ein wenig übertrieben, Frau Kupfer. Er war so etwas wie der ruhende Pol. Obwohl er mit Abstand der Jüngste von uns war, lief bei ihm alles in geregelten Bahnen. Alles hat seine Ordnung. Das war sein Lieblingsspruch.» Robert Stolz schmunzelte. «Ich sollte es ja nicht erzählen, aber er war sozusagen unsere gute Fee. Das Mädchen, pardon, der Bursche für alles. Kochen, putzen, Wäsche waschen ... ja, das war schon eine verrückte Zeit, damals in Allschwil.»

«Jakob Borer als Hausfrau! Es wird immer interessanter. Doch kommen wir zum eigentlichen Grund unseres Treffens.» Ferrari wurde ernst. «Erstmals vielen Dank, Herr Stolz, dass Sie sich Zeit für uns nehmen.»

«Keine Ursache. Ich bin kein viel beschäftigter Mann, Herr Ferrari. Unser Geschäft läuft auch ohne mich, dank eines hervorragenden CEO. So kann ich seit geraumer Zeit die Wochenenden in vollen Zügen geniessen.»

«Wir möchten Sie gern in einer etwas delikaten Angelegenheit befragen.»

Stolz seufzte.

«Was hat er jetzt schon wieder ausgefressen? ... Es ist nicht seine Schuld. Unsere Erziehung ist fehlgeschlagen.

Robert ist unser einziges Kind … Jakob deutete an, dass Sie nur in Mordfällen ermitteln. Ist Robi etwa in einen Mordfall verwickelt? Schonen Sie mich bitte nicht. Es ist mir lieber, wenn ich weiss, was Sache ist. Dann kann ich mich entsprechend darauf einstellen.»

«Es geht nicht um Ihren Sohn, Herr Stolz. Da wäre eher das Betäubungsmitteldezernat zuständig.»

«Kokain … er nimmt Kokain. In seiner Clique ist diese schreckliche Droge alltäglich … sie konsumieren das Zeug, so wie wir ein Glas Wein trinken. Das soll natürlich keine Entschuldigung sein. Als Sie mich anriefen, dachte ich zuerst, dass Robi eine Überdosis genommen hat, dass er im Spital liegt oder noch schlimmer. Ich habe ihn dann sofort angerufen und mich mit ihm gestritten wie bei jedem Anruf. Tja, wir lieben und wir streiten uns. Aber wenn es nicht um Robi geht, um was dann?»

«Es geht um Peter Grauwiler.»

«Eine tragische Geschichte. Peter ist … war ein guter Freund von uns. Ein sehr guter sogar. Ich habe ihn vor etwa vierzehn Tagen zum letzten Mal gesehen. Er kam zu uns nach Riehen.»

«Wegen diesem Besuch möchten wir uns mit Ihnen unterhalten.»

«Wissen Sie von Emma, dass er bei uns gewesen ist?»

«Nein, von Ihrem Sohn.»

«Robi? Erstaunlich, er arbeitet mit der Polizei zusammen. Vielleicht wird er doch endlich erwachsen … Woher wusste er von Peters Besuch?»

«Anscheinend gaben sich Ihr Sohn und Peter Grauwiler die Klinke in die Hand, wie man so schön sagt.»

«Ah, genau. Ich erinnere mich. Robis wöchentlicher Anstandsbesuch, um die Situation auszuloten», schmunzelte Stolz. «Kann ich so weitermachen wie bisher oder muss ich mir doch noch eine anständige Arbeit suchen?»

«Würden Sie uns bitte erzählen, was Peter Grauwiler von Ihnen wollte?»

«Eine komische ... eine heikle Geschichte. Peter kam ziemlich erregt zu uns. Ganz und gar nicht der Peter, den wir kennen. Er druckste einige Zeit herum, dann kam er auf mein Drängen hin zur Sache. Er würde tief in der Klemme sitzen und bräuchte zwei Millionen. Da musste ich zuerst einmal schlucken ...», allein bei dem Gedanke überkam ihn ein Hustenanfall.

«Möchten Sie ein Glas Wasser oder lieber einen Kaffee?»

«Ein Kaffee wäre wunderbar. Vielen Dank.»

«Du auch, Francesco?»

«Ja, das ist eine gute Idee. Ich helfe dir.»

Die Polizisten auf dem Flur gingen geduckt an ihnen vorbei. Einer sah kurz hoch und senkte dann den Blick sofort wieder.

«Ja, hier steht die Pest in Person!», schrie Nadine ihnen hinterher.

Ferrari schüttelte wortlos den Kopf. Diese Idioten, sie lernen es wohl nie. Als sie mit dem Kaffee zurückkamen, stand Robert Stolz am Fenster.

«Merci. Ich liebe Kaffee! Mein Arzt sagt zwar, dass mich das viele Kaffeetrinken eines Tages ins Grab bringt. Aber die Ärzte sagen viel, wenn der Tag lang ist … Ja, der Peter. Ich war schon sehr überrascht. Zwei Millionen sind keine kleine Summe. Ich bat ihn um eine Erklärung, doch die wollte er mir nicht geben. Er meinte, er bräuchte das Geld eigentlich gar nicht. Die ganze Situation war bizarr und machte mich zunehmend wütend. Ich bin kein Politiker und das Taktieren liegt mir schon gar nicht. Ich bin für klare, unmissverständliche Worte, was ich Peter auch wissen liess.» Stolz nahm einen Schluck Kaffee. «Gar nicht schlecht, dieser Automatenkaffee. Nur der Pappbecher mildert den Genuss … Zurück zu Peter, nach einigem Hin und Her erzählte er mir, dass ich an seiner Stelle bei der Kantonalbank als Bürge für einen Hanspeter Sonderegger einspringen soll.»

«Das stimmt. Herr Sonderegger bestätigte uns, dass Peter Grauwiler für ihn bei der BKB bürgt. Wie ging es weiter?»

«Na ja, Peter brachte mich in eine äusserst unangenehme Situation. Wäre es um ihn und Emma gegangen, hätte ich sofort zugesagt. Keine Frage. Aber für eine wildfremde Person bürgen? Das musste ich mir überlegen und in Ruhe mit Andrea besprechen. Deshalb bat ich ihn um Bedenkzeit.»

«Wie kann Grauwiler eine Bürgschaft übernehmen, wenn er das Geld dazu nicht besitzt?»

«Genau diese Frage stellte mir Andrea auch. Ich erkundigte mich bei unserem Finanzberater. Keine Bank akzeptiert eine Person als Bürge, die nicht solvent ist.»

«Aber Peter Grauwiler war ein vermögender Mann, wie unsere Nachforschungen ergaben.»

«Sie sagen es, Herr Kommissär. Im Anschluss an unser Gespräch liess ich ein wenig meine Beziehungen spielen und ich bin zum gleichen Ergebnis gekommen. Peter hat keine Schulden, ganz im Gegenteil. Er besitzt mehrere Liegenschaften und verfügt über ein stattliches Aktienportfolio. Warum in aller Welt hat er mich in dieser Angelegenheit um Hilfe gebeten? Es ist mir bis heute ein Rätsel geblieben und irgendwie war ich von meinem Freund enttäuscht. Ich rief ihn dann an, gab meiner Enttäuschung Ausdruck und lehnte die Bürgschaft ab.»

«Nahm er danach nochmals einen Anlauf?»

«Nein. Das war unser letztes Gespräch.»

«Hat er nichts zu seiner Verteidigung angeführt?»

«Nur, dass er es verstehen würde. Dann müsse er jetzt eben einen anderen Weg beschreiten. Es würde ihn allerdings sehr treffen, dass ich von ihm enttäuscht sei. Die Freundschaft wäre ihm heilig. Er zitierte gar aus Schillers Ode ‹An die Freude›, die eine Gesellschaft gleichberechtigter Menschen beschreibt, verbunden durch das Band der Freude und der Freundschaft: ‹Wem der grosse Wurf gelungen, eines Freundes Freund zu sein.› Dieser Vergleich rührte mich. Andrea und ich unterhielten uns am Wochenende nochmals über die Bürgschaft und entschieden, Peter doch zu helfen. Aber dazu ist es nun nicht mehr gekommen. Leider.»

Ferrari stand am Fenster und blickte den vorbeiziehenden Wolken nach.

«Wie kann der Sohn solcher Eltern nur so ein verkommenes Subjekt sein?»

«Er ist ein verzogenes Einzelkind, Nadine. Geld ist keine Garantie dafür, dass jemand anständig bleibt. Bei Stolz junior bewirkte es das Gegenteil. Eine Art nicht enden wollende Rebellion.»

«Dann soll er ihm den Geldhahn zudrehen.»

«Dafür ist es zu spät, befürchte ich. Eine eigenartige Geschichte mit dieser Bürgschaft. Ich kann sie drehen und wenden, wie ich will, aber schlau werde ich nicht daraus.»

«Tatsache ist, dass Peter Grauwiler kein Geld brauchte. Er konnte locker die Bürgschaft garantieren. Wurde er erpresst?»

«Du meinst von Nora Schüpfer?»

«Oder von jemand anderem, sonst ergibt das Ganze keinen Sinn. Peter und Emma Grauwiler sind reich. Trotzdem will er, dass Stolz senior die Bürgschaft übernimmt. Da liegt doch die Vermutung nahe, dass er Geld flüssig machen wollte. Nämlich jene zwei Millionen Franken, die durch die Bürgschaft gebunden sind. Jetzt müssen wir nur noch herausfinden, wozu Peter Grauwiler das Geld benötigte und dann sind wir einen grossen Schritt weiter.»

«Fragen können wir ihn leider nicht mehr.»

«Deine Scherze waren auch schon besser. Wir fragen Emma. Aber vorher soll unser Putz-, Wasch- und Bügelteufel uns autorisieren, damit wir an alle Konten von Nora Schüpfer kommen.»

«Ich habe es genau gehört, Frau Kupfer! Ganz genau.»

Nadine verzog das Gesicht zu einem säuerlichen Grinsen.

«Wagen Sie es ja nicht, Ihre Halbwahrheiten im Kommissariat zu verbreiten. Sonst lernen Sie mich kennen.»

Ferrari stellte sich Borer staubsaugend mit einer Schürze und einer Masche im Haar vor.

«Die Genehmigung können Sie in einer Stunde bei mir abholen. Und Sie hören augenblicklich damit auf, so saudumm zu grinsen, Ferrari! Das ist ein Befehl!»

Die letzten Wolken hatten sich verzogen. Der Himmel präsentierte sich in seinem schönsten Blau. Endlich wird es wieder etwas wärmer. Ferrari warf sich seine Jacke über die Schulter.

«Wohin gehst du?»

«Zur Tramstation.»

«Kommt überhaupt nicht infrage. Wir nehmen mein Auto.»

«Wenns unbedingt sein muss», gab sich der Kommissär geschlagen und folgte seiner Kollegin zum Lift.

«Fang! Du fährst. Ab Montag übernehme ich wieder das Steuer. Also geniess es noch.»

Immerhin! So kann ich das Tempo bestimmen. Ferrari liess sich in den Sitz fallen. Das war die einzige Methode, wie er sich einigermassen elegant hinters Steuer des Porsches klemmen konnte. Was ist denn das? Unter dem Scheibenwischer steckte eine Karte. Mühsam schälte sich Ferrari aus dem Sitz und fischte sie sich. «Mörderin!» stand mit grossen roten Buchstaben drauf. Der Kommissär zerknüllte die Karte und steckte sie in die Jackentasche.

«Und, was wars?»

«Nichts.»

«Was nichts? Zeig mir den Wisch.»

Nadine riss ihm die Jacke aus der Hand und durchsuchte die Taschen. Entsetzt starrte sie auf die Karte. Jegliche Farbe war aus ihrem Gesicht gewichen.

«Das war irgendein Vollidiot, der es nicht mal wert ist, sich aufzuregen, geschweige denn, sich Gedanken darüber zu machen. Komm, lass gut sein, Nadine.»

Auf der Fahrt sprach keiner ein Wort. Mörderin!, hallte es in Nadines Kopf wieder und wieder. Bei diesem Gedanken wurden Erinnerungen wach. Plötzlich waren die Bilder wieder da, damals in Bern, als ihr Kollege vor ihren Augen erschossen worden war. Es geschah am frühen Morgen bei einer Routinebefragung. Ein Beizer, der seine Frau geschlagen hatte, zückte eine Militärpistole, ein Schuss löste sich und traf den Polizisten genau ins Herz. Unwillkürlich zuckte Nadine zusammen.

«Was hast du?»

«Die Bilder … vor fünf Jahren in Bern … ich musste daran denken.» Tränen liefen über ihre Wangen. «Ich konnte es nicht verhindern. Diese Schuld trage ich mein ganzes Leben mit mir herum. Und jetzt bin ich hier in Basel als Mörderin abgestempelt. Vielleicht schnüffeln sie sogar in meiner Vergangenheit und stellen fest, dass ich schon einmal total versagt habe. Ich bin und bleibe eine Loserin.»

In Ferrari stieg eine unbändige Wut auf. Das wird ein Nachspiel haben, hundertprozentig. Ich werde herausfinden, wer für diese Sauerei die Verantwortung trägt. Auf Noldi kann ich nicht zählen, aber Borer, Big Georg und Peter Strub werden mir helfen. Und wenn ich dieses Schwein habe, dann schlage ich ihm alle Zähne raus. In leicht übersetztem Tempo fuhr er über das Dorenbachviadukt, via Holleestrasse zum Neuweilerplatz, beim Kreisel bog er in die Neubadstrasse und parkte kurz darauf vor dem Haus der Grauwilers.

«Soll ich allein mit Emma Grauwiler reden?»

«Es geht schon. Gib mir noch eine Minute.» Nadine wischte sich die Tränen weg, drehte den Rückspiegel zu sich und betrachtete sich im Spiegel. «Ich sehe Scheisse aus!» Sie klopfte sich auf die Wangen. «Gut, besser wirds nicht, wir können.»

Sie wurden von der Haushaltshilfe ins Wohnzimmer geführt. Emma Grauwiler sass am Tisch, vor ihr lagen verschiedene Dokumente.

«Setzen Sie sich, bitte. Ich bin ein wenig überfordert. Die Vorbereitungen für die Beerdigung, dann dieser ganze Papierkram, nichts als Formulare … Es wächst mir über den Kopf.»

«Und jetzt kommen auch noch wir, Emma.»

«Du störst mich … ich meine, Sie stören mich nicht, Nadine.»

«Wir können gern beim Du bleiben.»

«Wenn das alles vorbei ist, Nadine, wenn ich wieder meine Ruhe gefunden habe, dann würde es mich freuen, dich näher kennenzulernen.»

«Das machen wir.»

Emma Grauwiler sah Nadine aufmerksam an.

«Du wirkst müde … falsch, traurig.»

«Es … ich möchte nicht darüber reden, Emma.»

Emma Grauwiler sah Ferrari fragend an.

«Interne Spannungen und Meinungsverschiedenheiten. Das legt sich wieder.»

«Mit Jakob?»

«Für einmal nicht, mit anderen Kollegen … Wir wollen Sie nicht lange stören, Frau Grauwiler. Aber es gibt einige Unklarheiten und wir hoffen, dass Sie uns weiterhelfen können.»

«Im Zusammenhang mit dem Tod meines Mannes?»

«Dein Mann hat eine Bürgschaft übernommen.»

«Ich weiss. Für Hanspeter Sonderegger bei der BKB. Zwei Millionen. Ich war damit einverstanden.»

«Dann weisst du sicher auch, dass er zwei Wochen vor seinem Tod Robert Stolz senior aufsuchte und ihn bat, diese Bürgschaft zu übernehmen.»

«Das ist mir neu.»

«Kannst du dir vorstellen weshalb? Entschuldige die Frage, aber steckt ihr in finanziellen Schwierigkeiten?»

Emma Grauwiler spielte mit einem Kugelschreiber. Nadine seufzte leise. Genau wie Francesco! Wenn sie jetzt noch mit rhythmischem Klopfen anfängt, raste ich aus.

«Geldsorgen? Überhaupt keine. Das kann ich dir mit absoluter Sicherheit sagen. Fürs Finanzielle bin ich nämlich zuständig. Wir haben in den letzten Jahren sogar mehrere Liegenschaften in der Stadt gekauft. Diese Mehrfamilienhäuser sind eine gute Kapitalanlage. Peter kümmerte sich nie ums Geld, es interessierte ihn nicht wirklich.»

«Ihr seid also reich.»

«Reichtum ist relativ, wie so vieles. Im Vergleich mit Oeris, Vischers oder Robert Stolz senior sind wir arm. Wenn du uns jedoch mit Hanspeter Sonderegger vergleichst, sind wir vermögend.»

«Warum wollte dein Mann dann, dass Robert Stolz die Bürgschaft übernimmt?»

«Ich … ich kann mir nur eines vorstellen, Nadine.» Sie schluckte und sah Nadine betroffen an. «Peter … er wollte Ernst machen.»

«Das verstehe ich nicht.»

«Du weisst ja, dass unsere Ehe in den letzten Jahren stark gelitten hat. Ich dachte, nein ich hoffte, dass sich das wieder einrenken lässt. Aber, wenn ich das jetzt höre, gibts für mich nur eine logische Erklärung. Peter wollte sich scheiden lassen.»

«Glaubst du das wirklich?», hakte Nadine nach und sah zu Ferrari.

«Es macht den Anschein … weshalb sollte er sonst zu Robert gehen?»

«Vielleicht ist er erpresst worden?»

«Erpresst? Unsinn, Nadine, wer sollte ihn erpressen? Und womit?»

«Nora Schüpfer zum Beispiel. Entweder sie selbst oder jemand, der wusste, dass er einer ihrer Kunden ist. Sein guter Ruf wäre kaputt gewesen und somit auch die politische Karriere.»

Emma Grauwiler schmunzelte zum ersten Mal.

«Nadine, Peter wollte sich ja aus der Politik zurückziehen. Dieses Argument greift nicht. Wenn es ihm um unseren Ruf gegangen wäre, das wäre schon eher möglich. Ich glaube aber nicht, dass das Wissen um gelegentliche Callgirlbesuche für eine Erpressung reicht. Und selbst wenn er erpresst worden wäre, das hätte er mir beichten müssen. Ich bin der Finanzchef. Peter konnte keine grössere Summe abheben, ohne dass es mir aufgefallen wäre. Glaub mir, Nadine, er leitete hinter meinem Rücken die Scheidung ein. Mein Gott! Wie sehr muss er mich gehasst haben.»

Das war einleuchtend. Ferrari befragte Emma

Grauwiler noch nach ihrem Einkommen und ihren genauen Vermögensverhältnissen. Sie sprach ganz offen, auch darüber, dass sie ihren Anteil an der Kanzlei an Remo Kuster verkaufen würde. Na prima, der Kommissär seufzte, wir sind keinen Schritt weiter. Es ist zum Verrücktwerden.

14. Kapitel

Ganz automatisch wollte sich Ferrari ans Steuer setzen.

«Ich möchte fahren.»

Zögernd reichte er Nadine den Schlüssel.

«He! Ich lebe noch. Ich muss zur Normalität zurückkehren, besser heute als übermorgen. Hartmanns hin oder her. Die werden mich nicht so leicht kleinkriegen.»

Schön wärs, doch deine Mimik spricht eine andere Sprache. Von der Normalität bist du noch weit entfernt. Ferrari ertastete den Zettel. Noldi wäre jetzt hilfreich. Der Kommissär schüttelte den Kopf. Jahrelang zottelte er wie ein Dackel hinter ihr her, lag ihr zu Füssen. Ferrari erinnerte sich noch genau an seine ersten Auftritte bei ihm im Büro. Er stotterte jedes Mal, wenn Nadine nur in seine Nähe kam. Und jetzt die Kehrtwende, schwach und enttäuschend!

«Was willst du mit dem Zettel?»

«Ich lasse ihn analysieren. Die Kollegen sollen eine Schriftprobe abgeben.»

«Willst du Noldi damit beauftragen?»

«Es gibt zum Glück noch andere im Labor.»

«Das schon, aber alle denken wie Noldi. Und zudem ist er der unbestrittene König des Labors und wenn seine Majestät nicht will, schliesst sich das Fussvolk unisono an. Lass es auf sich beruhen.»

Ja, ja. Eben habe ich den weisen Rat gegeben, dass dieser idiotische Vorfall nicht wert ist, sich aufzuregen, geschweige denn, sich Gedanken darüber zu machen. In Tat und Wahrheit will ich diesen verfluchten Schmierfinken stellen und ihm einen Denkzettel verpassen. Einen, den er sein ganzes Leben lang nicht vergessen wird. Erst dann wird im Kommissariat wieder Ruhe einkehren.

«Wir fahren zu Kuster», hörte er Nadine sagen, die mit quietschenden Reifen um den Neubadkreisel fuhr.

«Wieso zu Kuster?»

«Weil er Grauwilers Geschäftspartner gewesen ist. Wäre doch eigentlich logisch, dass er zuerst ihn anpumpt.»

«Rufen wir besser vorher an. Es ist Samstag.»

«Nein. Wir überraschen ihn.»

Ferrari hielt sich am Armaturenbrett fest. In einer Beziehung war sie wirklich bereits zur Normalität übergegangen.

Remo Kuster arbeitete anscheinend auch am Wochenende. Er unterhielt sich mit einem asiatischen Kunden. Die Sitzung würde ihn noch eine halbe Stunde in Anspruch nehmen, deshalb schlug er vor, sich im Anschluss im «Restaurant zur Harmonie» zu treffen. Wunderbar, dachte der Kommissär, Zeit für ein Bierchen. Sie setzten sich an den letzten freien Tisch.

«Es ist besser, wenn ich wieder nach Bern zurückgehe.»

Ferrari verschluckte sich und begann fürchterlich zu husten.

«Du … du … Das kannst du nicht …», keuchte er.

«Und wieso nicht?»

«Wegen mir!»

«Aha!»

«Weil … natürlich kannst du tun und lassen, was du willst … du bist alt genug … ich meine, nein, nein und nochmals nein, das geht nicht. Mein letztes Wort!»

«So, so. Wegen dir.»

«Ja, genau. Ich … ich habe mich an dich gewöhnt.»

«Grossartiges Argument!»

«Ich … ich meine, weil ich dich brauche. Ohne dich macht es keinen Spass. Ich will, dass du bleibst. … Wir sind ein verdammt gutes Team. Oder etwa nicht?»

«Doch, das sind wir, aber …»

«Nix aber! Ich brauche dich und …»

«Und?»

«Es ist keine Lösung, einfach wegzulaufen», Ferrari biss sich auf die Lippen. Ich bin der grösste Trottel auf Gottes Erden! So ein dummes Argument, na ja, es ist zwar wahr, doch so mache ist das Ganze nur noch schlimmer. Etwas mehr psychologisches Geschick wäre nicht schlecht.

«Du meinst wie damals in Bern, oder?»

Jetzt gehts los! Tja, meine Schuld. Ich lerne wohl nie, im richtigen Moment den Mund zu halten.

«Ich … nein … ganz und gar nicht. Da warst du noch jung …»

«Und jetzt bin ich eine alte Schachtel.»

Bravo! Komm, Francesco, setz noch einen drauf. Es wird dir schon noch etwas einfallen.

«Du weisst ganz genau, was ich meine.»

«Seit ich hier bin, läuft immer etwas schief. Nehmen wir einmal Borer. Der Herr Staatsanwalt hat mich von Anfang an auf der Latte und ein grosser Teil der Kollegen kann mich nicht ausstehen. Die halten nur still, weil sie dich fürchten.»

«Niemand hat Angst vor mir», brummte Ferrari.

«Da irrst du dich gewaltig. Die wissen genau, was passiert, wenn du durchdrehst.»

«Ich behandle meine Kolleginnen und Kollegen immer mit Respekt.»

«Ha! Jetzt trägst du aber dick auf. Stichwort Peter Strub. Wie viele Male bist du schon an ihn geraten?»

«Moment mal! Der provoziert mich.»

«Aktuelles Beispiel. Was willst du mit dem Zettel machen?»

«Ich lasse ihn von Frank untersuchen oder noch besser von Peter und seinen Leuten.»

«Strub?»

«Der war früher mal im Labor. Ein Alleskönner, der kriegt das problemlos hin.»

«Aber nur mit Noldis Geräten.»

«Das wird ja wohl kein Problem sein. Die gehören der Polizei, und nicht ihm persönlich.»

«Und wenn sich Noldi weigert?»

«Dann schlage ich deinen Noldi zu Brei.»

«Et voilà. So viel zum Thema Respekt.»

«Wie … Halt, halt! So spielen wir das Spiel nicht, Madame. Du verdrehst alles und lenkst vom eigentlichen Thema ab.» Der Kommissär setzte zum Angriff an. «Also gut, dann hau doch ab. Renn weg! Aber weit weg. Nicht nach Bern. Da zeigen auch alle mit den Fingern auf dich. Du musst ins Ausland, am besten nach Alaska … Bringen Sie mir bitte noch ein Bier, ein grosses!»

«Alaska ist bestimmt reizvoll.»

«Blödsinn! Du bist meine Partnerin, ich brauche dich. Hier ist dein Platz. Geht denn das nicht in deinen Bauernschädel hinein?»

Bravo! Kaum schaut dein Kopf aus dem ersten Fettnäpfchen heraus, versinkst du voll im nächsten. Dass ich hinterrücks mit Nationalrat Kupfer konspiriere, hatte sie sicher schon abgehakt.

«Es scheint dir wirklich etwas an mir zu liegen. Das war schon beinahe eine Liebeserklärung, Marke Ferrari.»

«Unsinn! Ich bin jetzt über zwanzig Jahre in diesem Job. Und ich war immer allein unterwegs. Seit einigen Jahren …»

«Fünf, ums genau zu nehmen.»

«Schon fünf Jahre? Wie die Zeit vergeht. Unglaublich. Und jetzt willst du die fünf Jahre einfach wegwerfen? Bedeute ich dir denn gar nichts?»

«Doch … ach Scheisse! Du hast ja recht und ich will auch gar nicht weg. Diese Feindseligkeiten gehen mir einfach unter die Haut.»

«Das verstehe ich, darum muss das ein Ende haben, und zwar sofort. Zusammen kriegen wir das hin.»

Nadine nickte. Erleichtert lehnte sich Ferrari zurück und leerte das Glas in einem Zug. Das tat gut. Schweigend beobachteten sie die Menschen, die aus dem Bus stiegen, als Kuster sich zu ihnen setzte. Er bestellte ebenfalls ein Bier.

«Das war ein neuer Kunde, ein Zulieferer von Elektronikteilen. Der erste Koreaner, der bei uns … bei mir anklopft. Anscheinend lanciert eine Schweizer Firma ein Plagiat. In den meisten Fällen ist es ja umgekehrt. Doch die Zeiten ändern sich.»

«Entschuldigen Sie unseren Überfall, aber so bin ich zu einem Bier gekommen.»

«Und ich auch!», lachte Kuster.

«Im Laufe der Ermittlungen sind Ungereimtheiten aufgetaucht. Obwohl Peter Grauwiler ein vermögender, für meine Verhältnisse reicher Mann ist, bat er einen Freund, ihn finanziell zu unterstützen. Es ging dabei um eine Bürgschaft.»

«Sie sprechen von der Bürgschaft, die Peter bei der BKB für Hanspeter Sonderegger eingegangen ist.»

«Sie wissen davon?»

«Peter klopfte auch bei mir an. Ich musste ihm allerdings einen Korb geben.»

«Entschuldigen Sie die Frage. Aus finanziellen Gründen?»

«Nein. Wir verdienen mit unserer Kanzlei gutes Geld.»

«Sondern?»

«Zuerst war ich einverstanden. Als er mir dann mitteilte, für wen ich bürgen soll, zog ich meine Zusage zurück. Deutlicher, wenn Hanspeter Sonderegger hopsgeht, steigt bei mir eine Party!»

«Sonderegger scheint kein guter Freund von Ihnen zu sein.»

«Das ist kein Geheimnis, Frau Kupfer. Es ist schon einige Zeit her, Peter war damals noch nicht Partner der Kanzlei, da sind Hanspeter und ich in einer Erbschaftsangelegenheit aneinandergeraten. Es ging um eine Bäckerei in Muttenz, die seinem Vater gehörte und von seiner Schwester Sara geführt wurde. Als der Vater starb, die Mutter war schon länger tot, bat Sara mich, als Testamentsvollstrecker zu wirken. Hanspeter war damit einverstanden. So nahm das Drama seinen Lauf. Der langen Rede kurzer Sinn: Hanspeter warf mir vor, das Inventar zugunsten von Sara getürkt zu haben. Er engagierte dann einen eigenen Anwalt. Ich legte das Amt als Testamentsvollstrecker sofort nieder, doch Hanspeter gab keine Ruhe und verklagte mich. So sahen wir uns vor Gericht wieder. Der Richter machte im wahrsten Sinn des Wortes kurzen

Prozess, er wies seine Klage ab. Sara nützte das leider nichts. Sie konnte die Bäckerei nicht halten. Sie verliebte sich nämlich in einen ihrer Angestellten und der spielte fortan den grossen Zampano, ohne wirklich zu arbeiten. Was sie jetzt macht, weiss ich nicht. Eigentlich gab es bei dieser leidigen Angelegenheit nur Verlierer. Ich wünsche niemandem etwas Schlechtes, ausser diesem Hanspeter Sonderegger. Damals stand meine Reputation auf dem Spiel!»

«Nicht gerade die feine Art.»

«Dabei ging es um eine lächerliche Summe. Nachdem mir Peter von der Bürgschaft erzählt hatte, überlegte ich einen Augenblick sogar, ob ich Emma bitten soll, diese rückgängig zu machen. Sozusagen als Rache, aber ich liess es beim Gedankenspiel bewenden.»

«Trotzdem halfen Sie Sonderegger, den toten Grauwiler abzutransportieren.»

«Da ging es einzig und allein um Peter, um sein Ansehen und auch um das von Emma. Und obwohl die Aktion natürlich absolut falsch war, bin ich sehr froh, dass noch nichts an die Öffentlichkeit gedrungen ist.»

«Wissen Sie, weshalb Grauwiler als Bürge zurücktreten wollte?»

«Nein, nur eine Vermutung. Peter bat mich vor einiger Zeit, den Wert der Kanzlei festzulegen. Er wollte keine externe Schätzung, wie ich vorschlug, sondern ich sollte einfach den Wert bestimmen. Das fand ich mehr als seltsam und fragte ihn, ob er aussteigen wolle. Peter verneinte, meinte, es sei doch gut zu wissen, wie viel die Kanzlei wert ist. Ich sass es dann einfach aus. Ein weiterer Spleen von Peter. Er kam nämlich immer wieder mit irgendwelchen verrückten Ideen. Als er mich dann wegen der Bürgschaft anging, bin ich hellhörig geworden. Ich vermutete finanzielle Probleme. Darauf angesprochen, wich er aus. Man wisse ja nie, was die Zukunft bringe. Wenn Sie mich fragen, Peter wollte sich privat verändern.»

«Sie denken, dass er sich scheiden lassen wollte?»

«Genau. Wahrscheinlich wollte er Emma den grössten Teil des Vermögens anbieten und sich im Gegenzug die Anteile an der Kanzlei sichern. Wie gesagt, das sind nur Spekulationen meinerseits. Nehmen Sie auch noch ein Bier, Herr Kommissär? Sie sind mein Gast.»

Nadine zwickte ihn in den Oberschenkel. Ferrari liess sich nichts anmerken, Körperbeherrschung war eben alles. Du kommst mir gerade recht! Willst einfach mir nichts, dir nichts abhauen. Dieser Schreck sitzt noch immer in meinen alten Knochen. Da kann ein drittes Bierchen nicht schaden. Ganz im Gegenteil.

«Gern!»

Ferrari wankte leicht, als sie zum Porsche gingen. Drei Bierchen, die Wärme und noch nichts im Magen. Das bekommt mir nicht. Tja, das Alter.

«Warte hier beim Brunnen. Ich hole in der Bäckerei ein Sandwich. Du bist echt unbelehrbar. Ich weiss nicht, zum wie vielten Mal ich das jetzt erlebe. Schöner Kommissär! Lässt sich am hellichten Tag im Dienst vollaufen.»

«Also, bitte, die drei Stangen bringen mich nicht um.»

«Ja, klar. Du hast alles voll im Griff. Bleib ja hier sitzen, ich bin gleich wieder da.»

Kurze Zeit später kam Nadine mit zwei Sandwiches zurück.

«Hier, mit Rohschinken und Salatblättern drin.»

«Mmh. Sehr gut, ich fühle mich schon viel besser.»

«Magst du noch mehr? Du kannst meine zweite Hälfte haben. Mein Appetit ist im Moment eher bescheiden.» Nadine sah, wie ihr Sandwich in null Komma nichts verschlungen war. «Wow. Das ist sicher neuer Sandwichverdrückrekord. Und so etwas ist das Aushängeschild der Basler Polizei. Aber die anderen und vor allem deine Schickimicki-Freunde kennen dich nur von der Schokoladenseite. Nicht so wie ich. Ich sehe auch die negativen Seiten. So wie jetzt, wenn du am heiteren Tag säufst.»

«Ich bin aber nicht betrunken!»

«Na ja, das ist wohl Ansichtssache. Ich würde sagen, du bist nicht weit davon entfernt. Soll ich bei der Zeitung anrufen? Wäre doch eine tolle Schlagzeile ‹Kommissär Ferrari liegt betrunken am Spalenberg›.»

«Pst! Nicht so laut. Die Leute schauen bereits zu uns her.»

«Sollen sie doch. Wir sind ein tolles Team, die Mörderin und der besoffene Kommissär!»

«Siehst du, du kannst gar nicht weg. Wer soll denn sonst auf mich aufpassen?»

Nadine versetzte Ferrari einen freundschaftlichen Stoss, der sich im letzten Moment am Brunnenrand festhalten, jedoch nicht verhindern konnte, dass sein Hintern ins Wasser rutschte. Nadine zog ihn lachend aus dem Wasser.

«Sorry, das wollte ich nicht.»

Wers glaubt! Ferrari tapste mit nassem Hinterteil zum Porsche.

«He! Das kommt überhaupt nicht infrage. Du steigst nicht in mein Auto. … Untersteh dich … Spinnst du, Francesco! … Ich glaubs nicht.»

Ferrari machte es sich lächelnd auf dem teuren Recarositz bequem. Rache ist süss.

Trotz feuchter Hose, Nadine trocknete derweil kopfschüttelnd mit einem in der Kantine geklauten Handtuch den Beifahrersitz, ging Ferrari direkt ins Labor.

«Hallo, Francesco.»

«Hallo, Noldi. Ist Frank da?»

«Er hat Ferien. Kann ich dir helfen?»

«Nein danke. Ich warte, bis er zurück ist.»

«Francesco …»

«Ja?»

«Das wegen Nadine … ich meine, das wegen Nadine und mir …»

«Wenn du etwas zu sagen hast, dann sags. Nur red nicht um den heissen Brei herum.»

«Ich wollte nur … schon gut, es ist nichts.»

«Du könntest mir einen Gefallen tun, Noldi. Richte Frank aus, dass ich mit ihm reden möchte, sobald er zurück ist. Es geht um eine Schriftanalyse.»

«Eine Schriftanalyse? Das kann ich doch machen.»

«Nein danke.»

«Verstehe. Vermutlich wird in Zukunft Frank dein Ansprechpartner sein.»

«Ich werde den Dienstweg einhalten. Du bist der Chef des Labors und damit habe ich kein Problem. Nur in diesem speziellen Fall möchte ich mit Frank zusammenarbeiten.»

«Geht es um den Mord an Thuri?»

«Nicht direkt.»

«Wenn es dringend ist und du mir nicht mehr traust, kannst du ja Peter fragen. Er war schliesslich mein Vorgänger.»

«Genau das werde ich tun.»

«Sag ihm, dass er jederzeit die Schlüssel holen kann. Ich stehe deinen Ermittlungen nicht im Weg.»

«Danke. Ciao, Noldi.»

«Tschüss, Francesco.»

Strub war ausser Haus. Ferrari klopfte bei Staatsanwalt Borer.

«Ah, Sie sind hier?»

«Perfekt kombiniert, Ferrari! Ich muss eine Anklage vorbereiten. Das kann ich am besten an den Wochenenden. Setzen Sie sich doch.»

«Ich stehe lieber.»

Ferrari sah sich um.

«Der reinste Dschungel, nicht wahr? Noch eine oder zwei weitere Pflanzen und ich fühle mich wie zu Hause.»

«Wie geht es Ihrer Orchidee?»

«Prächtig! Nicht wahr, mein Liebling? Ganz prächtig. Georg, ein grossartiger Mensch, hat mir einen Pflanzendünger empfohlen. Er versteht etwas davon. Meine Frau und ich sind nächste Woche bei ihm eingeladen. Anscheinend, das erwähnte der Erste Staatsanwalt, kommt sein Anwesen einem Urwald gleich. … Sie wirken besorgt, Ferrari. Probleme mit den Ermittlungen? Wollen Sie sich wirklich nicht setzen?»

Ferrari tastete seinen Hintern ab.

«Vielen Dank, es dauert nicht lang.»

Der Kommissär legte den Zettel auf den Tisch.

«Unangenehm! Höchst unangenehm! Woher stammt der Wisch?»

«Er steckte unter dem Scheibenwischer von Nadines Porsche.»

«Sehr unangenehm! Langsam gerät die Sache aus den Fugen. Was sagt Ihre Kollegin dazu?»

«Sie will weg. Zurück nach Bern oder anderswohin.»

«Das wäre vielleicht für alle das Beste.»

Das könnte dir so passen! Du willst sie schon lange

loswerden, weil sie nicht nach deiner Pfeife tanzt, eben keine Kriecherin ist. Und laut wandte er sich an sein Gegenüber: «Das kommt überhaupt nicht infrage. Was unternehmen Sie in dieser Angelegenheit, Herr Staatsanwalt?»

«Was soll ich Ihrer Meinung nach tun? Eine Schriftprobe vom ganzen Kommissariat anordnen?»

«Was spricht dagegen?»

«Damit wirbeln wir nur noch mehr Staub auf. Es wird das Beste sein, gar nichts zu unternehmen. Warten wir ab, ob dies ein einmaliger Akt war.»

«Und wenn nicht?»

«Dann garantiere ich Ihnen, dass wir dagegen vorgehen.»

Ferrari dachte nach. Vielleicht hatte Borer ja recht. Manchmal war keine Reaktion die beste Taktik.

«Hören Sie auf mich, Ferrari. Ein einziges Mal. Lassen Sie es auf sich beruhen.»

«Ich werde es mit Nadine besprechen.»

«Tun Sie das.»

Staatsanwalt Borer goss nachdenklich seine Pflanzen. Die Lage spitzt sich immer mehr zu. Wenn der Druck noch grösser wird und Ferrari nicht bald Ergebnisse vorlegt, müssen wir eine Sonderkommission einsetzen. Nicht auszudenken, was dadurch ins Rollen kommen könnte. Aus einem der Töpfe tropfte Wasser auf den Teppich. Auch das noch! Borer stellte die Pflanze auf den Boden und leerte das Wasser des überlaufenden Untersatzes zum Fenster hinaus. Diese Kupfer ist ein einziges Unglück! Vom ersten Tag an ein Ärgernis. Was findet Ferrari nur an dieser Person? Vielleicht ist doch etwas dran an den Gerüchten. Gedankenversunken stellte er den Blumentopf wieder in den Untersatz und versuchte, die Wasserspuren zu beseitigen.

Ferrari sass, den Zettel in der Hand drehend, angespannt am Schreibtisch.

«Hier bist du ja. Ich suche dich überall. Ist die Hose wieder trocken?»

«Noch ein wenig feucht. Ich war bei Noldi und anschliessend bei Borer.»

«Wegen des Zettels?»

«Frank ist in den Ferien und Borer möchte am liebsten, dass wir alles unter den Tisch wischen.»

«Ich bin sonst nie Borers Meinung, aber in diesem Fall schon. Warten wir ab, ob es nochmals passiert … Du musst kurz in mein Büro kommen, ich möchte dir etwas zeigen.»

Ferrari legte den Zettel in die oberste Schublade. Gut, warten wir halt ab. Hoffentlich war es ein Einzelfall, ein einmaliger Ausrutscher. Auf dem Tisch seiner Kollegin lag ein ganzer Stapel von Postauszügen. Ferrari schaute sich die Zahlenreihen an.

«Noras Postcheckkontoauszüge?»

«Ja. Ich habe sie endlich ausgedruckt. Die Bankbelege kommen Anfang nächster Woche.»

«Ziemlich gutes Monatseinkommen, nicht verwunderlich bei den Preisen, die Nora Schüpfer für ein Schäferstündchen verlangte. Was hältst du von der Geschichte mit Sonderegger?», wandte sich der Kommissär an seine Kollegin.

«So lieb und nett scheint der nicht zu sein. Prozessiert gegen die eigene Schwester. Auch werde ich den Eindruck nicht los, dass uns Sonderegger etwas vormacht.»

«Glaubst du, dass er der Mörder ist oder der Mann im Hintergrund?»

«Nein.»

«Aber möglich wäre es. Peter Grauwiler wollte als Bürge ja aussteigen. Vielleicht hat er entdeckt, dass Sonderegger Dreck am Stecken hat. Das konnte wiederum Sonderegger nicht zulassen. Ergo, er ersticht Grauwiler in der Hoffnung, dass er sich bei Emma einschleichen kann.»

«Dem widerspricht, dass alle Grauwiler für seriös halten. Wenn Grauwiler weiss, dass Sonderegger ein Gauner ist, geht er doch nicht zu seinen besten Freunden und bittet sie, seine Bürgschaft zu übernehmen. Doch ich bleibe dabei, Sonderegger hält Fakten zurück. Er weiss mehr, als er uns erzählt. … Aber komm jetzt einmal her. Ich habe mir die einzelnen Positionen genau angeschaut. Eingänge und Abbuchungen. Schau dir die Kontoauszüge bitte in Ruhe an.»

Ferrari ging jedes einzelne Blatt durch. Nadine holte inzwischen zwei Kaffee.

«Hier. Hoffentlich kriegst du keine Erkältung mit deinem nassen Arsch.»

Der Kommissär verzog das Gesicht und wandte sich wieder den Auszügen zu. In regelmässigen Abständen waren grössere Beträge einbezahlt worden. Teilweise fünftausend Franken, manchmal sogar zehntausend Franken.

«So, ich bin durch. Sie hat sich ein Vermögen angeschlafen, könnte man sagen.»

«Fällt dir nichts auf?»

«Alle bis auf Markwalder zahlten cash.»

«Wie viele Kunden bedient eine Edelprostituierte pro Tag?»

«Vermutlich nicht allzu viele. Die stehen sicher nicht Schlange. Ich würde sagen einen Kunden am Vormittag, einen oder vielleicht zwei am Nachmittag.»

«Und am Abend?»

«Keinen. Da war sie immer mit ihrer Tochter zusammen.»

«Gut. Du vermutest drei am Tag. Ich erhöhe auf vier.»

«Höchstens. Vor zehn ist sicher nie etwas los gewesen. Ausnahmen wie Grauwiler ausgeschlossen. Wenn sie dann im Rhythmus von zwei Stunden jemanden empfängt, ergibt es deine vier. Ohne Mittagszeit wären es drei.»

«Dann addier einmal die Beträge vom Januar und dann die vom Februar.»

«Zehn, zwanzig, dreissig … Im Januar rund neunzigtausend, im Februar knapp achtzigtausend.»

«Im Januar sind es genau achtundachtzigtausendfünfhundert Franken gewesen, im Februar sechsundsiebzigtausend. Am Wochenende schaffte sie nicht an. Dann kannst du noch eine Woche abziehen.»

«Weshalb? Ah, schon gut, ich weiss, wegen Frauengeschichten.»

«Genau. Dann bleiben rund drei Wochen pro Monat. Viertausend pro Tag, gibt maximal sechzigtausend Franken. Woher, bitte, stammt der Rest?»

«Vielleicht hatte sie unterschiedliche Tarife?»

«Das glaube ich nicht. Ich kläre diesen Punkt ab. Angenommen, sie verlangte immer tausend Franken, bleibt eine Differenz von rund zehn- bis zwanzigtausend Franken pro Monat.»

Eine Stunde später war klar, dass jeder ihnen bekannte Kunde einen Tausender bezahlte. Meistens dauerte das Schäferstündchen knapp zwei Stunden mit Sekt, einem Gespräch und anschliessendem Sex.

«Somit steht fest, dass Nora Schüpfer sich noch etwas nebenbei verdiente. Du hattest recht.»

«Könnte es sein, dass sie sich mit kleinen Erpressungen ihren kärglichen Beischlaflohn aufbesserte, Francesco?»

15. Kapitel

Monika begleitete am Sonntagnachmittag ihre und Ferraris Mutter zu einem Benefizkonzert im Stadtcasino mit anschliessendem Apéro riche. Eine gute Gelegenheit, sich mit Nikki den Auswärtsmatch gegen den FC Luzern anzuschauen auf Swisscom-TV und neustens mit HD-Qualität. Der FCB gewann knapp, aber verdient dank zwei Toren von Streller und Frei. Ohne die beiden Knippser wären wir nur Mittelmass. Der Kommissär setzte sich gut gelaunt an Monikas PC und legte seine System-Lotto-CD ein. Ich werde mein neues System nochmals überprüfen und durchspielen. Nach anderthalb Stunden druckte Ferrari stolz ein Blatt aus. Das ultimative System! In der nächsten Woche knacke ich damit den Jackpot. Monika wird Augen machen, wenn ich die Scheinchen auf den Tisch blättere.

«Hallo, Francesco! Ich bin wieder da.»

Es gelang ihm gerade noch, seine CD aus dem PC zu entfernen und sich auf der «baz»-Homepage einzuklicken, um die neusten Sportresultate anzuschauen, bis Monika ins Arbeitszimmer kam und ihn küsste. Uff, das war knapp.

16. Kapitel

Georg teilte Ferrari am Montag mit, dass sie die Fahndung nach Nora Schüpfer und ihrer Tochter einstellen würden beziehungsweise nur noch auf Sparflamme weiterführen könnten, weil die Kolleginnen und Kollegen am Anschlag seien, und gab ihm gleichzeitig zu verstehen, dass alle langsam, aber sicher Ergebnisse erwarteten. Schöner Wochenbeginn! Damit fielen die Chancen, Nora zu finden, auf den Nullpunkt. Wo blieb die viel gepriesene Unterstützung, die das dicke Walross noch am Samstag gross herausposaunt hatte? Nicht nur Georg wollte Resultate sehen, das gesamte Polizeikorps inklusive Borer, ach, was sage ich, die ganze Stadt machte gehörigen Druck. Mit den neusten Erkenntnissen mussten die Ermittlungen in eine andere Richtung gelenkt werden. Nora Schüpfers Kunden oder zumindest ein paar wurden wahrscheinlich erpresst. Im Bett war Mann meistens gesprächig, auch wenn es sich nur um käufliche Liebe handelte. Erst vor Kurzem wurde in England ein Minister aus dem Amt gekippt, weil er im Bett Amtsgeheimnisse ausgeplaudert hatte. Hm, vielleicht wurde Grauwiler doch von Nora erpresst und die Ablösung der Bürgschaft war ein taktisches Manöver, um an die zwei

Millionen zu kommen. Stellte sich die Frage, ob Emma wirklich davon Wind bekommen hätte? Immer unter der Vorraussetzung, Sonderegger hätte ihr nichts davon erzählt. Denkbar wäre es.

Sie knöpften sich die Freier nochmals vor, die sie namentlich kannten. Alle, ohne Ausnahme, behaupteten, dass sie nie von Nora Schüpfer erpresst worden seien. Ferrari ging Schritt für Schritt seine Notizen durch. Wir kommen und kommen nicht voran. Es gibt gerade mal zwei Anhaltspunkte. Grauwiler will alles Geld flüssig machen und Nora Schüpfers Einnahmen sind bedeutend höher, als unter normalen Bedingungen möglich ist.

«Ich kann es mir folgendermassen vorstellen, Nadine: Nora Schüpfer will nach der Hochzeit aufhören, plant aber zum krönenden Abschluss noch einen letzten Coup. In Peter Grauwiler, der als Politiker im Rampenlicht steht, sieht sie das perfekte Erpressungsopfer. Für ihr Schweigen verlangt sie zwei Millionen.»

«Grauwiler versucht, das Geld aufzutreiben, doch die Bürgschaft bricht ihm das Genick. Keiner will sie ablösen. Er geht zu Nora, will mit ihr sprechen. Sie bleibt hart. Als Grauwiler sieht, dass sie nicht mit sich reden lässt, droht er ihr mit der Polizei. In diesem Moment sieht sie ihre ganze Zukunft gefährdet und ersticht ihn.»

«Plausibel. Wie passt Arthur in dieses Puzzle?»

«Gemäss Aussage von Frau Loosli zoffte sich Nora mit ihm in den Langen Erlen. Ich gehe davon aus, dass Nora ihm beichtet, Grauwiler erstochen zu haben und vor allem, weshalb. Thuri ist ein anständiger Mensch … er war es. Mit diesem Wissen hätte er nicht glücklich leben können.»

«Schon gar nicht mit einer Mörderin und Erpresserin an seiner Seite. Deshalb verlangt er von ihr, dass sie sich stellt. Sie schindet Bedenkzeit heraus. Am nächsten Tag, am gleichen Ort erschlägt sie ihn und beseitigt so den letzten Mitwisser.»

«Strub glaubt aber, dass es ein Mann gewesen ist.»

«Oder eine starke Frau … oder jemand, der den Stein mit beiden Händen hielt.»

«Und wie sollen wir das beweisen?»

«Wir müssen Nora und Julie finden. Es führt kein Weg daran vorbei. Sie sind eindeutig der Schlüssel zur Lösung, Nadine.»

Staatsanwalt Borer stellte einen Haftbefehl für Nora Schüpfer aus. Dadurch wurde die Suche nach der Vermissten und ihrem Kind wieder intensiviert. Wie ein Lauffeuer verbreitete sich diese Neuigkeit im Kommissariat. Borer sorgte seinerseits auch tatkräftig dafür, in der Hoffnung, die Anspannung unter den Kollegen zu lösen. Und es schien zu funktionieren, Nora Schüpfer war innert Kürze als Doppelmörderin abgestempelt. Ich bin ein genialer Taktiker! Jetzt müssen wir nur noch diese Schüpfer finden und den Fall zu Ende bringen. Ich werde die Anklage persönlich vertreten. Und das Kind? Richtig, das Kind würde wohl zu Pflegeeltern kommen, im besten Fall zu seinem leiblichen Vater, sofern dieser die Fürsorge übernimmt. Heikel, sehr heikel. Bei Kindern ist die Öffentlichkeit sehr sensibel. Das kann schnell ins Negative kippen. Wenn dieser Fall in den Medien ausgeschlachtet wird, wenn nicht die Mutter, sondern das Schicksal des kleinen Mädchens in den Vordergrund rückt, und das kann durchaus sein, dann führe ich zwar eine Mörderin ihrer gerechten Strafe zu, raube jedoch gleichzeitig einem Kind die Mutter. Nein, das lasse ich schön bleiben. Soll sich jemand anders die Finger verbrennen … Ich werde mit dem Ersten Staatsanwalt sprechen. Das ist doch der ideale Fall für den neuen, jungen Staatsanwaltskollegen. Schliesslich hat jeder eine Chance verdient. Bei diesem Gedanken umspielte ein zufriedenes Lächeln seine Lippen.

Nadine und Ferrari fuhren ins St. Johann zu Hanspeter Sonderegger, um ihn mit den neuen Fakten zu konfrontieren. Das Gespräch verlief harzig, Sonderegger war weit weniger zuvorkommend als beim ersten Mal. Salamitaktik! Er gab nur genau so viel preis, wie er musste.

«Sie verschwiegen uns, dass Peter Grauwiler seine Bürgschaft zurückziehen wollte.»

«Erstens fragten Sie mich nicht danach und zweitens hat er sie ja gar nicht sistiert.»

«Weil er vorher ermordet wurde.»

«Sie verdächtigen mich, Frau Kupfer? Dann ist Ihr Kollege vom Baudepartement, der mit mir zusammen die elektrischen Leitungen abnahm, ein Lügner. Ein Komplize, sozusagen.»

«Sie könnten ja jemanden beauftragt haben.»

«Stimmt. Jetzt erinnere ich mich wieder. Ich engagierte einen Auftragskiller, der Peter am frühen Morgen im Beisein einer Prostituierten ermordete. Noch dazu, nachdem Peter seinen ursprünglichen Terminplan über den Haufen warf, was ich mit meinen hellseherischen Fähigkeiten natürlich wusste.»

«Von wem wissen Sie das?»

«Von Emma. Ich kondolierte gestern Abend und entschuldigte mich für mein Fehlverhalten.»

«Gutes Stichwort. Wie stehen Sie zu Remo Kuster?»

«Ich kenne ihn nur flüchtig. So, wie man eben den Geschäftspartner eines Freundes kennt.»

«Aber Sie kennen ihn immerhin so gut, dass Sie ihn anrufen und mit ihm einen Toten vom Tatort wegschleppen. Wo erreichten Sie ihn? Im Büro?»

«Das weiss ich nicht mehr so genau. Kann sein.»

«Oder riefen Sie ihn aufs Handy an?»

«Was spielt denn das für eine Rolle?»

«Na ja, wir fragen uns, ob Sie alle Handynummern von flüchtigen Bekannten speichern.»

«Ob Büro oder Handy, ich weiss es nicht mehr. Was soll diese Fragerei?»

«Kennen Sie Kuster von früher?»

«Nein.»

«Dann gibt es noch einen zweiten Remo Kuster.»

Sonderegger überlegte eine Weile.

«Okay. Es gab vor Jahren einen Erbschaftsstreit. Da sind wir aneinandergeraten, doch diese Sache ist längst gegessen.»

«Für Remo Kuster aber nicht.»

«Ich weiss.»

«Trotzdem informierten Sie ihn?»

«Er war der Einzige, der mir in den Sinn kam. Es musste schnell gehen. Ich überlegte, wo wir die Leiche hinbringen könnten. Zu Emma nach Hause? Unmöglich. Werfen wir ihn in den Rhein? Das wäre pietätlos. Plötzlich kam mir die Idee mit dem Büro. Kuster war sofort damit einverstanden. Ich bin dann mit zwei Mitarbeitern, denen ich absolut vertraue, ins Gundeli gefahren.»

«Sie hätten Peter Grauwiler einfach an Ort und Stelle liegen lassen sollen.»

«Im Nachhinein ist man immer klüger. Aber ich war wie von Sinnen, wollte einen Skandal vermeiden und das Ansehen von Peter bewahren. Man hätte ihn nur noch als Politiker, der sich mit einer Hure die Zeit vertreibt, in Erinnerung behalten. Es ging mir auch um die Partei.»

«Wahrscheinlich war das Ihre Hauptsorge.»

Sonderegger funkelte Nadine wütend an.

«Was passiert jetzt mit der Bürgschaft?»

«Die Frage ist falsch, Herr Kommissär. Sie sollte heissen, was passiert jetzt mit mir? … Ich weiss es nicht. Ich werde nach der Beerdigung mit Emma reden. Mit etwas Glück übernimmt sie die Bürgschaft. Ansonsten werden Sie mich hier bald nicht mehr antreffen, befürchte ich.»

«Warum wollte Grauwiler die Bürgschaft kündigen?»

«Ich weiss es nicht. Es kam aus heiterem Himmel. Ohne Vorwarnung, ohne Ankündigung stand er bei mir im Büro und meinte, wir hätten ein Problem. ‹Du musst mich aus der Bürgschaft entlassen›, das waren seine Worte. Ich war schockiert und erklärte ihm, dass ich ohne Bürge erledigt wäre, was er natürlich wusste», Sonderegger erhob sich und ging im Zimmer auf und ab. «Peter wollte für mich einen anderen Bürgen auftreiben. Spätestens da war mir klar, dass es aus ist. In der Partei ist niemand reich genug, um mich zu stützen. Zudem wollte ich das auch nicht. Wir sind gemeinsam alle Möglichkeiten durchgegangen. Letztlich blieb Robert Stolz. ‹Robert wird es machen. Auf die paar Franken kommt es ihm nicht an. Ich rede noch heute mit ihm›, versuchte er mich zu beschwichtigen.» Sonderegger setzte sich schweissgebadet. «Ich wollte dann wissen, was ich verbrochen hatte, warum er nicht mehr für mich bürgen wollte. Peter war mir doch eine Erklärung schuldig.»

«Und wie lautete seine Antwort?»

«‹Ich möchte schon, Hanspeter, das musst du mir glauben. Aber ich kann nicht mehr für dich bürgen!›»

«Und wie interpretieren Sie diese Aussage?»

«Mein erster Gedanke war, Peter ist konkurs.»

«Und das haben Sie ihm gesagt?»

«Genauso oder ähnlich.»

«Und was antwortete er darauf?»

«Peter reagierte komisch. Er sagte, wenn es nur das wäre, dann könnten wir darüber reden. Doch es sei weit schlimmer ... Dann ist er wortlos gegangen.»

«Wie wärs damit: Peter Grauwiler wurde erpresst. Er braucht dringend die zwei Millionen, was seine Frau natürlich nicht wissen darf, und besorgt Ihnen einen anderen Bürgen. Ihnen konnte es ja vollkommen egal sein, wer bürgt. Hauptsache, es liess sich jemand finden. Im Gegenzug versprechen Sie kein Wort darüber zu verlieren.»

«Erpresst? Von wem?»

«Von Nora Schüpfer zum Beispiel.»

«Sie spinnen doch, Frau Kupfer!»

Ferrari setzte sich vorsichtig auf den Beifahrersitz.

«Er ist wieder trocken und ohne bleibende Schäden. Du kannst von Glück reden.»

«Das wäre nun wirklich nicht meine Schuld gewesen ... Explodierst du, wenn ich dich frage, wie es dir geht?»

«Schlecht, doch etwas besser als die letzten Tage.»

«Immer noch Auswanderungsgedanken?»

«Manchmal so, manchmal so.»

«Und für welches So entscheidest du dich?»

«Lass mir etwas Zeit, Francesco. Bringen wir den Fall zu Ende. Dann schauen wir weiter.»

«Meine Meinung dazu kennst du ja.»

«Es … es liegt nicht an dir. Ich … ich will ja gar nicht weg. Aber …»

Ferrari lehnte sich zurück. Schwierig, sehr schwierig. Sie trägt einen inneren Kampf mit sich aus. Für oder gegen Basel, falsch, für Ferrari oder gegen Basel. Der Kommissär schmunzelte. Ich werde gewinnen.

«Aua! Spinnst du?! Weshalb schlägst du mich?»

«Darum!»

Zur Untätigkeit verdammt, setzte sich Ferrari an seinen Bürotisch. Sondereggers Aussage würde ihre Erpressungstheorie bekräftigen. Im Moment war das ihre einzige Spur. Nora, die Erpresserin und vermutlich auch die Mörderin, ist noch immer in der Region. Das sagt mir mein Bauchgefühl. Georgs Leute müssen einen Zahn zulegen. Die wird doch zu finden sein.

Er faltete das Blatt mit den Lottozahlen auseinander. Eine Ablenkung wird mir gut tun. Ein todsicheres System! Ich darf den Schein nur nicht herumliegen lassen, sonst kopiert ihn Stephan oder Borer. Aus der obersten Schublade zog der Kommissär einen leeren Lottozettel heraus. Tja, guter Rat, Notvorrat. Also, Konzentration, Francesco Ferrari! Die Millionen warten. Er setzte seine Kreuze nach dem am Vortag ausgeklügelten System.

«Erwischt! Schon wieder beim Spielen!»

Ferrari zuckte zusammen und fühlte sich wie ein Schuljunge ertappt.

«Mach ruhig weiter. Im Augenblick können wir sowieso nichts tun. Georg lässt alles, was Beine hat, in der Stadt patroullieren. Und?»

«Ich wechsle die Zahlen.»

«Aha! Der Tüftler spielt nach einem neuen System.»

«Wie kommst du darauf?»

«Das sieht doch ein Blinder. Wahrscheinlich sitzt du jeden Abend zu Hause vor dem Fernseher, lässt die Bilder an dir vorbeilaufen und denkst über neue Lottosysteme nach. Selbstverständlich mit einem Block und einem Kugelschreiber bewaffnet, falls der Gedankenblitz einfährt.»

«Nicht ganz. Aber gestern war Monika mit den Müttern an einem Konzert und da hatte ich wunderbar Zeit.»

«Ich könnte dir einen absolut sicheren Tipp geben.»

«Wie ich gewinne?»

«Risikolos.»

«Und wie?»

«Nimm die Karten von Jason Untala. Die liegen sicher noch in einer deiner Schubladen.»

«He! Was machst du?»

Nadine öffnete die oberste Schublade.

«Was ist denn das?»

«Nichts!»

«Hunderte von Lottozetteln. Du bist ja noch viel schlimmer, als ich dachte.»

«Ich kann schliesslich nicht jedes Mal zum Kiosk rennen, wenn ich eine Eingebung habe.»

«Du meinst eine Vision!»

«Eine Idee. Hier zum Beispiel, das sind die Zahlen, die am häufigsten gezogen werden. Ich fülle jetzt einen ganzen Schein damit aus, doch ich ändere immer eine Zahl.»

«Und woher weisst du, welche Zahlen am meisten gezogen werden?»

«Von … aus dem Internet.»

«Die nächste Ziehung ist am Mittwoch, oder? Das schaust du dir sicher an und streichst die Zahlen ab.»

«Wenn ich zu Hause bin, ja. Bei den Deutschen geht alles mit rechten Dingen zu.»

«Und in der Schweiz?»

«Die betrügen.»

«Aha! Und woher kommt diese Weisheit?»

«In Deutschland werden die Zahlen einzeln gezogen, Zahl für Zahl. Bei uns werden hingegen alle miteinander gemischt und peng, fallen sie schon in die Halterung.»

«Wo liegt der Unterschied?»

«In der Art der Bekanntmachung. Ich nehme die Ziehung jeweils auf. Es kann ja sein, dass ich zu spät nach Hause komme. In Deutschland rutscht die Kugel hinunter und die Sprecherin sagt ‹sieben›. In der

Schweiz fallen alle Kugeln beinahe gleichzeitig ins Körbchen.»

«Ich verstehe noch immer nicht, wie die Schweizer betrügen?»

«Du solltest den Sprecher hören. Fast gleichzeitig mit dem Ziehen einer Kugel, gibt er die Gewinnzahlen bekannt. Es handelt sich hier um Sekundenbruchteile, aber ich bin sicher, dass er die Zahlen bereits vorher kennt. Ich habe bei verschiedenen Ziehungen mehrmals die Sequenz zurückgespult. Das ist eindeutig Betrug.»

Nadine stand vor dem Kaffeeautomaten, warf einen Jeton in den Schlitz, drückte auf Espresso und fragte sich, ob Lotto spielen sämtliche grauen Zellen im Gehirn vernichtete.

17. Kapitel

Nadine und der Kommissär machten einen Abstecher in die Hegenheimerstrasse, um mit Thomas Lutz zu reden. Vielleicht gab ja dieses Gespräch dem Fall eine ungeahnte Wendung. Bereits nach wenigen Minuten bestand zumindest in einer Beziehung Klarheit: Nora Schüpfer plante ihre Flucht.

«Sie war gestern bei mir. Allein.»

«Weswegen?»

«Sie wollte meine Zusicherung, dass ich Julie bei Rebecca lasse, wenn ihr etwas zustösst, und nicht plötzlich den liebenden Vater spiele.»

«Sind Sie damit einverstanden?»

«Es ist nicht mein Kind, es ist Noras Tochter. Ich weiss ja nicht einmal, ob ich der Vater bin.»

«Das könnten Sie leicht mit einem Vaterschaftstest abklären.»

«Interessiert mich nicht, Frau Kupfer. Begreifen Sie das?»

«Überhaupt nicht. Ich würde um meine Tochter kämpfen.»

«Dieser Stolz hat mir damals die Augen geöffnet. Das war brutal, ich hatte ja keine Ahnung. Seither mache ich einen weiten Bogen um Nora.»

«Bis auf gestern.»

«Ja. Was wollen Sie eigentlich von ihr?»

«Reine Routine. Prostituierte werden ab und zu überprüft. Und, wenn sie plötzlich verschwinden, werden wir hellhörig. Man weiss ja nie, ob ein Freier durchdreht.»

Anscheinend schluckte Lutz diese Erklärung.

«Der passiert schon nichts.»

«Standen Sie in Kontakt zu Ihrer Tochter?»

«Nee! Ich habe den Balg nie gesehen.»

«Vielleicht wäre es anders gelaufen, wenn Sie nicht beim ersten Windstoss die Finken geklopft hätten.»

Oh, oh, die Tonlage meiner Kollegin verschärft sich.

«Jetzt bin ich dann noch an allem Schuld. Ich hätte ja den Zuhälter spielen können.»

«Die grosse Liebe ist es wohl nicht gewesen, sonst wären Sie zu ihr gestanden.»

«Die Hure benutzte mich doch nur. Soll sie doch nach Spanien abhauen.»

«Wieso Spanien?»

«Dort will sie hin, zusammen mit Julie und dieser Rebecca. Wars das? Ich muss zur Nachtschicht. Im Moment sind die ziemlich scharf mit der Kontrolle. Wer nicht spurt, fliegt. Es gibt genug Leute, die auf eine freie Stelle in der Chemie warten.»

Nadine liess den Motor aufheulen. Wortlos raste sie durch die Stadt.

«Das ist kein Streifenwagen und du fährst auch nicht mit Blaulicht.»

«Mitfahrer, Maul halten!»

Nun denn, es ist ja schliesslich nicht mein Führerschein. Nora Schüpfer wollte sich mit ihrer Tochter Julie und ihrer Freundin Rebecca ins Ausland absetzen, nach Spanien. Vorausgesetzt ihr Ex erzählte die Wahrheit. Irgendwie seltsam, wieso sollte sie ausgerechnet ihm das verraten? Vielleicht eine Finte. Wir suchen sie in Spanien und sie befinden sich in Australien oder sonst wo. Immerhin hat mich mein Bauchgefühl nicht getäuscht, Nora Schüpfer ist noch in Basel. Fragt sich nur, wie lange noch.

«Wo wohnt Rebecca Haller?»

«Irgendwo im Kleinbasel. Webergasse, soviel ich weiss. Nimm mein Natel und ruf sie an. Sie hat mir ihre Nummer gegeben.»

«Sie ist in Noras Haus», informierte Ferrari seine Kollegin nach einem kurzen Telefongespräch. «Fahren wir zu ihr.»

«Gut. Wir holen nur kurz was im Kommissariat und fahren dann nach Bettingen.»

«Und was holen wir?»

«Das wirst du schon sehen.»

Nadine durchsuchte den Schreibtisch von Ferrari.

«Kann ich dir helfen?»

«Wo ist der Prüfungsbericht?»

«Welcher Bericht?»

«Von der MFK. Na, du weisst schon, der von Boris' Auto.»

«Ach so. Den habe ich unter die Akte Grauwiler gelegt.»

Nadine machte sich eine Fotokopie und steckte sie ein. Danach fuhren sie nach Bettingen, wo sie ein leeres Haus vorfanden.

«Ich habe doch gerade noch mit ihr telefoniert?», wunderte sich der Kommissär. «Meinst du, die drei sind schon auf dem Weg nach Australien?»

«Nach Spanien!»

«Wer weiss.»

Sie schickten einen Streifenwagen in die Webergasse, um sicherzustellen, dass sich niemand der Gesuchten dort aufhielt, und lösten gleichzeitig eine Grossfahndung nach den beiden Frauen in Begleitung eines kleinen Mädchens aus. Vor allem der EuroAirport und die beiden Bahnhöfe sollten permanent kontrolliert werden. Bei den Zollstationen würden sie weniger Glück haben. Seitdem Europa nochmals ein Stück zusammengerückt war und sich sogar die Schweiz mit den bilateralen Abkommen an die EU kuschelte, verkamen Zollkontrollen zur Lotterie. Eine Entwicklung, die ihr Gutes hatte. So gab es keine langen Wartezeiten mehr am Zoll. Was die Kehrseite der Medaille betraf, so wurde es einfacher, das Land unbemerkt zu betreten oder eben zu verlassen.

Der Krieg der rostigen Räder ging in die nächste Runde. Wie war das doch gleich noch bei Karl dem Kühnen? Bei Grandson verlor er das Gut, bei Murten den Mut und bei Nancy das Blut. Das Gut verloren die Damen beziehungsweise Boris zu Beginn der Geschichte und den Mut, zumindest kurzfristig, beim zweiten Aufeinandertreffen. Nun folgt also die blutige Entscheidung.

«Hör mit deinem blöden Grinsen auf. Ich weiss ganz genau, was du denkst.»

Das, meine Liebe, bezweifle ich! Auf dem Höhepunkt der strategischen Sitzung, Ferrari sass derweil im Wintergarten, klingelte es.

«Bleib nur sitzen, Francesco. Ich mache auf.»

Umso besser. Der Kommissär liess sich nur ungern in seinem wohlverdienten Feierabend stören.

«Nadine und ich müssen kurz weg. Gehen wir danach etwas zusammen essen?», kam Monika Sekunden später zurück.

«Sicher. Ins ‹Feldschlösschen›?»

«Oder ins ‹Waldhaus›. Tschüss, Francesco. Wir sind bald zurück.»

Er schmunzelte. Ins ‹Feldschlösschen›, wenn sie das Blut verlieren, ins ‹Waldhaus›, wenn die Amazonen siegen. Dann liegt der Schrotthändler darnieder und die Geschichte von Karl dem Kühnen wiederholt sich, wenn auch mit leicht anderen Vorzeichen.

«Hallo, Paps!»

«Nikki, mein Schatz. Alles klar?»

«Null Problemo! Wer war der Mann, mit dem Mami und Nadine weggegangen sind?»

«Welcher Mann?»

«Sie sind mit einem älteren Mann aus dem Haus gekommen. Wer war das?»

«Älterer Mann? Keine Ahnung.»

«Ja, noch älter als du. Egal. Ich bin dann auch gleich wieder weg. Ich gehe noch zu Kathi. Ihr müsst mit dem Essen nicht auf mich warten.»

«Nimm den Schlüssel mit. Wir gehen etwas essen und wissen nicht, wann wir nach Hause kommen.»

«Okay. Tschüss.»

Wer war dieser Mann? Älter als ich? Hm. Ferraris Amseln waren wieder emsig am Nestbauen. Er ging in den Garten und betrachtete sich ihr Werk, ein perfektes Nest. Die Amselfrau oder war es der Mann – wie war das noch gleich, das Männchen ist schwarz, das Weibchen dunkelbraun – dann war es das Weibchen, musterte den Kommissär misstrauisch. Keine Angst, ich komme nicht näher. Ferrari trat einen Schritt zurück und bemerkte erst jetzt Puma, die schwarze Katze der Nachbarin. Sie strich um seine Beine, schaute nach oben und fuhr sich mit der Zunge genüsslich über die Lippen. Oh, oh! Da müssen wir ein Auge drauf werfen, damit der kleine Panther nicht den Nachwuchs der Familie Amsel frisst.

In so kurzer Zeit war es unmöglich gewesen, eine Schlacht zu führen. Höchstens einen Erkundungsritt!

Trotzdem kamen die Amazonen bestens gelaunt zurück. Seltsam.

«Wir sind wieder da, mein Schatz!», flötete Monika und küsste ihn.

«Wo seid ihr gewesen?»

«Nur mal kurz weg.»

«Das weiss ich, aber wo?»

«Das bleibt unser Geheimnis.»

«Und wer war der Kerl, mit dem ihr weggefahren seid?»

«Auch das bleibt unser Geheimnis, doch bald, schon sehr bald lüften wir es.»

«Hm! Und wo gehen wir essen?»

«Ins ‹Waldhaus›. Ich lade Nadine und dich ein, sozusagen zur Feier des Tages. Das haben wir uns redlich verdient.»

Das gefällt mir nicht. Ganz und gar nicht. Sie hecken etwas aus. Monika und Nadine, das ist ein gefährliches und nicht zu unterschätzendes Duo.

Ferrari genoss das Essen mit den beiden Schönheiten. Es gefällt mir, wenn die Leute, vor allem die männliche Spezies, neidisch an unseren Tisch hinüberschauen. Monika ist eine schöne Frau, und Nadine ebenfalls! Tja, da falle ich ziemlich ab, nicht nur äusserlich. Beide sind hochintelligent, analysieren und kombinieren blitzschnell. Dafür kann ich mich auf meine Intuition verlassen. Na ja, meistens. Das ist ja auch nicht schlecht. Ein gemütlicher Abend, es tut gut, wieder mal über etwas anderes als den Fall zu reden. Nur über diesen Boris sprechen sie nicht. Immer, wenn ich eine Brücke schlage, blicken sich die zwei verschwörerisch an. Was ist da bloss im Busch? Nadines Handy vibrierte.

«Es ist Noldi!»

«Nimms ab.»

«Kommt nicht infrage. Er soll auch leiden.»

«Hm!»

Beim Dessert, Ferrari gönnte sich eine Meringue mit sehr, sehr viel Rahm, vibrierte das Handy erneut.

«Nun nimm doch endlich ab. Er gibt bestimmt keine Ruhe», insistierte der Kommissär.

«Nein!»

Monika verlangte gerade die Rechnung, als Ferraris Natel klingelte.

«Es ist Noldi … Hallo, Noldi! Ja, wir sind im ‹Waldhaus› … Willst du mit ihr sprechen? Einen Moment.»

Nadine winkte ab, doch Ferrari drückte ihr das Handy energisch in die Hand.

«Noldi … was gibts? … Gut. Bis gleich.»

Nadine gab Ferrari das Gerät zurück.

«Und, hält er es nicht mehr aus ohne dich? Will er dich sehen?»

«Es ging nicht um unsere Beziehung, Monika. Nora Schüpfer ist bei ihm. Sie will sich stellen. Er fährt mit ihr ins Kommissariat.»

18. Kapitel

Noldi wartete bereits mit Nora Schüpfer in Ferraris Büro. Der Kommissär hatte sich Nora anders vorgestellt. Einen geschminkten Vamp in eng anliegenden, den Körper betonenden Designerklamotten. Ihm gegenüber sass jedoch eine elegante Dame im klassischen Deuxpièces.

«Bitte setzen Sie sich, Frau Schüpfer.»

«Danke.»

Sie sah unsicher zu Noldi.

«Noldi … wenn es dir nichts ausmacht, möchten wir uns allein mit Frau Schüpfer unterhalten.»

«Entschuldige, Francesco … ich gehe gleich.» Er legte Nora freundschaftlich die Hand auf die Schulter. «Sag bitte alles, Nora. Francesco … Francesco wird dich nicht quälen. Ganz bestimmt nicht … Und, wenn du mich brauchst, lass mich rufen.»

«Mach ich. Danke, Noldi.»

Nora Schüpfer rutschte nervös auf dem Stuhl hin und her.

«Möchten Sie einen Kaffee?»

«Nein, vielen Dank. Können wir es schnell hinter uns bringen? Bitte!»

Ferrari nickte. Nadine stellte das Aufnahmegerät auf den Tisch.

«Bist du damit einverstanden, dass wir das Gespräch aufnehmen?»

«Ja.»

Ferrari klärte sie über ihre Rechte auf.

«Sie können sich das sparen, Herr Ferrari. Machen wir es kurz. Ich möchte ein Geständnis ablegen: Ich habe Peter Grauwiler und meinen Freund Arthur Koch ermordet.»

Den letzten Satz sprach sie absolut emotionslos ins Mikrofon.

«Aus welchem Grund?»

«Es war eine Impulshandlung. Ich … ich versuchte, Grauwiler zu erpressen. Thuri hielt vor einigen Wochen um meine Hand an. Das war für mich die Erfüllung meiner Träume. Sie müssen wissen, Thuri war der erste Mann, dem es vollkommen egal gewesen ist, dass ich eine Prostituierte bin. Zuerst lehnte ich ab, aus Angst vor Enttäuschung. Schliesslich willigte ich ein, ich wollte meinen Traum leben. Und so begann ich meine Finanzen zu ordnen und kam auf die Idee …»

«Sie wollten nochmals einen letzten Coup landen.»

«Genau. Mein Gespartes reichte noch nicht für ein sorgenfreies Leben. Also begann ich, Peter zu erpressen.»

«Grauwiler war Kunde bei Ihnen?»

«Ja.»

«Und weshalb gerade Grauwiler? Markwalder ist um ein Vielfaches reicher.»

«Stimmt. Aber Peter stand in der Öffentlichkeit und war deshalb ein dankbares Opfer. Seinen Ruf wollte er nicht aufs Spiel setzen.»

«Haben Sie ihn schon früher erpresst?»

«Ja.»

«Und trotzdem ist er weiter zu Ihnen gekommen?»

«Ich verstehe die Frage nicht.»

«Trotzdem nahm er weiter Ihre Dienste in Anspruch?»

«Nein. Das schon nicht.»

«Gibt es andere Personen, die Sie erpressten?»

«Einige.»

«Ehemalige Kunden?»

«Wen denn sonst? Sicher keine, die noch zu mir kommen. Oder glauben Sie, dass jemand mit mir schläft, wenn er gleichzeitig von mir erpresst wird?» Sie verlor zum ersten Mal die Nerven.

«Weshalb brachten Sie Grauwiler um?»

«Es … es war Notwehr. Er wollte mich ermorden.»

«Können Sie uns bitte den Ablauf jenes Morgens schildern.»

«Peter rief mich am Dienstagabend an.»

Ferrari notierte sich, überprüfen, ob das stimmt.

«Er wolle am Mittwochmorgen, gegen acht, vorbeikommen, um mir das Geld zu bringen.»

«Wie viel wollten Sie von ihm?»

«Eine Million in bar. Er ist pünktlich erschienen, aber ohne Geld. Er könne so viel nicht auftreiben. Ich lachte ihn aus und stellte ihm ein Ultimatum. Wenn er bis Ende Woche das Geld nicht auftreibe, würde ich die Medien informieren. Da ist er vollkommen ausgerastet, er ging auf mich los. Zum Glück konnte ich nach dem Messer greifen, sonst wäre ich jetzt tot.»

«Wie viele Male stachen Sie zu?»

«Das … das weiss ich nicht mehr. Mehrmals.»

«Weshalb stachen Sie nochmals zu, als er schon auf dem Bett lag?»

«Weil … weil er meine Zukunft zerstörte, meinen Traum vom Glück. Mit seinem Geld hätte es für ein sorgenfreies Leben gereicht. Ich … ich bin dann weggerannt und verkroch mich im Haus von Bekannten, die in den Ferien sind.»

«Wo?»

«In einem Einfamilienhaus bei den Langen Erlen, im Surinam.»

«Wo ist Julie?»

«Jetzt wieder bei Rebecca. Ein Freund holte sie in meinem Auftrag in Bettingen ab und brachte sie zu mir.»

«Wusste Rebecca, dass Julie bei Ihnen ist?»

«Nein. Ich befürchtete, dass die Polizei das Telefon abhört, vielleicht auch Rebeccas Handy. Sie war vollkommen aufgelöst. Es tut mir sehr leid, dass ich sie in diese Sache mit hineingezogen habe.»

Wenn das mit dem Abhören so einfach wäre. Aber das konnte Nora nicht wissen.

«Wie heisst der Freund?»

«Das möchte ich nicht sagen. Ich will ihm keine Schwierigkeiten machen.»

«Wusste Thuri, wo du dich versteckst?», klinkte Nadine sich ins Verhör ein.

«Seit dem letzten Donnerstag. Wir trafen uns in den Langen Erlen. Ich beichtete ihm den Mord an Grauwiler und, dass ich mich mit Julie und Rebecca ins Ausland absetzen will. Ich flehte ihn an, mitzukommen, doch er wollte nicht. Thuri meinte, ich solle mich stellen. Es sei doch Notwehr gewesen. Vielleicht käme ich glimpflich davon. In der Zwischenzeit würde er für Julie sorgen. Ich bat um einen Tag Bedenkzeit.»

Die Tür öffnete sich leise, Staatsanwalt Borer huschte im Freizeitlook hinein. Er deutete Ferrari an, fortzufahren.

«Was ist am nächsten Tag passiert?»

«Ich traf Thuri am gleichen Ort wieder, dieses Mal auf dem Parkplatz. Er beschwor mich erneut, mich zu stellen. Zum Schein willigte ich ein. Als Thuri zum Handy griff, um Nadine anzurufen, erschlug ich ihn.»

«Womit?»

«Mit einem Stein … einem von der Baustelle.»

Ferrari wippte mit dem Stuhl hin und her. Diese Wendung kam unerwartet, obwohl einiges gegen Nora Schüpfer gesprochen hatte. Nadine stellte das Aufnahmegerät ab.

«Es ist Ihnen klar, dass Sie wegen zweifachen Mordes vor Gericht gestellt werden? Und dass es nicht gut für Sie aussieht?»

Sie nickte.

«Nadine.»

«Ja, Nora?»

«Ich habe eine Bitte … Thomas, das ist der Vater von Julie. Ich war gestern bei ihm. Er wird keine Ansprüche auf Julie stellen. Nur, ich traue ihm nicht. Wenn er erfährt, dass Geld da ist, wird er plötzlich den fürsorglichen Vater mimen. Julie ist jetzt bei Rebecca, sie wird sich um meine Kleine kümmern. Was ist, wenn sie gegen Thomas nicht ankommt? Immerhin ist er ihr Vater. Nadine, ich habe solche Angst um meine Julie …» Tränen liefen über ihre Wangen.

«Ich werde dafür sorgen, dass Thomas Lutz weder deine Kleine noch einen Franken von deinem Geld bekommt, Nora. Versprochen.»

Schluchzend warf sie sich Nadine an den Hals.

«Danke!»

«Gratuliere, Herrschaften! Der Fall ist gelöst. Wunderbar. Ich werde morgen eine Pressekonferenz einberufen. Dann können wir jetzt wieder zur Tagesordnung übergehen. Ich habe zwar nur den letzten Teil des Verhörs mitgekriegt, aber das genügt. Eine kalte Frau! Es friert mich noch immer bei ihren Schilderungen. Vielleicht kommt sie im Fall Grauwiler mit Notwehr durch. Ich denke zwar nicht, der dritte Stich war einer zu viel. Und für den Mord an Arthur Koch kriegt sie lebenslänglich. Das arme Kind!»

Nadine sass mürrisch am Tisch, während Ferrari mit seinem Kugelschreiber auf der Akte Grauwiler herumklopfte. Keiner der beiden sprach ein Wort.

«Gute Arbeit, Herrschaften! Wirklich tadellos», wiederholte Borer sichtlich irritiert.

«Warten Sie noch mit der Pressekonferenz, Herr Staatsanwalt.»

«Wieso?»

«Ich glaube Nora Schüpfer kein Wort!»

Borer setzte sich mit offenem Mund auf den Stuhl, auf dem Nora Schüpfer noch vor einer Minute ihre Aussage gemacht hatte.

«Hören Sie, Ferrari, der Fall ist gelöst! Was wollen Sie eigentlich noch mehr? Es war eine lückenlose und glaubwürdige Schilderung der beiden Tathergänge. Sie hat gestanden. Da», er zeigte auf das Aufnahmegerät, «spulen Sie zurück und hören Sie es sich an. Sie sind schon ein komischer Kauz. Sie fassen die Mörderin, was sage ich, die zweifache Mörderin, und sind trotzdem nicht zufrieden … Nun helfen Sie mir doch, Frau Kupfer!»

«Francesco wird seine Gründe haben.»

«Natürlich! Sie halten zusammen wie Pech und Schwefel … Nun gut, Herrschaften, der Fall ist abgeschlossen und ich habe nicht vor, mir die halbe Nacht hier im Kommissariat um die Ohren zu schlagen. Morgen werde ich den Ersten Staatsanwalt orientieren. Gute Nacht!»

Der Kommissär klopfte unbeirrt weiter mit dem Kugelschreiber auf die Akte.

«Noch etwas, Ferrari», Borer steckte nochmals den Kopf durch die Tür, «falls sich wider Erwarten neue

Erkenntnisse ergeben, informieren Sie mich, und zwar bevor ich die Pressekonferenz gebe. Damit wir uns richtig verstehen, nur wenn Sie Fakten, nichts als reine Fakten zu bieten haben. Keine Intuition, kein Bauchgefühl, ist das klar?»

«Sicher, glasklar. Sollten wir neue Beweise haben, informieren wir Sie.»

«Und wieso glaube ich Ihnen kein Wort, Ferrari?»

«Vielleicht, weil Ihnen das Ihr Bauch zuflüstert.»

«Was passt dir nicht, Francesco? Die Schilderungen klangen doch logisch.»

«Ich weiss es nicht. Ich habe sie genau beobachtet. Es wirkte alles so …»

«So einstudiert. Automatisch, wie ein gut laufendes Uhrwerk.»

«Genau. Einstudiert ist das richtige Wort. Und dort, wo sie nicht sicher gewesen ist, wich sie uns aus.»

«Stimmt. Beim dritten Stich zum Beispiel oder beim Freund, der Julie mit dem BMW abgeholt hat, und auch beim Mauerstein stockte sie. Zudem sprach sie nur von einer Million.»

«Ob eine oder zwei Millionen spielt keine Rolle. Grauwiler musste so oder so aus der Bürgschaft rauskommen. Rufst du bitte Rebecca Haller an und fragst sie, ob Julie bei ihr ist, und überprüf bitte auch gleich, ob Grauwiler wirklich am Dienstagabend Nora angerufen hat. Danke.»

Ferrari öffnete das Fenster. Ziemlich stickig in meinem kleinen Büro. Was gefällt mir nicht? Wo genau bin ich stutzig geworden? Jedes Detail ist wichtig. Oder war es wirklich nur die Art, wie sie geredet hat? Hm. Verrenne ich mich wieder einmal total? Der Hof lag im Dunkeln. Eine Ratte huschte über den Platz und blieb kurz im Lichtkegel der Beleuchtung stehen. Ihr Körper warf einen überdimensionalen Schatten.

«Julie ist bei Rebecca. Sie schläft. Und Grauwiler hat tatsächlich am Abend vor seinem Tod mit Nora telefoniert.»

«Bestens, danke. Was sagtest du vorhin? Sie hat das Ganze inszeniert.»

«Einstudiert.»

«Komm mit, Nadine.»

Ferrari rannte die Treppe zum Labor hinunter. Noldi sass im Halbdunkel vor seinem Computer.

«Hat sie gestanden?»

«Beide Morde. Wann rief sie dich an?»

«Sie hat vor meiner Wohnung auf mich gewartet.»

«Wann war das?»

«Ich bin so um halb sieben gegangen und war etwa eine halbe Stunde später zu Hause. Wir sind zu mir rauf, ich musste Nora zuerst einmal beruhigen.»

«Und dann habt ihr euch unterhalten.»

«Ja, etwa zwei Stunden. Danach rief ich euch an.»

«Jetzt kommt eine ganz wichtige Frage, Noldi. Überleg bitte gut, bevor du antwortest. Hat sie dir den Tathergang der beiden Morde exakt geschildert?»

«Nicht im Detail, aber schon einigermassen genau.»

«Hat sie dir von ihren Taten erzählt oder eher nach dem Hergang gefragt?»

«Ausgefragt? Nein, das nicht … Ich wollte natürlich schon sicher sein, dass sie keinen Mist erzählt. Aber ausgefragt hat sie mich nicht.»

«Bist du sicher?»

«Doch, schon. Du weisst ja, wie das so in einem Gespräch ist, und wir unterhielten uns echt lange. Ich versicherte ihr, dass ein Fluchtversuch scheitern würde. Die Flugplätze und Bahnhöfe würden überwacht, teilweise auch die Grenzen. Eine Frau mit einem Kind falle zudem besonders auf. Wenn sie sich jedoch freiwillig stelle, würde dies das Gericht sicher anrechnen. Dann betonte ich noch, dass das Beweismaterial, das ihr zusammengetragen habt, auf jeden Fall erdrückend sei.»

«Und dann fragte sie sicher, welche Beweise.»

«Ja. Ich weiss ja auch nicht alles, aber ich wollte ihr mit meinem Wissen zeigen, dass sie auf verlorenem Posten steht.»

«Danke, Noldi.»

«Mir tut Julie echt leid, das arme Mädchen. Nora natürlich auch … Nadine …»

Sie drehte ihm den Rücken zu und verliess das Labor. Ferrari folgte ihr, nahm allerdings den Lift. Den Sport überlasse ich Jüngeren wie Nadine.

«Du … Puh! Ich bin auch nicht mehr so in Form. Etwas stimmt nicht.»

«Ganz richtig. Sie verkauft uns unsere Version als die ihre und sonst gar nichts, Nadine!»

19. Kapitel

Wir müssen den Ansatz ändern, umdenken. Was bewegt eine Frau dazu, einen zweifachen Mord zu gestehen, obwohl sie unschuldig ist? Beziehungsweise wer kriegt sie zu solch einem Wahnsinn und mit welchem Druckmittel? Diesen Überlegungen lagen keine Fakten zugrunde, nicht mal Indizien, sondern einzig und allein ein ungutes Gefühl.

«Wovor fürchtet sie sich, Nadine?»

«Einer Mutter kannst du nur mit einem wirklich Angst einjagen, mit ihrem Kind.»

«Du meinst, jemand setzt Nora mit Julie unter Druck?»

«Ja, möglich wäre es.»

«Aber die Kontoauszüge, sie ist eine Erpresserin und alles passt zusammen», haderte der Kommissär.

«Was nicht zwingend bedeutet, dass sie die Mörderin ist.»

«Du hast recht. Dann gibt es einen Komplizen.»

«Das macht Sinn. Der Komplize ermordet Grauwiler und Thuri. Jetzt will er auch Nora zum Schweigen bringen.»

«Beziehungsweise er droht ihr, Julie umzubringen, wenn sie nicht gesteht. Das ist es!»

«Aber wer ist der grosse Unbekannte?»

«Wir müssen mit Julie reden.»

«Dürfen wir das?»

«Darauf können wir keine Rücksicht nehmen. Es geht ja schliesslich um ihre Mutter und um ihre gemeinsame Zukunft. Du musst mit der Kleinen reden, Nadine.»

«Das machen wir gleich morgen früh.»

«Nein, jetzt!»

«Spinnst du? Es ist halb elf.»

«Wenn schon. Wir dürfen keine Zeit verlieren.»

«Gut, ich rufe Rebecca an. Sturer Bock!», murmelte Nadine im Wissen, dass Widerstand ohnehin zwecklos war.

Ferrari leistete von Wartburg Gesellschaft, der hoch erfreut war über den unerwarteten Besuch. Er sei schon immer ein Nachtmensch gewesen und im Alter brauche der Mensch sowieso nicht mehr viel Schlaf. Währenddessen sprach Nadine offen mit Rebecca über ihre Bedenken, was Noras Geständnis betraf, und ihr dringendes Anliegen, Julie zu befragen. Rebecca war mit dem Gespräch einverstanden und weckte die seit Stunden schlafende Julie.

«Hallo, Julie!»

«Nadine!» Sie rannte auf sie zu. «Nadine, du bist doch die Polizei.»

«Ich arbeite bei der Polizei.»

«Dann weisst du sicher, wo Mami ist.»

«Sie ist bei uns, sie hilft uns.»

«Arbeitet denn Mami jetzt auch bei der Polizei?»

«Ein klein wenig schon. Was ist das?»

«Ein Verkaufsladen. Willst du bei mir einkaufen?»

«Ist denn dein Laden so spät noch geöffnet?»

Julie sah nach draussen.

«Immer. Auch in der Nacht.»

«Was verkaufst du denn?»

«Alles. Eier, Brot, Wurst, auch Briefmarken.»

«Dann kaufe ich ein Brot und eine Briefmarke.»

«Hier. Damit musst du bezahlen», Julie gab Nadine das Spielgeld und rannte hinter den Verkaufsladen.

«Was darfs sein? … Das sagt die Frau in der Bäckerei immer.»

«Ein Brot und eine Briefmarke.»

«Das ist leider Aus.»

«Aha!»

«Das sagt die Frau auch immer.»

«Und Eier?»

«Hier. Das kostet hundert Franken.»

«Das sind aber teure Eier.»

«So viel kostet es halt.»

Nadine bezahlte. Nun musste Rebecca einkaufen. Sinnigerweise waren Brot und auch Briefmarken plötzlich wieder erhältlich.

«Julie, wo warst du in den letzten Tagen.»

«Bei Mami.»

«Und wer brachte dich zu Mami?»

«Ein Mann.»

«Kennst du diesen Mann?»

«Nein. Er hat mir im Garten gesagt, er komme von Mami und bringe mich zu ihr. Aber ich darf nicht mit Fremden mitgehen. Da hat er mich einfach festgehalten und in sein Auto gesetzt. Ich musste dann ganz fest weinen.»

«Hat er dich direkt zu deiner Mami gebracht?»

«Er hat zuerst Mami angerufen.»

«Kannst du den Mann beschreiben?»

«Ein schwarzer Mann.»

«Meinst du die Hautfarbe?»

«Julie meint sicher, dass der Mann schwarz gekleidet war», ergänzte Rebecca.

«Stimmt das?»

«Ja, alles schwarz.»

«Und das Gesicht?»

«Wie wir.»

«Wohin brachte dich der Mann?»

«Zu Mami.»

«Und wo ist Mami gewesen?»

«Beim Bahnhof.»

«Dort, wo man genau vor den Eingang fahren kann?»

«Ja. Mami wartete dort.»

«Sprach sie mit dem Mann?»

«Nein. Er ist gar nicht ausgestiegen. Er hat mir die Tür aufgemacht und ist dann weggefahren.»

«War es ein böser Mann, Julie?»

«Nein», sie winkte lachend ab. «Ein ganz lieber. Er hat gesagt, dass er Mami schon lange kennt.» Julie kam hinter dem Verkaufsladen hervor. «Wenn du noch etwas einkaufen willst, musst du morgen wiederkommen. Jetzt bin ich müde.»

«Und?»

«Julie kann den Unbekannten nicht beschreiben. Ein ganz lieber Mann in Schwarz, das bringt uns leider nicht weiter. Möglich, dass er Noras Komplize ist, genauso gut könnte er Nora mit Julie erpressen. Verdammter Mist, Francesco. Jagen wir einem Phantom nach?»

«Wahrscheinlich. Aber ich würde es mir nie verzeihen, wenn wir Nora unschuldig hinter Gitter bringen.»

«Sie braucht nur die Wahrheit zu sagen und schon ist sie draussen. Was, wenn sie das bereits getan hat?»

Ferrari nickte nachdenklich. Manchmal war die Realität hart und entsprach so gar nicht unseren Vorstellungen und Wünschen. Hat mich mein Bauchgefühl tatsächlich im Stich gelassen? Hm. Borers Worte hallten in seinem Kopf nach: «Der Fall ist gelöst.» Also gut, es ist ja wirklich sinnlos, nach einem Mörder zu suchen, wenn wir diesen bereits verhaftet haben.

«Wir schliessen den Fall ab, Nadine. Ich bin nicht glücklich darüber, doch wir können es drehen und wenden, wie wir wollen, es kommt immer aufs Gleiche heraus.»

«Soll ich nochmals mit Nora reden, von Frau zu Frau?»

«Keine schlechte Idee! Morgen früh?»

«Lieber jetzt.»

«Es ist aber schon kurz vor Mitternacht.»

«Sie sitzt seit gut zwei Stunden in der Zelle. Allein. Die ersten vierundzwanzig Stunden sind die schlimmsten. Die Decke fällt ihr auf den Kopf und Julie fehlt ihr. Der Zeitpunkt könnte nicht besser sein.»

«Einverstanden.»

Nadine zog alle Register, aber Nora blockte ab. Sie habe nichts hinzuzufügen. Soger, als ihr Nadine auf den Kopf zusagte, dass sie sich vor jemandem fürchte und Julie schützen wolle, blieb sie bei ihrer Aussage. Das wars, mehr können wir nicht tun. Auf dem Gang begegneten sie Noldi.

«Du bist noch da?»

«Mir ist etwas aufgefallen. Nur eine Kleinigkeit, aber vielleicht ist sie von Bedeutung.»

«Dann nochmals alle zurück in mein Büro», beorderte der Kommissär.

Noldi setzte sich an den Klubtisch, während sich Nadine provokativ am Ende des Büros an die Wand stellte, soweit wie möglich von Noldi entfernt.

«Thuri stellte euch doch die Liste mit den Freiern zusammen. Wo ist sie?»

Ferrari zog sie aus der Akte.

«Hier.»

«Lass mich bitte einen Blick darauf werfen. Genau, Stolz und Richter setzte er in Klammern und …»

«Ja, sie sind ehemalige Kunden von Nora.»

«Es geht mir um Peter Grauwiler. Der ist wegen mir auf die Liste gekommen.»

«Wieso?»

«Ich war dabei, als Thuri die Liste aufstellte. Nachdem er sie beendet hatte, sagte ich zu ihm, Grauwiler fehlt. Er überlegte einige Augenblicke, meinte, den hätte Nora nie erwähnt. Auf mein Argument hin, dass dies wohl noch auf viele andere zutreffe, ergänzte er die Liste mit Grauwiler. Sie stimmt sowieso nicht ganz.»

«Was ist denn noch falsch?»

«Sie stimmt schon.»

«Ja, was nun? Stimmt sie oder stimmt sie nicht?»

«Thuri knöpfte sich vor einigen Wochen diesen Richter vor, weil er Nora belästigte. Er lauerte ihr anscheinend auf. Es war sein Pech, dass Thuri dazugekommen ist. Seither herrschte Ruhe.»

«Ist das alles?»

«Ja, schon alles. Nadine …»

Doch die Ex war bereits nach draussen geschwirrt.

Ferrari legte die Liste der Freier wieder zu den Akten. Noldi bemühte sich an allen Fronten. Den Weg hätte er sich allerdings sparen können. Dass Peter Grauwiler auf der Liste stand, war für den Kommissär klar. Das passte ins Bild. Einzig der Hinweis, dass Richter Nora bedrängte, könnte interessant sein. Richter als Komplize von Nora? Oder war Robert Stolz junior der Unbekannte? In Gedanken sah er Nora Schüpfer im Deuxpièces vor sich. Die beiden raubten ihr vor Jahren ihre Zukunft und wohl auch ihre Hoffnung. Schwer vorstellbar, dass sich eine Frau wie Nora nochmals mit diesen Typen einlässt. Nein, das war unmöglich. Morgen knöpfen wir uns nochmals Richter vor. Er ist unser letzter Strohhalm, danach müssen wir uns wohl oder übel geschlagen geben.

20. Kapitel

Über Nacht schlug das Wetter um. Es begann kräftig zu regnen und artete um drei Uhr früh zu einem starken Frühjahrsgewitter aus. Monika rannte im ganzen Haus umher und schloss die Fenster. Ferrari liess sicherheitshalber an der Eingangsfront den Rollladen hinunter, damit es nicht wieder durch die Fensterritzen regnete. Ein ziemliches Ärgernis, denn das Haus war erst vor einigen Jahren total saniert worden. Am Morgen watschelte Ferrari schlaftrunken in den Garten. Zufrieden stellte er fest, dass das Amselnest der stürmischen Nacht unversehrt getrotzt hatte. Bei den Vögeln könnten einige Architekten noch viel lernen, dachte der Kommissär und schlürfte seinen obligaten ersten Kaffee.

Nach Rücksprache mit Ferrari entschloss sich Staatsanwalt Borer, die Pressekonferenz zu verschieben. Auf einen Tag mehr oder weniger kam es jetzt auch nicht an. Nora Schüpfer sass in Untersuchungshaft und war geständig. Eine komfortable Situation, die ihn grosszügig über die fehlenden Fakten hinweggesehen liess, die er noch vor Kurzem lautstark eingefordert hatte. Soll Ferrari doch noch diesen Richter vernehmen. Schaden kann es ja nicht. Und, wenn ich plötzlich politisch unter Druck gerate, lasse ich die Katze aus dem Sack. Eine äusserst angenehme Situation. Der Fall ist gelöst, die Mörderin gefasst und ich kann in Ruhe mit einem Ass im Ärmel abwarten!

Auf Ferraris Bürotisch lag eine Akte von Big Georg. Die Fahnder hatten inzwischen einen grossen Teil der in der Nordwestschweiz eingelösten schwarzen BMWs zusammengetragen. Auf einem Post-it-Zettel vermerkte Georg mit kaum lesbarer Schrift: «Die brauchst du ja jetzt nicht mehr, aber bevor ich sie wegschmeisse, lege ich sie dir lieber hin.» Es gab ziemlich viele solcher Autos in der Region. Auf einem angehängten Blatt standen drei weitere BMW-Autonummern. Einer der 6er-Serie gehörte Hanspeter Sonderegger, die etwas bescheidenere Ausführung war Peter Grauwilers Auto und ein tiefer gelegtes Luxusmodell mit speziellen Reifen leistete sich Robert Stolz junior. Ferrari rief Georg an, um sich zu bedanken.

«Ich habe dir die drei, die in den Fall verwickelt sein könnten, herausgeschrieben und sie etwas genauer unter die Lupe genommen. Ich bin erstaunt, wie viele BMWs in Basel und Umgebung herumfahren.»

«Danke, Georg. Ich weiss aber nicht, ob ich die Liste noch brauche.»

«Sicher nicht! Wir sind alle stolz auf dich und Nadine. Tolle Leistung. Und vor allem bin ich froh, dass sich die Stimmung im Team verbessert hat. Wer ist eigentlich dieser Stolz?»

«Sagt dir der Name Robert Stolz nichts?»

«Der Biogasbaron?»

«Genau. Der hier ist Robert Stolz junior, der missratene Spross.»

«In jeder Familie gibts ein schwarzes Schaf. Die BMW-Garage musste sein Auto vorführen und abnehmen lassen. Der Karren ist mit so viel Schnickschnack ausgestattet, dass er eine Spezialbewilligung brauchte. Tiefer gelegt, spezielle Felgen, überbreite Reifen.»

«Tja, er kann es sich leisten. Falls ich doch noch etwas wissen muss, komme ich auf dich zu.»

«Jederzeit! Grüss Nadine von mir.»

«Einen schönen Gruss von Big Georg.»

«Danke.»

«Du siehst heute sehr gut aus.»

«Es ist zwar gelogen, aber das Kompliment tut mir trotzdem gut. Immerhin scheine ich von der Pest geheilt zu sein. Die Kollegen blieben sogar beim Kaffeeautomaten stehen. Sie reden zwar nicht mit mir, doch es kann nur besser werden.»

«Also ein guter Tag. Hier wäre noch die Liste der BMW-Fahrer.»

Ferrari schob ihr die Akte über den Tisch.

«Die brauchen wir jetzt auch nicht mehr. Oh, drei alte Bekannte! Und das grosse Arschloch fährt sogar einen Luxusschlitten. War bei unserem letzten Besuch nicht von einem Ferrari die Rede? Gut, dass wir nicht alles glauben.»

«Vielleicht ein nettes Zweitauto. Was unternehmen wir jetzt, Nadine? Akte zu und Fall abschliessen oder nochmals mit Richter reden.»

«Ich bin für die zweite Variante. Wir können Richter mindestens noch fragen, was er von Nora wollte.»

«Einen wunderschönen guten Morgen, Herrschaften! Sind Sie schon einen Schritt weiter?» Der Staatsanwalt trat ins Büro und deutete auf den mit Peter Grauwiler angeschriebenen Ordner. «Nun, Sie haben ja noch einen Tag. Vierundzwanzig Stunden oder wenn ich ganz grosszügig bin achtundvierzig Stunden wie im Film mit Nick Nolte. Dann werde ich die Pressekonferenz anberaumen. Und wer weiss, vielleicht gibts ja total neue Erkenntnisse bis zum Ablauf Ihrer Galgenfrist!»

«Ja, ja, schon gut. Sparen Sie sich Ihren Sarkasmus», brummte der Kommissär.

«Oh! Mein Bauch sagt mir, dass Sie schlecht gelaunt sind, Ferrari. Heisst das, wir sind uns einig, Nora Schüpfer ist die Mörderin?»

«Alle Indizien sprechen dafür.»

«Nicht zu vergessen ihr Geständnis! Gut, dann schliessen wir den Fall ab und erheben Anklage.»

«Lassen Sie uns noch einen Tag.»

«Wie Sie wollen, Frau Kupfer. Ich kann Ihnen ja sowieso keinen Wunsch abschlagen. Dann bis morgen früh. Ich schaue so gegen neun vorbei. Den Abschlussbericht bitte nicht vergessen.» Ein fröhlich pfeifender Staatsanwalt verliess das Büro, machte jedoch auf der Schwelle kehrt. «Ich hätte da noch eine Idee … Sie könnten ja ein wenig Druck ausüben.»

«Was meinen Sie damit?»

«Also ich … nun, blenden wir doch einmal das Geständnis aus und gehen von der Unschuldsvermutung aus. Dann ist Nora Schüpfer die Einzige, die den wahren Mörder kennt. Ergo sitzt der Schlüssel zur Lösung Ihres Falles unten in einer Zelle.»

«Nadine redete gestern Nacht mit ihr, ohne Erfolg.»

«Verstehe. Es geht mich ja auch nichts an. Aus meiner Sicht ist der Fall ohnehin abgeschlossen, aber bei Ihrem schrägen Gedankengut und Ihrer blinden Überzeugung, dass Nora Schüpfer keine Mörderin ist, frei nach dem Motto, eine so schöne Frau kann doch niemanden ermorden», er warf Nadine einen vielsagenden Blick zu, «also … wie gesagt, da könnten Sie ja zu ihr gehen und ihr mitteilen, dass ihre Tochter entführt worden sei. Ich vermute, nein, ich bin mir sicher, dass sie unter diesen Umständen schnell mit der Wahrheit herausrückt.»

«Genial!»

«Danke, Frau Kupfer. Ein Kompliment aus Ihrem Mund ist eine Rarität und daher doppelt so viel Wert. Und ein letzter Tipp: Weihen Sie zusätzlich diese Rebecca Haller ein. Wenn sie mitspielt, gewinnen Sie das Pokerspiel.»

«Und wenn Nora die Mörderin ist?»

«No risk, no fun. Natürlich müssen Sie das Ganze letztlich selbst abschätzen, Ferrari. Übrigens, damit wir uns richtig verstehen: Das sind alles rein theoretische Überlegungen, ein Gedankenspiel sozusagen, das möglicherweise der Wahrheitsfindung dient, das ich aber unter keinen Umständen billigen kann. Nicht, dass Sie später kommen und sagen, ich hätte Sie angestachelt. So etwas dulde ich nicht, denn das sind illegale Methoden! Ich werde sogar ein Disziplinarverfahren gegen Sie und Frau Kupfer einleiten, sollte ich erfahren, dass Sie Frau Schüpfer nötigen. Sehr schön, das wäre also gesagt. Nun, Herrschaften, an die Arbeit. Viel mehr als dieses letzte Würmchen hängt wohl nicht mehr an der Angel», und schon war der Staatsanwalt verschwunden.

«Wow! Das würde man unserem Dschungel-Köbi gar nicht zutrauen. Lass uns das versuchen, Francesco. Wir reden mit Rebecca und setzen Nora mit Julie unter Druck.»

«Hm. Das ist nicht unser Stil. In einem Punkt hat Borer recht, ich bin von Noras Unschuld überzeugt, obwohl vieles gegen sie spricht. Elender Mist … Also gut, wenns gar keinen anderen Weg gibt, versuchen wir es. Doch zuerst reden wir mit Richter.»

Wie nicht anders zu erwarten, war Richter nicht zu Hause. Nadine fuhr vom Bundesplatz in Richtung

Stadtzentrum und bog dann einer Eingebung folgend von der Schanzenstrasse in die St. Johanns-Vorstadt.

«Was hast du vor?»

«Vielleicht weiss unser Freund Stolz, wo sich Richter verkrochen hat.»

Ferrari blickte auf den Rhein. Das gleichmässige Fliessen hatte eine beruhigende Wirkung. Eigentlich erstaunlich, wie die Wassermassen kamen und gingen. Eben drohte noch Hochwasser und bald schon würde man von Wasserknappheit sprechen. Ein brisantes Thema. Durch den extrem trockenen Sommer 2003 wurden in der Folgezeit die niedrigsten Grundwasserstände seit den Siebzigerjahren gemessen. Und auch der trockene Herbst 2009 verringerte die Grundwassermenge. Wir werden lernen müssen, mit dem Wasser sorgsam umzugehen. Je schneller, desto besser. Infolge des Klimawandels verringern sich nämlich auch die Schnee- und Eismassen in den Alpen stark. Eine Umverteilung des Niederschlags, was so viel wie trockene Sommer und feuchte Winter bedeutet, vermehrte Hochwasser- und insbesondere Niedrigwasserereignisse sind zu erwarten. Wie heisst es so schön, der Wandel ist die einzige Konstante im Leben. Wie wahr.

«Was für eine Überraschung! Kommt herein», Stolz gab mit theatralischer Geste den Weg frei. «Tretet ein, bringt Glück herein! Heute seid ihr aber spät dran. Ich bin schon wieder nüchtern.»

Auch eine Zeitrechnung. Die könnte von mir sein, wenn ich allein im Wintergarten sitze, sinierte der Kommissär.

«Eigentlich wollten wir deinen Kumpel Richter besuchen, doch leider ist er nicht da.»

«Des einen Freud, des anderen Leid.»

«Ich bin beeindruckt. Hast du ein Zitatenbuch geschenkt bekommen?»

«Meine Spezialität. Ich finde in jeder Lebenslage das richtige Wort, mein Zitatenschatz ist enorm. Du siehst besser aus, Zicke. Kaffee?»

«Mit Zucker und Milch.»

«Aber gern, aber gleich.»

Das Spiel wiederholte sich. Stolz setzte sich neben Nadine auf einen Barhocker und Ferrari blätterte die Zeitschriften auf dem Tisch durch.

«Der Stoff liegt unter dem Sofa.»

«Wie? … Ach so, der interessiert uns nicht.»

«Sag mal, gehst du mit dem Alten in die Kiste?»

«Klar, jeden Tag. Der bringts ganz anders als ihr jungen Luftheuler.»

Stolz pfiff anerkennend.

«Nicht schlecht, Mann! Wenn die Zicke mit dir in die Pfanne hüpft, musst du was drauf haben.»

«Wir suchen Richter.»

«Wer sucht, der findet. Und wer anklopft, dem wird aufgetan.»

«Wenn du schon aus der Bibel zitierst, dann bitte richtig. Es heisst: Bittet, so wird euch gegeben. Suchet, so werdet ihr finden. Klopfet an, so wird euch aufgetan.»

«Wirklich? He! Du bist nicht nur vollgeil, du hast ja auch noch etwas in der Birne.»

«Und wenn du mich weiter anbaggerst, brauchst du einen guten Zahnarzt.»

«Okay, war ein Versuch wert! Was … ah ja, Richter. Was willst du von ihm?»

«Wir möchten ihm einige Fragen stellen.»

«Frag mich! Ich kann die sicher auch beantworten.»

«Was wollte Richter von Nora Schüpfer?»

«Na, was wohl?»

«Und woher kriegt er die Kohle?»

«Von mir.»

«Warum glaube ich dir kein Wort?»

«Weil ich dich verarsche. Das soll Basti dir selbst sagen.»

«Prima Idee. Und wo finden wir ihn?»

«Im Gästezimmer hinten rechts, wenn er noch lebt. Er erwischte gestern ziemlich viel Koks.»

Nadine schüttelte den Kopf und ging ins Gästezimmer.

«Sag mal, Alter, wie ist die Zicke im Bett?»

«Hm!»

«Sicher ein heisser Kracher!»

Nadine winkte den Kommissär zu sich.

«Der liegt wie tot auf dem Bett. Wir müssen ihm helfen.»

«Sag ich doch! Der ist abgekratzt.»

Mithilfe von kaltem Wasser und einigen Tassen Kaffee kehrte Richter nach zwanzig Minuten zu den Lebendigen zurück.

«Wow! Das war ein Supertrip!»

«Beinahe schon einer für die Ewigkeit.»

«Scheisse! Der Stoff war saumässig. Fast so gut wie früher.»

«Was ist der Unterschied von früher zu heute?»

«Er meint den Lieferanten, Zicke. Wir mussten diesen unplanmässig wechseln.»

«Du verrätst mir sicher, wer dein ehemaliger und dein jetziger ist, oder?»

«Frag die Leiche!»

Richter nippte an seinem Kaffee und starrte ins Leere.

«Los, reden ist angesagt», Nadine verlor langsam, aber sicher die Geduld.

«Siehst du, Basti. Die ist der Wahnsinn. Wenn sie sauer ist, turnt sie mich noch mehr an.»

«Also, Schluss mit den Spielchen. Herr Richter, woher stammt der Stoff?»

«Der von früher oder der von heute?»

«He, Basti! Für die Jokes bin ich zuständig. Also, Zicke, mach deine Lauscher ganz weit auf. Den besten Stoff ever had war von der Nutte.»

Nadine sah zu Ferrari. Die Überraschung stand ihr ins Gesicht geschrieben.

«Sie wollen behaupten, dass Nora Schüpfer dealt?»

«Sie ist ein geldgieriges Miststück. Mit dem Riesen

pro Bums war sie nicht zufrieden. Beim zweiten oder dritten Mal bot sie uns Koks an. Ob du es glaubst oder nicht, Zicke, es war super Stoff.»

«Nehmen wir an, dass ich dir den Mist abkaufe. Dann ist deine Quelle vor Jahren versiegt.»

Stolz schüttelte vielsagend den Kopf.

«Quatsch! Erst vor drei Wochen.»

«Du willst mir weismachen, dass sie euch Kokain lieferte, obwohl ihr beiden Idioten damals ihre Zukunft zerstört habt?»

«Vermutlich nicht ganz freiwillig.»

«Was heisst das?»

«Sicher unter Druck ihres Zuhälters oder des Typs, der sie mit dem Stoff beliefert.»

«Aber dann ist sie ganz ausgestiegen. Richtig?»

«Du bist dran, Basti. Schnauze auf!»

«Vor drei Wochen war ich bei ihr. Sie meinte, es sei jetzt Schluss. Sie würde aufhören und abhauen. Ich bin ohne Koks zurückgekommen», antwortete Richter brav.

«Und dann?»

Er blickte unsicher zu Stolz, der ihm mit einem Kopfnicken andeutete, weiterzureden.

«Robi drehte durch. ‹Hol sofort bei der Nutte den Stoff.› Da bin ich halt nochmals hin. Sie war gerade auf dem Abflug. Ich stürmte aus dem Auto auf sie zu, doch das Timing war echt mies. Sie hatte so einen Bodybuilder im Schlepptau und der brach mir zwei Rippen. Wahrscheinlich ihr Zuhälter.» Er griff sich automatisch an die Seite. «Das war so eine Scheisse! Aber jetzt sind wir wieder voll da. Neuer Lieferant, neues Glück.»

«Und wer ist der neue Lieferant?»

«He, Zicke! Nun ists aber genug», schaltete sich Stolz junior ein.

Richter stand auf und taumelte Richtung Badezimmer.

«Hättest du ihn wirklich krepieren lassen?»

«Ach, woher. Ich brauche ihn für die Drecksarbeit. Meinst du wirklich, dass ich auf der Gasse rumstreune und Koks auftreibe? Das ist sein Job. Der hält schon was aus.»

«Verrätst du uns, wo der Stoff her ist?»

«Selbst wenn ich es wollte, könnte ich es nicht. Ich weiss es nämlich selbst nicht und das ist gut so.»

Nadine versuchte es nochmals auf die weiche, dann auf die harte Tour, Richter den Lieferanten zu entlocken. Ohne Erfolg. Wahrscheinlich würde er auf Befehl seines Herrn und Meisters antworten, aber der schlürfte genüsslich einen Drink. Auch die Drohung, beide in den Knast zu stecken, nutzte nichts.

«Eine Nacht im Knast und morgen sind wir wieder draussen. Jetzt enttäuscht du mich aber, Zicke.»

«Gut, die Runde geht an dich.»

«Tja, ich bin der geborene Gewinner und du weisst ja, es kann nur einen geben», bei diesen letzten Worten setzte sich Stolz wie ein Schauspieler in Szene.

Nadine schüttelte den Kopf. Ein Irrer! Ein totaler Freak! Ohne zu antworten, fuhren sie mit dem Lift hinunter.

«Wann sehen wir uns wieder, Zickilein?», flötete es aus der Sprechanlage.

«In der Hölle, Arschloch!»

21. Kapitel

Ferrari war der festen Überzeugung, dass der Freak und sein Kumpel die Wahrheit gesagt hatten. Nora Schüpfer erpresste keinen ihrer Kunden, sie dealte mit Kokain. Ein gutes Geschäft angesichts des Vermögens auf ihrem Konto. Welche Rolle spielte dabei Peter Grauwiler? Wusste er davon? Schlimmer noch, war der Nationalrat selbst von der Droge abhängig? Ferrari verwarf diesen Gedanken sofort wieder. Das hätte Peter Strub bei der Obduktion festgestellt. Somit blieb eine weit schlimmere Vermutung. War der Politiker etwa der Drogenlieferant?

«Was hältst du von der Sache, Nadine?»

«Ich schwanke hin und her. Wenn uns die beiden Junkies nicht anlügen, ist Nora eine Kokaindealerin.»

«Genau, und keine Erpresserin.»

«Und Grauwiler?»

«Tja, eine gute Frage. Entweder die gute Fee, die ihr ins Gewissen redet …»

«Oder der Lieferant!»

«Was den Saubermann der Nation in ein ganz anderes Licht rücken würde.»

«Nora wollte mit Thuri ein neues Leben beginnen und deshalb reinen Tisch machen. Grauwiler beschwört sie, nicht aufzuhören, droht ihr und geht auf sie los. Nora greift zum Messer und sticht verzweifelt zu, weil sie in Grauwilers Tod den einzigen Ausweg sieht. Dieses Mal sollte ihr niemand ihre glückliche Zukunft rauben.»

«Eine interessante Theorie. Ich glaube, es ist an der Zeit, nochmals mit Nora Schüpfer zu reden.»

Das Verhör dauerte nicht lange. Nach einigem Small Talk kam Ferrari zur Sache und exakt von diesem Moment an schwieg Nora Schüpfer. Sie verlangte keinen Anwalt, nein, sie sass einfach nur stumm da und wartete ab. Auch Nadine kam nicht an sie heran. So bat Ferrari den Kollegen bereits nach einer Viertelstunde, Nora Schüpfer in die Zelle zurückzubringen.

«Mist. Das war ein Reinfall. Jetzt bleibt wohl nur noch Borers Taktik. Ich habe gehofft, dass es nicht so weit kommt.»

«Ich weiss, mir wäre es anders auch lieber gewesen. Seit heute früh muss ich immer wieder an die BMW-Liste denken. Grauwiler, Sonderegger und Stolz fahren einen solchen Schlitten. Jetzt frage ich mich, wer von den dreien Julie entführt hat?»

«Grauwiler fällt weg. Der ist zu diesem Zeitpunkt bereits tot. Der BMW könnte nur von seiner Frau gefahren worden sein. Aber sowohl von Wartburg wie auch der andere Nachbar bestätigen, einen Mann gesehen zu haben.»

«Verdächtigst du Emma?»

Ferrari lachte.

«Ich versuche nur, sachlich zu analysieren. Emma Grauwiler scheidet also aus.»

«Gut, was ist mit Sonderegger als Entführer und Kokslieferant im Hintergrund?»

«Dem würde ich es zutrauen. Grauwiler kommt ihm auf die Schliche, weshalb er auch die Bürgschaft loswerden will. Um Klarheit zu schaffen, befragt er Nora und wird aus dem Weg geräumt.»

«Das hatten wir doch schon. Wir drehen uns im Kreis, Francesco. Das würde nämlich bedeuten, dass Grauwiler zwei seiner besten Freunde, Remo Kuster und Robert Stolz senior, um Hilfe bittet. Ich halte ihn nicht für dermassen unverfroren, dass er seine Freunde ins Unglück stürzen will.»

«Bleibt Robert Stolz junior und sein Knecht Sebastian Richter. Sie entführen Julie und benutzen sie als Druckmittel, um wieder an ihren Stoff zu kommen.»

«Ich weiss nicht. Ist das nicht etwas weit hergeholt?»

«Wir können es drehen und wenden, wie wir wollen. Wir kommen keinen Schritt weiter.»

«Und wenn Grauwiler doch der Oberdealer war?»

«Das wäre ein Ding!»

Um jeden Zweifel auszuräumen, fragte Ferrari bei Strub nach, ob Spuren von Kokain in Grauwilers Blut gefunden worden waren. Der Leiter der Pathologie konnte sich vor Lachen kaum mehr erholen. Der

Supermann ein Drögeler! Nein, das liesse sich mit hundertprozentiger Sicherheit ausschliessen. Dieser gewagten Aussage liess er sogleich eine detaillierte Abhandlung folgen, in der er dem Kommissär leidenschaftlich erläuterte, dass es in der Wissenschaft natürlich keine hundertprozentige Sicherheit gäbe. Nadine unterhielt sich inzwischen mit Emma Grauwiler. Der BMW stand seit dem Todestag unberührt in der Garage. Ob er überhaupt noch laufe, könne sie nicht sagen, denn Peter habe sich in den letzten Monaten stets im parteieigenen Mercedes durch die Gegend chauffieren lassen. Das wäre also geklärt. Gut, dann laden wir Sonderegger vor. Dieses Mal haben wir ein Heimspiel! Es sind schon ganz andere in meinem Büro weich geworden. Wir werden ihn grausam in die Mangel nehmen, beschloss Ferrari, überzeugt davon, dass es eine tiefere Verbindung zwischen Grauwiler und Sonderegger gab.

Hanspeter Sonderegger betrat verunsichert das Büro des Kommissärs. Nach leichtem Zögern setzte er sich und fixierte Nadine. Keiner sprach ein Wort. Eine Ewigkeit verging, bis Ferrari das Verhör eröffnete.

«Wir möchten Sie nochmals im Fall Grauwiler befragen.»

«Ist das ein Verhör? Glauben Sie, dass ich Peters Mörder bin?»

Sonderegger wirkte nun sehr kontrolliert. Er wusste, was auf ihn zukam, und schien vorbereitet.

«Es gibt einige Punkte, die wir noch klären müssen. Und wir wären froh, wenn Sie uns dabei behilflich sein könnten.»

«Herr Kommissär, reden wir nicht um den heissen Brei herum. Sie halten mich, aus welchen Gründen auch immer, für den Mörder. Stellen Sie Ihre Fragen.»

«Sind Sie damit einverstanden, wenn wir das Gespräch aufnehmen?»

«Selbstverständlich, Frau Kupfer.»

Nadine drückte den Aufnahmeknopf.

«Wie standen Sie zu Peter Grauwiler?»

«Er war einer meiner besten Freunde. Und, wenn ich dazu beitragen kann, den Mörder von Peter zu finden, bin ich zu allem bereit. Aber ich wiederhole mich.»

«Wann sind Sie ihn um die Bürgschaft angegangen?»

«Vor … ungefähr einem Jahr.»

«Wie würden Sie Ihre finanzielle Situation bezeichnen?»

«Ich bin hoch verschuldet. Ohne die Wirtschaftskrise würde es besser aussehen.»

«Weshalb wollte Peter Grauwiler die Bürgschaft zurückziehen?»

«Keine Ahnung!»

«Welche Geschäftsbeziehungen unterhielten Sie zu Peter Grauwiler?»

Zum ersten Mal wirkte Sonderegger verunsichert.

«Geschäfte? Was für Geschäfte?»

«War er zum Beispiel an Ihrer Firma beteiligt?»

«Nein … nicht beteiligt. Es ist wohl in meinem Interesse, wenn ich Ihnen die Wahrheit sage. Peter lobbyierte für mich. Nicht ganz freiwillig, wie er selbst mit einem Augenzwinkern betonte.»

«Sie meinen wegen der Bürgschaft?»

«Ja.»

«Ist das alles?»

«Das ist alles.»

«Wir wissen aber, dass Sie noch weitere Geschäfte mit Peter Grauwiler abwickelten.»

Sonderegger sah Nadine eindringlich an.

«Also gut. Da gibt es eine Sache. Emma ist ja die Präsidentin von ‹antoras›. Das ist eine Stiftung, die mit fair produzierten Produkten aus Entwicklungsländern handelt. Und für diese Stiftung stellte ich unentgeltlich Lagerraum zur Verfügung.»

«Wozu?»

«Die Stiftung importiert Güter aus verschiedenen Ländern. Alles Nippes. Schnitzereien, Ketten und solch ein Kram. Die Waren werden in unregelmässigen Zeitabständen angeliefert, eben so, wie es die Stiftung braucht. Sie verkaufen die Sachen über die Homepage und der Ertrag fliesst zurück und wird in weitere Projekte investiert. Zwei Mal im Jahr verschicken sie dann alles, was übrig bleibt, an die Mitglieder der Stiftung. Und die bezahlen dafür, was sie wollen. Es ist ja für einen guten Zweck. Ich weiss das so genau, weil ich auch Mitglied bin. Wenn Sie also auf diese geschäftliche Beziehung anspielen, liegen Sie richtig. Sie können sich übrigens gern die Paletten anschauen.»

«Wie werden die Waren angeliefert?»

«Ich verzolle die Ladungen im Rheinhafen oder am Flugplatz und lasse sie mit einem Lastwagen abholen.»

«Sie sagten, Emma Grauwiler ist die Präsidentin der Stiftung, richtig?»

«Exakt. Peter war allerdings auch involviert. Er gab mir immer den Auftrag, was wir wo abholen beziehungsweise liefern sollten.»

«Und wohin wurden die Ladungen gebracht?»

«Ein kleiner Teil zum Büro von ‹antoras›, der Rest ist bei mir eingelagert.»

«Wo befindet sich das Büro der Stiftung?»

«In der Lehenmattstrasse.»

«Sind das alle Geschäftsbeziehungen gewesen?»

«Ja!»

«Sind Sie sicher?»

«Absolut! Worauf wollen Sie eigentlich hinaus?», Sondereggers Ton verschärfte sich. «Ich denke, dass es dazu nichts weiter zu sagen gibt. Die Lagerhaltung und den Transport könnte man ja auch als Sponsoring verstehen. Das ist doch wohl nicht illegal?»

«Nein. Was würden Sie zum Vorwurf sagen, dass Sie und Peter Grauwiler in dubiose Geschäfte verstrickt sind?»

«Ich … wenn Sie mir das unter vier Augen vorwerfen, schlage ich Ihnen den Schädel ein, Herr Ferrari.

Doch in dieser Situation kann ich Ihnen nur versichern, das dem nicht so ist.» Sonderegger atmete schwer. «Bei allem Verständnis dafür, dass Sie einen Mörder suchen, wagen Sie es ja nicht noch einmal, Peter und mir faule Eier unterjubeln zu wollen. Peter war ein ehrlicher und aufrichtiger Mensch.» Er machte eine kurze Pause und fuhr dann fort: «Ich kann einfach nicht glauben, dass er sich mit einer Prostituierten vergnügte. Das passt so ganz und gar nicht zu ihm.»

«Wissen Sie von sonstigen Affären? Vielleicht innerhalb der Partei?»

«Möglichkeiten hatte Peter viele. Es gab einige, auch jüngere, Parteimitglieder, die sich ihm auf dem Präsentierteller anboten. Aber er liess sie alle abblitzen.»

«Vielleicht, weil er einen Skandal fürchtete.»

«Das wäre sehr diskret behandelt worden und mit Sicherheit nicht nach aussen gedrungen, Frau Kupfer.»

Ferrari nickte und schaltete das Aufnahmegerät aus.

«Vielen Dank, dass Sie uns die Fragen beantwortet haben.»

«Ist das alles?»

«Im Augenblick schon. Ich möchte Sie aber bitten, uns heute noch zur Verfügung zu stehen. Wir möchten uns die Waren der Stiftung ‹antoras› gern anschauen.»

«Ich bin den ganzen Tag über im Lagerhaus. Sie können unangemeldet kommen.»

«Ziemlich raffiniert. Er missbraucht die Stiftung seiner Frau, schmuggelt die Drogen unter all dem anderen Kram in die Schweiz und lässt sie sich direkt ins Büro der Stiftung liefern. Sozusagen frei Haus. Jetzt muss er sie nur noch verteilen und kassieren. Genial!»

«Allerdings ist das Ganze mit grossem Risiko verbunden. Was ist, wenn der Zoll die Waren prüft?»

«Na ja, das Risiko besteht natürlich. Aber ich denke, es ist minim, zumal hinter der Stiftung der ehrlichste Basler Bürger und seine Frau stehen. Vermutlich finden wir unter den Stiftungsmitgliedern einige prominente Persönlichkeiten. Ein Who's Who von Basel, vielleicht sind sogar Olivia Vischer und Ines Weller dabei. Und im Falle einer Zollkontrolle, ich gehe mal von Stichproben aus, müssen die Drogen ja auch noch gefunden werden.»

«Gut. Dann rufen wir jetzt Emma Grauwiler an und treffen sie bei ‹antoras›.»

Im Schweizerhalle-Tunnel hatte sich schon wieder ein Unfall ereignet, entsprechend gross war der Rückstau. Und so verliessen einige verzweifelte Autofahrer die Autobahn auf der Schwarzwaldbrücke, um über die Breite auszuweichen. Zudem bildete sich aufgrund der Fahrzeuge, die aus der Stadt kamen und gar nicht erst auf die Autobahn fuhren, ein zusätzliches Verkehrschaos.

«Verdammte Scheisse! Was haben all diese Idioten in der Breite verloren?», wandte sich Nadine entnervt an Ferrari.

Die beiden steckten ebenfalls in einer Fahrzeugschlange und kamen nur langsam, Meter für Meter, vorwärts.

«Vermutlich ein Unfall bei …»

Der Kommissär verstummte abrupt, als linker Hand ein ungeduldiger Fahrer auf den Tramschienen die stehende Kolonne überholte.

«Das mache ich auch!»

«Untersteh dich! Wenn an der Breite die Kollegen stehen, bist du geliefert. Dann kannst du nebst einer saftigen Busse eine geraume Zeit zu Fuss gehen.»

Nadine sah in den Rückspiegel. Sie löste den Sicherheitsgurt, öffnete die Tür und huschte hinaus.

«He! Was soll das? Spinnst du jetzt völlig?»

Wenig später, Nadine sass wieder hinter dem Steuer, hielt auf der Höhe des Porsches ein Streifenwagen. Mit einem triumphierenden Lächeln setzte Nadine den Blinker und fuhr hinter den Kollegen her, die mit Blaulicht und Horn die stehende Kolonne überholten.

«Nette Kollegen! Ich musste gar nicht gross darum bitten.»

Fünf Minuten später parkierten sie in der Lehenmattstrasse vor dem Stiftungsgebäude. Nadine bedankte sich bei den Polizisten und warf ihnen Kusshändchen zu.

«Hm!»

«Was, hm?! Du wärst natürlich brav in der Schlange stehengeblieben. Wie ein Lamm. Nein, wie ein Lemming!», bemerkte sie zuckersüss.

Emma Grauwiler sass am Tisch und las die Korrespondenz durch.

«Sorry, wir sind etwas spät.»

«Die ganze Stadt steht anscheinend in einem einzigen Stau, meldet Radio ‹Basilisk›. Ich kann euch nicht einmal etwas zu trinken anbieten.»

«Macht nichts, Emma. Wir wollen dich auch nicht lange aufhalten.»

«Ehrlich gesagt, bin ich sehr neugierig, weshalb ihr euch für die Stiftung interessiert.»

«Wir versuchen, uns ein möglichst umfassendes Bild zu machen», wich der Kommissär aus. «Dürfen wir Ihnen zur Stiftung einige Fragen stellen?»

«Bitte, Herr Ferrari.»

«Wie ist die Stiftung organisiert?»

«Ins Leben gerufen wurde sie vor rund zehn Jahren von Ines Weller. Kennen Sie Frau Weller?»

«Ja, es war kein besonders glücklicher Anlass.»

«Entschuldigung, wie konnte ich das vergessen. Der Mord an ihrem Mann! Ines ist eine aussergewöhnliche Frau. Der Stiftungszweck ist, sogenannte Drittweltländer zu unterstützen. Kurz gesagt, in den ärmsten Gebieten von Afrika, Asien, Latein- und Südamerika lassen wir Produkte herstellen, für die wir sehr gute und wirklich faire Preise bezahlen. Dies können wir, weil wir die Produkte in die Schweiz importieren und hier verkaufen. Unsere Kunden sind Drittweltläden, aber auch Warenhäuser und vor allem unsere rund zwölftausend Mitglieder. Zwei Mal im Jahr schicken wir ihnen ein Produkt aus einem fernen Land und legen einen Einzahlungsschein bei. Jeder zahlt dann, so viel wie er oder sie möchte. Du bist Mitglied, Nadine, Sie jedoch nicht, Herr Ferrari. Falls Sie interessiert sind, hier ist ein Einzahlungsschein. Spenden Sie einen x-beliebigen Betrag und Sie sind automatisch Mitglied.»

Ferrari steckte den Einzahlungsschein höflich ein.

«Ines gab den Vorsitz an mich ab, als sie nach dem Tod ihres Mannes wieder in die Firma einstieg. Im Vorstand sitzen Andrea von der Mühll, Patricia Sarasin, Remo Kuster, Lukas Wackernagel und … Peter.»

Urplötzlich stand der schreckliche Tod ihres Mannes wieder im Raum.

«Ein hochkarätiger Vorstand.»

«Ein Wunschkandidat war Hanspeter Sonderegger, aber er wollte nicht.»

«Wie sind die Aufgaben im Vorstand verteilt?»

«Fangen wir bei mir an. Ich bin die Präsidentin und für die Öffentlichkeitsarbeit zuständig, sozusagen die Frontfrau. Remo ist für die Finanzen verantwortlich,

Patricia für das Fundraising, Lukas für die Projektierung und deren Kontrolle, er ist ziemlich viel unterwegs dafür, Andrea für Werbung und Peter ist … war für den Vertrieb und die Logistik zuständig. Ein sehr wichtiger Teil, weil mehr als die Hälfte aller Einnahmen über die Verkäufe erzielt werden.»

«Dürfen wir jetzt die Produkte sehen?»

«Sicher. Kommt mit.»

Auf den Regalen tummelten sich unzählige Figuren, hauptsächlich Tierfiguren aus den verschiedensten Materialien. Sie waren mit dem Herstellungsort und der Art des Materials angeschrieben. Vereinzelt standen Kartons herum.

«Das ist nur unser Handlager. Es holen aber immer wieder Kunden, auch Grossisten direkt bei uns die Waren ab. Im St. Johann befindet sich das Hauptlager.»

Ferrari zeigte auf eine farbenprächtige Skulpturengruppe.

«Das sind Tukane, Herr Ferrari, ein Renner.» Emma Grauwiler nahm eine Holzfigur vom Regal. «Sie sind wunderschön, echte Kunstwerke.»

«Bei uns zu Hause steht auch ein solches Paar.»

«Ah! Dann habe ich mich getäuscht und Sie sind schon Mitglied.»

«Meine Lebenspartnerin», antwortete der Kommissär und fügte im Stillen an, die uns mit jeglichem Krimskrams überhäuft.

«Wer hat Zugang zu diesem Raum?»

«Alle Vorstandsmitglieder. Das heisst, jedes Vorstandsmitglied besitzt natürlich einen Schlüssel zum Haus und dieser funktioniert auch fürs Lager. Doch ich glaube nicht, dass ausser Peter und mir schon irgendjemand im Lager gewesen ist.»

«Und im St. Johann?»

«Der Schlüssel hängt hier an der Wand. Ein zweiter befindet sich bei Hanspeter Sonderegger.»

«Und wer ergänzt das Handlager?»

«Wenn ein Artikel ausgeht, melde ich es Hanspeter und er liefert nach.»

«Und Ihr Mann?»

«Peter organisierte den Versand. Mit meinen Lieferscheinen fuhr er ins St. Johann und stellte die Direktlieferungen an unsere Verkaufsstellen zusammen. Einige Händler belieferte er selbst beziehungsweise durch seinen Chauffeur. Das waren vor allem jene in unserer Umgebung und die in Bern. Es bereitete ihm grossen Spass, selbst Hand anzulegen. Und wenn er nicht da war, bin auch ich manchmal ins St. Johann gefahren, um Nachschub zu holen. Weshalb wollt ihr das alles wissen, Nadine?»

«Wir möchten herausfinden, welche Beziehung zwischen Sonderegger und deinem Mann bestand.»

«Glaubst du, dass Hanspeter der Mörder ist?»

«Wir verfolgen eine Spur. Mehr kann ich dir im Moment nicht sagen.»

«Hanspeter ist kein Mörder, nur ein Pechvogel. Er ist … war ein guter Freund von Peter. Einer der besten. Deshalb war ich auch mit der Bürgschaft einverstanden. Du darfst mir glauben, Nadine, dass ich nicht bei jedem mein Einverständnis gegeben hätte.»

«Vielen Dank für deine Erklärungen, Emma.»

«Es war mir ein Vergnügen.»

Auf dem Rückweg entschlossen sie sich, Nora Schüpfer mit ihren Vermutungen, dass Sonderegger und Grauwiler mit Drogen handelten, zu konfrontieren. Ein Beamter brachte sie ins Büro von Ferrari. Nora Schüpfer wirkte extrem bleich. Schwere Tränensäcke unter den Augen deuteten darauf hin, dass die Nacht eine grosse Tortur gewesen war. Die Untersuchungshaft hinterliess erste Spuren. Nadine stellte ihr wortlos einen Kaffee hin.

«Danke, Nadine. Wie gehts Julie?»

«Gut. Sie vermisst dich sehr.»

Nora nickte und sank noch ein Stück mehr in sich zusammen.

«Kennst du einen Hanspeter Sonderegger?»

«Ich … ich glaube, dass ich den Namen schon einmal gehört habe», antwortete Nora halbherzig. «Weshalb fragst du?»

«Kennst du ihn oder nicht?»

«Was soll diese Fragerei? Ja … jetzt erinnere ich mich. Das ist doch dieser Politiker. Ich habe ihn mehrmals auf ‹Telebasel› gesehen.»

«Und selbst getroffen?»

«Noch nie!», die Antwort kam sehr schnell.

«Frau Schüpfer, unsere anfängliche Erpressungsvermutung war falsch. Sie dealen mit Kokain und Peter Grauwiler war Ihr Lieferant. Leider wollten Sie bei unserem letzten Gespräch keine Stellung dazu nehmen. Inzwischen wissen wir, dass die Drogen über die Stiftung ‹antoras› in die Schweiz geschleust werden, und zwar gut versteckt in den Kunsthandwerklieferungen. Hanspeter Sonderegger lagerte den Stoff und Peter Grauwiler brachte ihn unter die Leute. Wollen Sie das bestreiten?»

Keine Antwort. Noras Blick verlor sich in der Unendlichkeit.

«Ich denke, es ist an der Zeit, die Wahrheit zu erzählen. Wie kam es zur Ermordung von Peter Grauwiler?», setzte der Kommissär nach, während Nadine das Aufnahmegerät laufen liess.

Nora überlegte lange. Im Zimmer hörte man nur das Geräusch des Aufnahmegeräts und Ferraris rhythmisches Klopfen mit seinem Kugelschreiber. Zögernd begann sie zu erzählen.

«Ich wollte aus dem Mist raus und ein neues Leben beginnen, wegen Julie und Thuri. Ich rief Peter an und sagte ihm, dass ich aussteige. Da drohte er mir. Am nächsten Tag kam er vorbei, meinte, ich sei sein bestes Stück und er lasse meinen Abgang auf keinen Fall zu. Ein Wort gab das andere und plötzlich stürzte er auf mich. Peter war wie von Sinnen. Ich wehrte ihn ab und … und stiess zu, damit er nie mehr auf mich losgehen konnte.»

«Wurde Julie entführt, Nora?»

«Ich möchte, dass das Gerät abgeschaltet wird. Sonst sage ich nichts mehr.»

Ferrari stoppte die Aufnahme.

«Ja, um mich zu erpressen und mir klar zu machen, dass ich ihm hilflos ausgeliefert bin.»

«Wurde Julie von Hanspeter Sonderegger entführt?»

Sie nickte.

«Er übergab mir Julie am Badischen Bahnhof. ‹Ein Geschenk für dich›, höhnte er. ‹Wir wollen doch beide nicht, dass sie das nächste Mal entstellt oder gar tot ist.› Das … das war schrecklich», mit zitternder Hand fuhr sie sich durch die Haare. «Aussteigen sei nicht drin, betonte er weiter und die Geschäfte, die würde er jetzt allein weiterführen.»

«Und Arthur Koch?»

«Ich traf ihn in den Langen Erlen und erzählte ihm alles. Er wollte die Angelegenheit regeln. Ich sollte mit Julie im Versteck bleiben. Als ich erfuhr, dass Thuri tot ist, stellte ich mich.»

«Würden Sie das vor Gericht wiederholen?»

«Niemals! Weil dann Julie in Gefahr wäre. Und kommt mir nicht damit, dass ihr sie beschützt. Das könnt ihr nicht. Ich bleibe bei meiner Version, Nadine. Ich habe Peter Grauwiler und Arthur Koch umgebracht, und es gab auch nie eine Entführung. Alles andere würde ich vor Gericht abstreiten. Ich habe viel zu viel Angst, Hanspeter Sonderegger würde bestimmt seine Drohungen wahr machen.

Meine kleine Julie! Sie ist mein Ein und Alles. Ich muss sie beschützen.»

Nachdem Nora wieder in die Zelle gebracht worden war, erhöhte sich Ferraris Staccato. Nadine schien es nicht zu bemerken, schweigend sass sie da.

«Verdammte Scheisse! Nora wird als Doppelmörderin verurteilt. Dabei würde sie mit einem Staranwalt vielleicht mit Notwehr davonkommen. Und Sonderegger entwischt uns. Wunderbar. Ein dreifaches Hoch auf die Gerechtigkeit.»

«Eine vertrackte Situation, Nadine. Wir kennen jetzt den Mörder von Arthur Koch, aber wir haben keinerlei Beweise.»

«Scheisse! Scheisse! Mir tut Nora leid.»

«Na ja, unschuldig ist sie beim besten Willen nicht. Denk bitte daran, dass sie Grauwiler das Messer in den Rücken steckte.»

«Sie war unzurechnungsfähig.»

«Das lasse ich gelten, doch beim Dealen war sie sehr wohl zurechnungsfähig.»

«Okay, du Moralapostel. Denk an Julie und lass dir gefälligst eine Strategie einfallen, wie wir den Mörder im St. Johann überführen können. Na, was ist?»

«Wir wollten ja eigentlich noch bei ihm reinschauen. Das verschieben wir auf morgen. Drogen werden wir sowieso keine finden. Wiegen wir ihn in Sicherheit und schlafen eine Nacht darüber. Das wird ein harter Brocken, ein verdammt harter.»

«Die Einzige, die ihn fertig machen kann, will nicht. Aus verständlichen Gründen. Ich fahre dich nach Hause.»

«Danke, das ich nicht nötig. Ich nehme den Dreier.»

«Nein, ich fahre dich. Monika und ich haben noch eine Kleinigkeit vor.»

Das gefällt mir gar nicht. Was wird hier hinter meinem Rücken gespielt? Und wer ist dieser anonyme Mann, der um die beiden herumschleicht? Monika erwartete sie bereits ungeduldig. Ferrari wurde schnurstracks mit einer Flasche Wein in den Wintergarten spediert und weg waren sie. Unwillkürlich kam ihm der Satz «The same procedure as every year» in den Sinn. «Well, I'll do my very best», antwortet der Butler James, der an der Geburtstagsfeier von Miss Sophie, es ist ihr neunzigster, in die Rollen der vier geladenen, jedoch bereits verstorbenen Gäste schlüpft. Ein wunderbarer Sketch, ein Klassiker. Ferrari blätterte lustlos die «Basler Zeitung» durch. Ah, ein Bild von Marco Streller mit Olivia. Er überflog den Artikel. Jetzt ist es also definitiv, Marco ist im Patronatskomitee und wird an Olivias Benefizlauf auf der Schützenmatte teilnehmen. Das wär doch was! Ich laufe Seite an Seite mit Marco. Vielleicht zehn Runden. Na ja, sagen wir fünf. Die Zuschauer werden vor Neid erblassen und die Kollegen erst. Sein Gesicht strahlte. Monika muss das unbedingt einfädeln, das wird ein Riesending. Der Kommissär nahm einen

Schluck und lehnte sich zurück, Puma leistete ihm Gesellschaft. Nach einer halben Flasche Yvorne rouge, Monika stürzt sich in Unkosten, um mir das Einsiedlerdasein zu versüssen, kamen die Damen zurück.

«Was suchst du denn hier, Paul?», wandte sich Ferrari an den Chefmechaniker der Polizei.

«Nadine und Monika baten mich um einen kleinen Gefallen.»

«So?!»

Sie umschwärmten ihn wie Drohnen die Bienenkönigin. Paul hier ein Glas Wein, Paul da ein Sandwich. Paul willst du nicht aus Francescos Tellerchen essen? Paul willst du nicht in Francescos Bettchen schlafen?

«Der Occasionhändler nimmt den Wagen zurück», warf Monika so nebenbei in die Runde.

«Wirklich? Das kann ich gar nicht glauben.»

«Ich schwörs!»

Paul, der Gute, der Umschwärmte, durfte die zweite Flasche Wein kosten. Ferrari hielt sein Glas hin. Ein Wunder, dass ich auch noch ein Tröpfchen abbekomme.

«Das verdanken wir nur Paul!»

Och, wie süss, das verdanken wir dem guten Paulchen, dem herzigen, rosaroten Paulchen Panther. Ich dreh dem alten Sack gleich den Hahn ab, wenn das so weitergeht.

«Bist du sauer, Francesco?»

«Überhaupt nicht.»

«Warum machst du denn so ein Miesepetergesicht?», foppte Nadine.

«Mach ich doch gar nicht. Ich …»

So, das wars! Ich lasse mich doch nicht zum Lackaffen machen. Ferrari erhob sich.

«Willst du denn gar nicht wissen, wie Paul es geschafft hat?»

Paul, Paul, ich höre immer nur Paul!

«Na, was ist jetzt?»

Eigentlich schon. Aber, wenn ich daran denke, dass der liebe, nette, sympathische Paul … na ja, da muss ich durch. Ferrari nickte zögerlich.

«Also, ich bat Paul, das Auto zu inspizieren. Das war ganz lieb von dir!»

«Es war mir ein Vergnügen, Nadine.»

Ich mach gleich Hackfleisch aus dir!

«Danach nahm Paul mit dem Prüfungsexperten der MFK Kontakt auf und eben sind wir mit dem Prüfungsbericht unter dem Arm zu Cortellini gefahren. Paul schaute zuerst die offensichtlichen Sachen an, doch erzähl am besten selbst», forderte ihn Nadine auf.

«Ich merkte sofort, dass einiges nicht stimmt. Die Reifen waren in katastrophalem Zustand, praktisch kein Profil mehr. Die Scheibenwischer ebenso. Boris kaufte das Auto mit hundertneunzigtausend Kilometern. Jetzt zeigt der Tacho nur gerade fünfhundert Kilometer mehr und das nach drei Monaten. Da wusste ich, was Sache ist.»

«Und jetzt wollt ihr mir weismachen, dass ihr mit diesen Erkenntnissen zum Schrottplatz gefahren seid und den Occassionheini fertiggemacht habt. Stimmts?»

«Genau!», ertönte der zweistimmige Amazonenchor.

«Und das soll ich euch abnehmen?»

«Erzähls ihm, Paul.»

Ja, erzähls mir, bevor du nur noch wie ein Greis lispeln kannst, weil du keine Zähne mehr hast, Paulchen!

«Es war ein übler und leider nicht seltener Trick. Der Händler wusste, dass er den Wagen nicht durch die MFK kriegt. Was also macht er?»

Paul sah Ferrari fragend an.

Er reisst dir die Eingeweide aus dem Leib, verknotet sie und wirft sie den Raben zum Frass vor, du eingebildeter Esel!

«Keine Ahnung», säuselte Ferrari.

«Er ersetzte Reifen, Scheibenwischer und so ziemlich alles, was nötig ist. Nachdem er das Auto vorgeführt hatte und durchgekommen war, montierte er die Reifen, die Scheibenwischer und wahrscheinlich noch viel mehr wieder ab, um sie durch die alten Teile zu ersetzen.»

«Und damit konfrontierten wir den seriösen Autohändler», setzte Nadine fort.

«Hat er es zugegeben?»

«Sicher nicht. Wir stellten ihm Paul vor und schilderten unsere Sicht der Dinge. Zuerst wollte er uns rauswerfen. Dann drohte er mit der Polizei …»

«Jetzt mach es nicht so spannend.»

«Nadine hielt ihm ihren Ausweis unter die Nase. Das war des Guten zu viel. Er sei ja kein Unmensch und wolle die Sache gütlich regeln. Er würde Boris morgen das Geld überweisen und den Wagen abholen lassen. Ein guter Mensch!»

«So ein guter Mensch!», bestätigte Nadine augenzwinkernd.

«Irgendwie riecht das ein wenig nach Erpressung oder etwa nicht?»

«Aber nein, Darling!» Monika küsste Ferrari. «Das verstehst du vollkommen falsch. Er nimmt den Wagen freiwillig zurück.»

«Oder so ähnlich. Wie auch immer, ihr habt euer Ziel erreicht. Ich gratuliere, Monika!»

Paulchen, der neue Gott aller Occasionautogeschädigten, der Held von wehrlosen Frauen und übertölpelten Idioten, herrschte an diesem Abend unumstritten im Hause von Monika und Ferrari. Wie sie es geniessen! Monika und Nadine wissen ganz genau, dass mich der Typ mit seiner grinsenden Fratze, irgendwie erinnert er mich an Jack Nicholson im Film ‹Batman›, und seinem affektierten Getue so etwas von nervt.

«Möchtest du noch einen Schluck Wein, Paul?»

«Danke, Monika. Es ist Zeit für mich.»

Höchste Zeit! Hoffentlich sagt er jetzt nicht zum Abschied: Heute ist nicht alle Tage, ich komm wieder, keine Frage.

«Nochmals vielen Dank, ohne dich hätten wir es nicht geschafft.»

«Gern geschehen. Gute Nacht.»

Uff, endlich ist er weg. Lange hätte ich diesem Gesülze nicht mehr tatenlos zugesehen.

«Was ist? Passt dir etwas nicht, Francesco?»

«Also ich finde, dass ihr ein wenig übertreibt.»

«Das finden wir gar nicht.»

«Dieses blöde Getue, von wegen Paulchen hier und Paulchen dort.»

«Höre ich da eine Spur Neid in deiner Stimme? Oder gar Eifersucht?»

«Ha! Auf diesen Gartenzwerg?»

Monika und Nadine zerplatzten beinahe vor Lachen auf ihrem Triumphzug vom Wohnzimmer in die Küche.

22. Kapitel

Die Lösung des Falls war zum Greifen nah. Jetzt nur keine Fehler machen. Hanspeter Sonderegger muss sich in Sicherheit wiegen, glauben, dass alle Welt Nora Schüpfer des doppelten Mordes für schuldig hält. Nur so kriegen wir ihn. Seine Schulden müssen weit höher sein als bisher angenommen, zumal ja die Drogen mit Sicherheit grosse Summen einspielten. Aber anscheinend nicht genug, um ihm aus der Klemme zu helfen. War Grauwiler überhaupt freiwillig Bürge geworden? Vielleicht wollte der Nationalrat aussteigen, und Sonderegger stellte ihn vor das Ultimatum: Du kannst aus dem Geschäft aussteigen, wenn du für mich bürgst. Hm.

Hanspeter Sonderegger sass an seinem Schreibtisch, vor sich ein Stapel Zollpapiere.

«Kommen Sie herein oder wollen wir direkt ins Lager?»

«Wenn es Ihnen nichts ausmacht, würden wir gerne das Lager besichtigen», versuchte Nadine betont freundlich zu sein, während nur ein Gedanke in ihrem Kopf herumspukte: Wart nur, wir kriegen dich, du mieses Schwein!

Sonderegger erklärte auf dem Weg zum Palettenlager detailliert, was auf den einzelnen Stockwerken gebunkert wurde.

«So, hier wären wir.»

Er schloss auf und liess sie hinein. Auf Hochregalen standen unzählige Paletten, Ferrari hatte es sich gleichwohl eindrücklicher vorgestellt. Sollten wir die Drogenhunde kommen lassen? Das machte wohl wenig Sinn, zumal Sonderegger genügend Zeit hatte, den gesamten Stoff verschwinden zu lassen. Jovial erläuterte er Nadine, wie ein Transport vom Ursprungsort bis ins Lager im St. Johann funktionierte, welche Papiere benötigt wurden und wie danach die Verteilung vonstatten ging.

«Werden die Waren am Zoll kontrolliert?»

«Nicht wirklich, damit sind die Zöllner einfach überfordert. Wir deklarieren die Waren und dann entscheidet der Zoll, ob sie eine Revision machen.»

«Und bei den Gütern von ‹antoras›?»

«Ich glaube nicht, dass es da jemals eine Revision oder Stichproben gab. Weshalb auch? Es ist eine Stiftung, die Gutes tut. Das ist verlorene Zeit. Da sollen die Zollbeamten besser andersweitig aktiv werden.»

«Zum Beispiel?»

«Ach, da könnte ich Ihnen einige Müsterchen erzählen. Was da alles falsch deklariert wird, um Kosten zu sparen. Es ist natürlich die Aufgabe eines guten Zolldeklaranten, den günstigsten Tarif anzumelden, aber da gibt es ganz gewiefte Schlitzohren, die bewegen sich in der Grauzone.»

«Dazu gehören Sie ja sicher nicht.»

Sonderegger blickte Nadine irritiert an, nachdenklich schüttelte er den Kopf und fuhr fort: «Letztendlich ist es eine Vertrauenssache zwischen Zoll und Deklarant. Den einen kann man vertrauen, den anderen nicht.»

«Wunderbar, danke für Ihre Erklärungen. Komm, Nadine, wir gehen.»

«Ich bin noch nicht fertig, Francesco, es dauert nicht mehr lange … Halfen Sie ab und zu Peter Grauwiler bei der Verteilung der Waren?»

«Ja, meistens. Die Paletten wurden von den Camions ausgeliefert, kleinere Pakete mit der Post verschickt oder von Peter mitgenommen.»

«Und dafür stellten Sie dann der Stiftung eine Rechnung?»

«Nein! Emma und Peter sind immer grosszügig gewesen. Es ist ein Geben und ein Nehmen. Ich habe nie etwas für meine Bemühungen verrechnet, aber das hatten wir doch schon.»

«Sie sind ja ein richtig guter Mensch!»

«Ich verstehe nicht, worauf Sie hinauswollen, Frau Kupfer. Wenn Sie etwas gegen mich vorbringen wollen, brauchen Sie es nicht auf diese zynische Art und Weise zu tun.»

«Komm, Nadine, wir gehen!»

Ferrari zog seine Kollegin weg, doch sie riss sich los.

«Dann also deutlich. Sie mimen hier den guten, netten Freund und Kumpel. In Tat und Wahrheit sind Sie jedoch froh, dass Peter Grauwiler abgekratzt ist. So bleibt mehr für Sie übrig.»

«Ich … ich weiss nicht, was Sie damit andeuten wollen.»

Sonderegger und Nadine fixierten sich. Sekunden vergingen, und die Ruhe glich jener vor dem Sturm.

«Sie mieser, hinterhältiger Drecksack! Wenn Sie glauben, dass Sie uns weiter zum Narren halten können, irren Sie sich gewaltig. Wir wissen, dass Sie und Grauwiler Kokain importiert und verkauft haben, alles unter dem Deckmantel der Stiftung. Und nebenbei haben Sie einen lästigen Mitwisser beseitigt, unseren Kollegen Arthur Koch. Jetzt sind Sie platt, was?!»

Sonderegger holte aus. Ferrari reagierte blitzschnell, drängte ihn an die Wand und hielt ihn fest.

«Nadine, die Handfesseln!»

«So. Das ist nur zur Beruhigung. Wenn Sie mir garantieren, dass Sie nicht nochmals auf meine Kollegin losgehen, lasse ich Sie wieder frei.»

Er nickte und kehrte wortlos in sein Büro zurück, nachdem ihm der Kommissär die Handfesseln abgenommen hatte.

«Das … das, das ist nicht Ihr Ernst, oder?», stammelte er. «Wer … wer behauptet, dass Peter und ich mit Drogen handeln?»

«Das werde ich Ihnen sicher nicht verraten.»

Er atmete tief durch.

«Setzen Sie sich, Frau Kupfer … setzen Sie sich, Herr Ferrari. Bitte. Sie halten mich also für einen Dealer … weit schlimmer, für einen Mörder und einen Dealer.»

Zögernd nahmen Nadine und der Kommissär Platz.

«Ich will das hier und jetzt mit Ihnen ausdiskutieren. Wie kommen Sie darauf, dass ich mit Drogen handle?»

Das Pulver war endgültig verschossen, Nadines Temperament hatte ein strategisches Vorgehen vereitelt. Jetzt kommt es auch nicht mehr darauf an, dachte Ferrari und konfrontierte Sonderegger mit dem Ermittlungsstand.

«Und Sie glauben dieser Nora Schüpfer?»

«Weshalb sollte sie lügen? Sie hat nichts mehr zu verlieren. Mit der Entführung von Julie haben Sie Ihr Ziel erreicht, Nora Schüpfer nimmt beide Morde auf sich. Sie sind ein freier Mann, Herr Sonderegger …»

«Vorerst!», betonte Nadine. «Wir sitzen Ihnen im Nacken, beobachten jeden Ihrer Schritte und warten wie eine Spinne in ihrem Netz darauf, dass Sie einen Fehler machen. Und den werden Sie machen, irgendwann. Und vielleicht finden wir auch das Drogengeld. Aber eines ist sicher, an Julie kommen Sie nicht ran, denn sie steht unter unserem persönlichen Schutz.»

Sonderegger lächelte sanft.

«Sie wissen so gut wie ich, dass dies ein leeres Versprechen ist.»

Nadine wollte aufspringen, doch Ferrari hielt sie zurück.

«Sie haben vollkommen recht, Herr Sonderegger. Wir können Julie nur bedingt schützen. Aber, falls ihr etwas passiert, wissen wir, wo wir ansetzen müssen. Und das werden wir.»

«Ich bin weder ein Drogendealer noch ein Kindsentführer und schon gar kein Mörder. Alles, was Sie mir vorwerfen, ist blanker Unsinn. Nora Schüpfer lügt! Gehen wir?»

«Wohin?»

«Sie werden mich doch jetzt verhaften, Herr Kommissär. Wenn Sie mir erlauben, möchte ich noch meine Frau anrufen. Darf ich?»

«Sie sind nicht verhaftet.»

Nadine liess Hanspeter Sonderegger nicht aus den Augen. Seine Verblüffung schien echt.

«Angenommen, Nora Schüpfer lügt. Haben Sie eine Vermutung, warum? Und wer ist der Mörder von Arthur Koch, wenn nicht Sie?»

«Ich habe keine Ahnung. Glauben Sie mir, Frau Kupfer?»

«Möglich. Kennen Sie Nora Schüpfer?»

«Nein. Weder gesehen noch jemals von ihr gehört. Bis zu dem Moment, als mich Remo Kuster anrief.»

«Wussten Sie, dass Peter Grauwiler mit Drogen handelt?»

«Sind Sie sicher? Das kann ich nicht glauben.»

«Absolut!»

«Sie sind auf dem Holzweg, Frau Kupfer. Peter war ein grundehrlicher Mensch. Viele glauben, dass bei ihm alles nur Show gewesen ist, aber das stimmt nicht. Er mimte nicht den guten Menschen, er war es.»

«Das erzählt Nora anders.»

«Woher sollen die Drogen stammen?»

Ferrari erläuterte ihre Vermutungen. Sonderegger stand auf, ging zu einem Schrank und stellte eine Flasche Cognac und drei Gläser auf den Tisch.

«Auch einen?»

«Nein, danke.»

«Gerne!»

Ferrari sah Nadine entsetzt an. Ich lehne ab und sie nimmt an. Eine verkehrte Welt.

«Dann nehme ich auch einen.»

Nadine nippte am Glas.

«Ich vermute, dass Ihnen diese Frau Schüpfer einen Bären aufgebunden hat.»

«Das glaube ich nicht. Sie fürchtet um das Leben ihrer Tochter. Und wenn eines sicher ist, mit dem Leben ihrer Tochter spielt keine Mutter.»

«Wann soll das gewesen sein? Die Entführung meine ich.»

«Am letzten Mittwochnachmittag so gegen fünf.»

Sonderegger blätterte den Terminkalender durch.

«Für den Zeitraum habe ich kein Alibi. Keine Termine. Wahrscheinlich bin ich hier gewesen.»

«Sie wurde in einem schwarzen BMW entführt.»

«Es gibt mehr als nur einen. Ich bin zu einer Gegenüberstellung bereit. Das Mädchen soll mich identifizieren.»

«Das wird kein Staatsanwalt der Welt zulassen», vor allem bei dieser dünnen Beweislage ergänzte Nadine in Gedanken.

«Dann bringen Sie mich in ihre Nähe. Und wenn sie sagt, dass ich es war, können Sie mich einsperren. Worauf warten wir? Fahren wir ins Gundeli.»

«Wieso ins Gundeli?»

«Weil diese Nora Schüpfer im Gundeli wohnt.»

«Schenken Sie mir noch einen Cognac ein», bat Nadine, die ihr Glas in einem Zug geleert hatte.

Entweder ist dieser Sonderegger der gewiefteste Pokerer der Welt oder wir sind vollkommen auf dem falschen Dampfer. Ferrari rieb sich die Schläfen und warf Nadine einen warnenden Blick zu. Du verträgst nichts, halt dich zurück!

«Aber das mit den Drogen wäre möglich, unabhängig davon, ob Sie der Lieferant sind oder nicht.»

«Wie gesagt, ich kann beim besten Willen nicht glauben, dass Peter in eine solche Sache verstrickt war. Rein hypothetisch … ja, das wäre möglich und ein äusserst raffiniertes Vorgehen. Es wäre nie und nimmer herausgekommen.»

«Ausser bei einer Zollkontrolle.»

«Sehr, sehr unwahrscheinlich.»

«Weil Peter Grauwiler im Nationalrat sass?»

«Einerseits, aber wohl vor allem, weil Andrea von der Mühll im Vorstand sitzt. Sie ist die Frau von Horst von der Mühll, dem Leiter der Zollbehörde.»

Nadine sah vorwurfsvoll zu Ferrari. Der winkte ab. Sorry, ich kenne auch nicht alle in Basel, schien seine Mimik auszudrücken.

«Wissen Sie schon, ob Emma die Bürgschaft übernimmt?», wechselte Nadine abrupt das Thema.

«Ich werde erst nach der Beerdigung mit ihr reden, Frau Kupfer. Das wäre im jetzigen Zeitpunkt mehr als pietätlos.»

«Eigentlich blauäugig von Peter Grauwiler zu glauben, dass Robert Stolz senior oder Remo Kuster für ihn einsteigen würden.»

«Das war halt Peter, Herr Kommissär. Immer an das Gute im Menschen glauben.» Sonderegger lächelte. «Doch bei Remo Kuster wusste sogar er, dass es keinen Sinn macht. Aus diesem Grund hat er nur mit Stolz senior über die Bürgschaft geredet.»

«Sie irren sich!»

«Bestimmt nicht. Peter kannte die Geschichte von Remo und mir.»

«Sie sind per Du?»

«Ja, seit dieser elenden Erbschaftsgeschichte. Da könnten Sie ansetzen und mich einen Drecksack nennen, Frau Kupfer. Remo ist zu Recht sauer auf mich. Ich hätte ihm mit meiner Borniertheit beinahe die Karriere ruiniert. Peter wusste davon.»

«Trotzdem fragte er ihn. Vermutlich war er sein letzter Rettungsanker.»

«Unsinn! Das weiss ich nun mit Gewissheit besser als Sie, Frau Kupfer. Ich werde den vergangenen Mittwoch nie vergessen. Nachdem wir den toten Peter in die Kanzlei geschleppt hatten, bin ich noch eine Weile geblieben. Plötzlich war mir nämlich klar, was Peters Tod für mich bedeutet. Ich verlor an diesem Vormittag meinen besten Freund und gleichzeitig meine Existenz. Remo sah mir an, dass mich etwas Gewaltiges aus der Bahn geworfen hatte, aber er wusste nicht was. Er bot mir einen Kaffee an in der Hoffnung, ich würde mein Elend mit ihm teilen. Geschickt stellte er Fragen, was denn los sei? Wir hätten einen Freund verloren, aber da sei doch noch etwas anderes, was mich beschäftige. Er bohrte und bohrte, doch ohne Erfolg. Ich trank den Kaffee und ging. Ganz offensichtlich genoss er mein Leiden … Er rief mir hinterher: ‹Was es auch immer ist, hoffentlich macht es dich kaputt!› Sie sehen, Remo wusste hundertprozentig nichts von der Bürgschaft.»

«War Remo Kuster auch schon bei Ihnen im Lager?»

«Vielleicht mit Peter oder Emma. Gesehen habe ich ihn hier nie.»

Nadine erhob sich leicht schwankend und bot Hanspeter Sonderegger die Hand zur Versöhnung.

«Ich möchte mich bei Ihnen entschuldigen, Herr Sonderegger. Ich glaube Ihnen.»

«Danke. Wenn ich Ihnen in irgendeiner Form helfen kann, lassen Sie es mich bitte wissen. Das ist kein Lippenbekenntnis, ich meine es aufrichtig. Peter war wirklich mein bester Freund und ein hochanständiger Mensch. Sein Andenken darf nicht besudelt werden.»

23. Kapitel

«Wieso belügt uns Remo Kuster?», wandte sich Nadine auf dem Parkplatz an den Kommissär.

«Tut er das? Hanspeter Sonderegger wirkte sehr souverän, Nadine. Eine Spur zu souverän für meinen Geschmack. Was ist, wenn er uns täuscht?»

Nadine ging gar nicht auf Ferraris Einwände ein.

«Und woher weiss Kuster von der Bürgschaft und von Grauwilers Bemühen, diese abzulösen?»

«Du verrennst dich, Nadine. Bestimmt hat ihm Grauwiler selbst davon erzählt.»

«Möglich. Das erklärt aber noch lange nicht, warum er behauptet, Grauwiler habe ihn gebeten, die Bürgschaft abzulösen? ... Da fällt mir ein, Nora hat keinen Namen erwähnt, sie redete nur von ihm!»

Ferrari schaute seine Kollegin irritiert an.

«Erinnerst du dich nicht mehr, Francesco? Auf die Frage, ob Julie entführt worden sei, antwortete Nora mit Ja. Damit ihr bewusst werde, dass sie ihm hilflos ausgeliefert sei. Ihm ... Nora sprach von Remo Kuster!»

«Jetzt hör aber auf.»

«Grauwiler und Kuster, das ist es! Oder weit schlimmer», flüsterte Nadine, «Emma und Kuster!»

«Das ist nicht dein Ernst?! Der Cognac ist dir aber wirklich nicht bekommen. Soll ich fahren?»

«Nein. Komm schon, lass dich auf das Gedankenspiel ein. Angenommen, Grauwiler war tatsächlich eine ehrliche Haut und kommt Kuster und Emma auf die Schliche. Die beiden fühlen sich in die Enge getrieben, haben Angst aufzufliegen und bringen Grauwiler um. Das Gleiche widerfährt auch Thuri. Als er wusste, dass die beiden die Drahtzieher und Mörder von Grauwiler sind, wurde er zur Hypothek und musste eliminiert werden.»

«Theoretisch möglich. Also gut, fahren wir ins Kommissariat und reden nochmals mit Nora.»

«Übrigens, Themawechsel, Paul hat …»

«Hör mir bloss mit eurem Paulchen auf», fiel ihr Ferrari ins Wort. «Das war ein starkes Stück.»

«Oho! Der Herr verteidigt sein Revier. Interessant.»

«Blödsinn.»

«Ich wollte nur sagen, der Vorfall mit dem Zettel unter meiner Windschutzscheibe ist geklärt. Es war einer von Pauls Mechanikern. Paul hat ihn schriftlich abgemahnt. Damit ist die Sache vom Tisch.»

«Hm!»

Ein weiterer Punkt für den Werkstattzwerg.

Nora Schüpfer war blass und wirkte nervös.

«Wir machen es kurz, Frau Schüpfer! Wir haben genug von Ihren Lügen. Jetzt sind Sie entschieden zu weit gegangen. Sie liessen uns im Glauben, dass

Peter Grauwiler und Hanspeter Sonderegger Dealer sind. Bravo! Wir sind schön auf Sie reingefallen. Inzwischen wissen wir aber, dass Remo Kuster Ihr Lieferant war. Ist das korrekt?»

«Nein! Ich kenne keinen Remo Kuster.»

«Also doch Hanspeter Sonderegger?», setzte der Kommissär nach. «Grauwiler und Sonderegger.»

«Ja!»

Ein triumphierendes Lächeln umspielte Ferraris Lippen, denn damit löste sich Nadines neuste Theorie in Luft auf.

«Wieso beharrst du auf deiner Aussage? Du lügst!»

«Nein, es ist die Wahrheit, Nadine. Mein Gefühl sagt mir, dass Julie in Gefahr ist. In grosser Gefahr sogar. Ihr müsst Hanspeter aus dem Verkehr ziehen, und zwar so schnell wie möglich, bevor er Julie etwas antut. Bitte!»

«Wir lassen ihn sofort verhaften, wenn Sie schwören, die Wahrheit gesagt zu haben.»

«Ja, ich schwöre es!»

«Und nun, Frau Kommissärin?», schmunzelte Ferrari und reichte ihr einen Pappbecher mit Kaffee.

«Ist es an der Zeit, bei Remo Kuster und Emma Grauwiler Abbitte zu leisten, zumindest in Gedanken. Sonderegger ist der perfekte Schauspieler. Wahnsinn! Ich habe mich wie eine Anfängerin einlullen lassen. Jetzt im Nachhinein könnte ich mich ohrfeigen.»

«Kann ja mal vorkommen. Borer soll einen Haftbefehl ausstellen.»

«Den wir persönlich vollziehen. Diese Genugtuung lassen wir uns nicht entgehen!»

Staatsanwalt Borer kümmerte sich fürsorglich um seine Pflanzen.

«Wie bitte? Verstehe ich Sie richtig, Peter Grauwiler ein Dealer und Hanspeter Sonderegger, der Parteipräsident, sein Komplize? Und Sie vermuten weiter, dass Sonderegger auch hinter dem Mord an Arthur Koch steckt?»

«Sie giessen den Boden, Herr Staatsanwalt.»

«Wie? Ach, du meine Güte!»

Umständlich kramte Borer ein Päckchen Papiertaschentücher aus einer Schublade hervor und tupfte pedantisch das Wasser vom Fussboden auf.

«Sie sollten sich einen Schwamm kaufen. So einen, mit dem Sie das Wasser aus dem Teppich saugen können.»

«Gute Idee! Danke.» Borer warf die nassen Tücher in den Papierkorb und wandte sich wieder dem Fall zu. «Heikel! Sehr heikel. Sind Sie absolut sicher?»

«Nora Schüpfer schwört jeden Eid.»

«Dann … dann bleibt mir nichts anderes übrig. Ich muss den Ersten Staatsanwalt darüber informieren. Eine brisante Angelegenheit. Sie können den Haftbefehl um zwei bei mir abholen. Wenn …»

«Was wenn?»

«Sie sind sich darüber im Klaren, dass wir ziemlich alt aussehen, wenn Sie sich irren, Ferrari?»

«Irren ist menschlich.»

«Danke für Ihre aufmunternden Worte, Frau Kupfer.»

«Wir sind uns absolut sicher. Und wie gesagt, Nora Schüpfer ist bereit, einen Eid abzulegen.»

«Der nicht viel wert ist. Aber besser als gar nichts. Lassen Sie Frau Schüpfer das Aussageprotokoll unterschreiben.»

Borer seufzte tief.

«Was gefällt Ihnen nicht?»

«Die Personen, Ferrari, die Personen. Grauwiler war ein ehrenwerter Mann, Sonderegger ist ein unbescholtener Geschäftsmann.»

«Ich bin mir so sicher wie … wie …»

«… wie Francesco bei seinem ersten Fall, der seinen Ruhm begründete.»

«Na dann, gute Nacht!»

«Hm!»

Nadine schüttelte verständnislos den Kopf. Sie konnte ja nicht wissen, dass der Kommissär tagelang einer falschen Spur nachgegangen war und beinahe einen grauenhaften Fehler gemacht hätte.

Ferrari lief unruhig in seinem Büro auf und ab.

«Soll ich Nora holen lassen?»

«Wart noch einen Augenblick. Kann ein Mensch eine derartige Show abziehen?»

«Ein guter Schauspieler schon.»

«Und das ist Sonderegger meiner Meinung nach nicht.»

«Was denn nun? Zuerst glaubte ich ihm, während du deine Zweifel hattest. Jetzt bin ich davon überzeugt, dass er ein Lügner ist, und just in diesem Moment kommst du daher und äusserst deine Bedenken.»

«Was wissen wir über den Mann?»

«Dreiundvierzig, Parteipräsident von Grauwilers Gnaden, Unternehmer von Basler Kantonalbanks Gnaden, Frau und drei Töchter.»

«Drei Töchter?»

«Ja. Behafte mich nicht, aber ich glaube dreizehn, fünfzehn und siebzehn. Soll ich die Unterlagen holen?»

«Wenn wir uns irren, reissen wir eine ganze Familie mit in den Abgrund.»

«Und wenn wir uns nicht irren und ihn laufen lassen, baut er einen neuen Dealerring auf. Und vielleicht wiederholt sich die Geschichte.»

«Wie meinst du das?»

«Es wäre gut möglich, dass er ein anderes Kind entführt und als Druckmittel missbraucht.»

«Und weil Nora genau das befürchtet, verpfeift sie ihn.»

«Verpfeifen? Das ist wohl nicht das richtige Wort. Sie unterstützt uns bei der Aufklärung des Falls.»

«Nur …»

«Was ist denn jetzt noch?»

«Vielleicht ist das Ganze ein raffiniertes Ablenkungsmanöver. Sonderegger wird verurteilt, sofern das Gericht Nora glaubt, während der wirkliche Entführer und Mörder straffrei ausgeht. Nora erreicht damit ihr Ziel, Julie zu schützen. Sie dreht sogar den Spiess um. Sie nimmt zwar alle Schuld auf sich und wandert als Doppelmörderin in den Knast, behält aber ihren Trumpf gegen den wirklichen Täter in der Hand. Der weiss genau, dass sie nichts mehr zu verlieren hat, ausser Julie. Solange er ihre Tochter in Ruhe lässt, schweigt sie. Falls nicht, verrät sie ihn.»

«Wow. Glaubst du wirklich, dass Nora zu solch einer Scharade fähig ist?»

Ferrari nickte nur.

Nadine legte Nora Schüpfer ihre Aussage zur Unterschrift auf den Tisch.

«Bevor Sie unterschreiben, sollten Sie sich der Bedeutung Ihrer Unterschrift im Klaren sein.»

«Ich verstehe nicht ganz.»

«Wir werden heute Nachmittag Hanspeter Sonderegger verhaften. Damit ist er ruiniert. Er, seine Frau und seine drei Kinder.»

«Das … das hat er sich selbst zuzuschreiben.»

«Wenn das, was Sie jetzt unterschreiben, der Wahrheit entspricht, pflichte ich Ihnen bei. Wenn nicht, tragen Sie die Verantwortung dafür, dass ein Mensch unschuldig verurteilt und seine ganze Familie ins

Unglück gestürzt wird. Bitte», Ferrari reichte ihr seinen Kugelschreiber, «es fehlt nur noch Ihre Unterschrift.»

Sie zögerte.

«Nora! Mach es nicht noch schlimmer, als es schon ist. Überleg es dir genau. Denk an Sondereggers Familie. An seine Frau und an seine drei Mädchen.»

«Wenn … wenn ich die Wahrheit sage, Nadine, wie gross ist die Chance, dass Julie nichts passiert?»

Nadine blickte zu Ferrari hinüber.

«Das ist schwierig zu sagen … Ich will Ihnen nichts vormachen, Frau Schüpfer. Sollte es uns gelingen, den Mörder zu überführen, verschwindet dieser für zehn bis fünfzehn Jahre hinter Gitter.»

«Und wenn es Ihnen nicht gelingt?»

«Dann ist Ihre Tochter in grosser Gefahr. Wir können sie nur bedingt beschützen.»

«Danke für Ihre Offenheit, Herr Kommissär. Ich möchte es mir überlegen. Wie lange geben Sie mir Bedenkzeit?»

«Wie lange brauchst du?»

«Ich … ich weiss nicht. Nadine, bitte bring du mich in die Zelle zurück. Bitte.»

Sie gingen langsam nebeneinander her.

«In meinem Leben ist alles schiefgegangen. Jetzt, wo Thuri tot ist, lebe ich nur noch für Julie. Nadine, was soll ich tun?», fragte sie hilflos.

«Es ist, wie Francesco sagt. Es gibt keine totale Sicherheit. Wenn du weiter an deiner Aussage festhältst, kriegst du lebenslänglich und wirst in rund fünfzehn Jahren wegen guter Führung entlassen. Dann ist Julie erwachsen. Wenn du es nicht gewesen bist, musst du dich wegen der Dealerei verantworten. Vielleicht kriegst du sogar nur eine Strafe auf Bewährung.»

«Du vergisst, dass Julie im ersten Fall ruhig aufwachsen kann. Im zweiten besteht das Risiko, dass Julie bedroht oder umgebracht wird.»

«Mach klar Schiff, Nora. Wir helfen dir.»

Nora Schüpfer blieb stehen und starrte auf den Boden. Als sie nach einigen Sekunden den Blick hob, lag eine wilde Entschlossenheit in ihren Augen. Sie drehte sich um und ging wortlos zurück.

Ferrari stand an seinem Lieblingsplatz am Fenster. Borer unterhielt sich wieder mit dem Abwart. Vielleicht ging es um die Ratten, die nachts durch den Hof huschten.

«Ich … ich möchte mit Ihnen sprechen, Herr Ferrari.» Nora Schüpfer setzte sich. «Ich … ich habe mich entschlossen, alles zu erzählen. Nadine verspricht mir zu helfen. Es ist die reine und zugleich unbedeutende Wahrheit. Das Einzige, was zählt, ist Julie.»

Ferrari blieb am Fenster stehen.

«Erzählen Sie uns die Wahrheit, ohne irgendetwas auszuschmücken. Wie weit wir Ihnen helfen können, kann ich jetzt noch nicht beurteilen. Ich verspreche Ihnen aber, dass wir unser Möglichstes tun werden.»

«Kann ich einen Kaffee bekommen, Nadine? … Ich bin keine Mörderin», begann Nora ihre Schilderung. «Ich bin auch keine Erpresserin. Die Drogen lieferte mir Remo Kuster.»

«Und Peter Grauwiler», ergänzte Ferrari.

«Nein! Peter Grauwiler war weder mein Kunde noch mein Lieferant. Er rief mich am Dienstagabend vor seinem Tod an. Er wolle mich sehen. Zuerst dachte ich, dass der Nationalrat Kunde werden möchte und wimmelte ihn ab. Er wisse, dass ich aufhören würde. Es gehe nicht um Sex, sondern um mein Nebengeschäft. Ich war ziemlich schockiert und bat ihn, am Mittwoch um acht vorbeizukommen. Dann beging ich einen unverzeihlichen Fehler.»

«Du informiertest Remo Kuster.»

«Genau. Er sagte, sprich mit ihm. Wir müssen herausfinden, was er weiss. Grauwiler ist pünktlich erschienen, sagte klipp und klar, dass Remo Kuster und seine Frau Emma hinter seinem Rücken Dreckgeschäfte machen würden.»

«Emma!», stöhnte Nadine. «Mein Gott!»

«Er bat mich, vor Gericht gegen die beiden auszusagen. Als Gegenleistung würde er versuchen, mich in ein Zeugenschutzprogramm unterzubringen. Ich war damit einverstanden.»

«Woher wusste Grauwiler das alles?»

«Er muss offenbar ein Telefongespräch von Emma und Remo mitgehört haben. Ich hatte Remo gesagt, dass ich aufhöre und diese Information hat er wohl

Emma erzählt. Danach begann Peter Nachforschungen anzustellen.»

«Und dann?»

«Remo Kuster ist an jenem Mittwochmorgen in die Wohnung gestürmt, er muss durch die Garage reingekommen sein. Es kam zu einem kurzen Streit, Kuster packte mein Messer und stach zu. Ich war total in Panik und bin aus der Wohnung gerannt … Ich sehe noch immer seine Hände vor mir, er trug Handschuhe …»

«Ich nehme an, Kuster ist durch die Garage verschwunden. Und auf dem Weg ins Büro erreichte ihn Sonderegger. Er musste nur umdrehen und den schockierten Helfer spielen», ergänzte Nadine.

«Wie ging es weiter?»

«Kuster drohte mir danach. Zum Zeichen, dass es ihm Ernst ist, holte er Julie in Bettingen ab und übergab sie mir am Badischen Bahnhof. Damit hatte er gewonnen. Ich würde alles tun, um meine kleine Julie zu beschützen.»

«Er ist mit dem BMW von Emma gefahren!», fiel es Nadine wie Schuppen von den Augen.

«Tags darauf haben Sie Thuri getroffen, richtig?»

«Ja, in den Langen Erlen. Wir stritten uns …» Tränen liefen über ihre Wangen. «Ich wollte Julie auf keinen Fall gefährden. Thuri sah das anders. Er drängte mich, euch die Wahrheit zu erzählen, doch ich lehnte ab.»

«Daraufhin wollte Thuri den Fall selbst in die Hand nehmen. Er traf sich vermutlich allein mit

Remo Kuster, der …» Ferrari verstummte. Es war unnötig, den Satz zu vollenden. Zu gross war Noras Leid.

«Da war mir endgültig klar, dass sie auch Julie ermorden würden, wenn ich gegen sie aussage. Jetzt … ihr werdet nicht aufgeben und unermüdlich nach der Wahrheit suchen. Das ist mir während unserer Gespräche klar geworden. Irgendwann hättet ihr es auch herausbekommen und dann wäre Julie in grosser Gefahr. Vom Gefängnis aus könnte ich sie nicht beschützen … Das Schicksal soll entscheiden … Ich … Nadine, wenn Julie etwas geschieht, bringe ich mich um.»

Nun war das traurige Puzzle vollendet. Peter Grauwiler kommt Kuster und seiner Frau auf die Schliche. Wie, ist noch unklar. Er geht der Sache auf den Grund, nimmt sich vor, mit Nora Schüpfer zu reden und sucht im Büro nach Unterlagen. Aber nicht in seinem eigenen, sondern in Kusters Büro. Doch die Suche ist erfolglos. Das unrechtmässig erworbene Geld will er nicht, weshalb er versucht, aus der Bürgschaft auszusteigen. Vielleicht wollte er gar das Geld einem karitativen Zweck zuführen oder es bei der Polizei deponieren. Wer weiss.

«Was macht ihr jetzt, Nadine?», fragte Nora Schüpfer nach einer Weile.

«Ich … Francesco?»

«Vorerst nichts. Ist das jetzt auch wirklich die Wahrheit?»

«Die Wahrheit und nichts als die Wahrheit. Ich schwörs beim Leben von Julie!»

«Gut. Ich glaube Ihnen. Bitte gehen Sie jetzt zurück in Ihre Zelle. Wir überlegen, wie wir Emma Grauwiler und Remo Kuster überführen können, ohne Ihre Tochter zu gefährden.»

Nora Schüpfer nickte dankbar. Sie wischte sich die Tränen weg und versuchte zu lächeln.

24. Kapitel

«Et voilà! Hier ist der Haftbefehl für Hanspeter Sonderegger.» Borer schwenkte ein Blatt. «Es ist mir nicht leicht gefallen, aber die Tatsache, dass unser bestes Team dafür bürgt, hat mich zu diesem Schritt bewogen.»

«Hm.»

«Ein bisschen mehr Enthusiasmus, Ferrari. Jetzt sind Sie dran, schnappen Sie sich den Kerl!»

«Können wir diesen Haftbefehl gegen zwei andere eintauschen?»

«Eintauschen? Gegen zwei andere? Wie meinen Sie das, Frau Kupfer?»

«Sagen wir einen Sonderegger gegen einen Remo Kuster und eine Emma Grauwiler.»

«Gegen …» Borer liess sich auf Ferraris Stuhl fallen. «Sind Sie verrückt geworden?»

Ferrari schilderte ausführlich das Geständnis von Nora Schüpfer. Borers Mine verfinsterte sich zusehends. Immerhin war Emma eine alte Freundin.

«Und wenn sie Ihnen erneut eine Lügengeschichte aufgetischt hat?»

«Dieses Mal sind wir absolut sicher.»

«Sie wiederholen sich, Ferrari. Heute Morgen hiess es, Sonderegger ist ein Dealer und der Mörder von

Thuri. Jetzt sind Emma Grauwiler und Remo Kuster an der Reihe. Wer kommt als Nächster?» Borer schüttelte den Kopf und zerriss den Haftbefehl für Sonderegger. «Gut, ich vertraue Ihnen und Ihrem viel gelobten Instinkt! Sie kriegen die Haftbefehle. Aber, ob Emma und Remo Kuster vom Gericht verurteilt werden, da bin ich mir nicht so sicher.»

«Danke.»

«Keine Ursache.» Borer öffnete schmunzelnd die Tür. «Betrachten wir es von der sportlichen Seite.»

Nadine und Ferrari schauten ihn fragend an.

«Falls Sie sich irren, ziehe ich mich mit dem Geständnis von Nora Schüpfer aus der Affäre. Es ist schliesslich nicht mein Job, herauszufinden, wie glaubwürdig die Person ist. Sie kriegen den Schwarzen Peter ab und ich erbe Ihren äusserst bequemen Bürostuhl. Den brauchen Sie dann ja nicht mehr.»

«Ein Wonneproppen, unser Staatsanwalt!»

«Aber seine Bedenken sind nicht von der Hand zu weisen, uns fehlen die Beweise. Wir haben einzig und allein die Aussage von Nora Schüpfer. Das ist zu wenig. Was meinst du, wem das Gericht wohl glaubt? Einer Prostituierten oder einem angesehenen Anwalt und der Gattin eines Nationalrats?»

«Eine rhetorische Frage, Francesco.»

«Eben. Wir müssen das Ganze anders anpacken.»

«Die Drogen sind entweder an einen sicheren Ort gebracht oder vernichtet worden.»

«Bleibt das Geld. Wo bunkern sie die Einnahmen aus dem Rauschgifthandel?»

«So, wie ich Kuster einschätze in einem Safe oder in Liechtenstein oder Luxemburg.»

«Ja, vermutlich. Dann müssen wir versuchen, sie auszutricksen.»

«Und wie, Francesco?»

«Wer von den beiden ist die treibende Kraft?»

«Remo Kuster.»

«Das sehe ich auch so. Das heisst, wir setzen den Hebel bei Emma Grauwiler an, Nadine.»

«Mit Hanspeter Sonderegger als Lockvogel?»

«Genau!»

«Dann lass es uns zu Ende bringen. Je schneller, desto besser.»

Ferrari nickte, er verstand Nadine nur zu gut. Lieber ein Ende mit Schrecken als ein Schrecken ohne Ende. In diesem Fall waren einfach zu viele Emotionen im Spiel. Der Tod von Thuri sass allen noch tief in den Knochen, zudem mochte Nadine sowohl Nora als auch Emma. Ganz zu schweigen von der Kluft, die sich zwischen ihr und Noldi im Laufe der Ermittlungen aufgetan hatte, und zu guter Letzt durfte man auch nicht vergessen, wie sie die Kollegen behandelten.

«Was ist mit Julie?»

«Kommt nicht infrage, Nadine.»

«Du verstehst mich falsch. Wenn wir Emma kriegen, uns Kuster aber entwischt, müssen wir damit rechnen, dass er durchdreht. Wer zwei Morde begeht, bringt auch ein Kind um.»

«Wir lassen Rebecca und Julie in den nächsten Tagen rund um die Uhr bewachen, bis wir die beiden hinter Gittern haben. Wir bitten Stephan um Unterstützung.»

Ein Anruf bei Kommissär Stephan Moser genügte. Er stellte sofort ein Team zusammen, das für die Sicherheit von Julie besorgt sein sollte. Er selbst würde vor Ort die Überwachung kontrollieren. Danach weihten sie Sonderegger in ihre Pläne ein. Es brauchte einige Überredungskunst, um ihn davon zu überzeugen, dass dies die einzige Möglichkeit war, die Mörder seines Freundes zu überführen. Er wollte und konnte nicht glauben, dass Emma mit von der Partie war.

«Und wenn sich alles als Schlag ins Wasser erweist und Emma zu Unrecht einer solchen schrecklichen Tat beschuldigt wird? Ich glaube dieser Schüpfer nicht.»

«Dann sind wir alle erledigt. Nur wird das nicht passieren. So leid es mir tut, Emma ist in diesen Fall verwickelt.»

Für einen Moment begann Ferrari an ihrem Vorgehen zu zweifeln. Was ist, wenn Sonderegger recht hat und uns Nora erneut auf eine falsche Spur lockt? Der Kommissär schüttelte den Kopf, als wollte er diesen Gedanken so schnell wie möglich verscheuchen. Dieses Mal hatte sie die Wahrheit erzählt. Das fühlte er deutlich.

«Wir sind auf Ihre Unterstützung angewiesen. Selbstverständlich steht es Ihnen frei, abzulehnen. Zwingen können wir Sie nicht.»

«Und dann bin ich wieder Ihr Hauptverdächtiger, Frau Kupfer.»

«Nein. Wir glauben Ihnen. Ich gehe davon aus, dass wir uns nie wieder sehen.»

Sonderegger ging in seinem Büro auf und ab.

«Mir ist ganz mulmig beim Gedanken, Emma in eine Falle zu locken. Vor allem, wenn sich die ganze Aktion als Irrtum herausstellen sollte. Andererseits will ich, dass der Mörder von Peter gefasst wird, und habe Ihnen diesbezüglich bei einer unserer letzten Begegnungen meine Hilfe ja zugesichert … Gut, Sie können sich auf mich verlassen.»

Sonderegger telefonierte mit Emma Grauwiler. Geschickt machte er ein paar Andeutungen, warf ihr sozusagen einige Brocken hin, ohne konkret zu werden. Die Wirkung blieb nicht aus. Nach zehn Minuten entschloss sich Emma, ins Lagerhaus zu kommen.

«Hallo, Hanspeter!», sie küsste ihn auf beide Wangen, «das war jetzt eben schon ein eigenartiges Gespräch. Stimmt etwas nicht?»

«Willst du dich nicht setzen?»

«Danke, ich stehe lieber. Ich bin nur auf einen Sprung vorbeigekommen. Morgen ist die Trauerfeier und da gibt es noch viel vorzubereiten. Willst du mir nicht verraten, was los ist? Du hast am Telefon so seltsam geklungen.»

«Vielleicht ist es ganz gut, wenn wir vorher die Fronten klären.»

«Was meinst du damit?»

«Ich weiss, dass du und Remo … dass ihr Peter und diesen Polizisten umgebracht habt.»

«Was? Das ist … Du solltest einen Psychiater konsultieren, Hanspeter. Wenn es das ist, worüber du dich mit mir unterhalten willst, dann gehe ich wieder», sie drehte sich theatralisch um und öffnete die Tür. «Dass du so etwas Schreckliches von mir glaubst, Hanspeter, enttäuscht mich sehr.»

«Dann stimmt es wohl auch nicht, dass ihr mit Rauschgift handelt.»

Langsam drehte sie sich um.

«Ich bin nicht ganz so blöd, wie du denkst, Emma. Ich vermute schon einige Zeit, dass etwas nicht stimmt. Doch zuerst dachte ich, Peter hänge in der Sache mit drin. Jetzt weiss ich es besser – du steckst dahinter.»

Sie schloss langsam die Tür und setzte sich.

«Jetzt mal langsam. Du vermutest, dass Peter mit Drogen handelte und Remo daran beteiligt ist? Unglaublich!»

«Ein guter Versuch, Emma! Leider gelingt es dir nicht, mich um den Finger zu wickeln. Du bist die Drahtzieherin, und nicht Peter. Er war nur das unschuldige Lamm.»

«Was willst du?», zischte eine vollkommen veränderte Emma Grauwiler.

«Die Verlängerung der Bürgschaft und einen Drittel vom Kuchen!»

«Ich … okay, ich rede mit Remo darüber …»

«Ruf ihn an, jetzt sofort. Ich will mithören, was du ihm sagst. Und komm auf keine falschen Gedanken. Alles, was ich weiss, ist bei einem Notar hinterlegt. Damit ich nicht wie Peter und dieser Polizist ende. Wie konntest du das nur tun? Warum in aller Welt musste Peter sterben?»

«Dieser Idiot! Wenn er uns in Ruhe gelassen hätte, wäre er noch am Leben. Aber nein, er musste ja unbedingt den Moralapostel spielen.»

«Bevor ich mich mit euch einlasse, will ich detailliert wissen, wie die Sache abläuft.»

«Ganz einfach. Wir importieren das Kokain in den Warenlieferungen aus Südamerika, wie du ja sicher weisst. Dabei achten wir darauf, dass die Tukane, in denen sich der Stoff befindet, genau gleich viel wiegen wie die anderen.»

«Was ist mit dem Zoll? Ihr geht ein ganz schönes Risiko ein.»

«Nicht wirklich. Bisher wurde noch keine der Lieferungen kontrolliert. Weshalb sollten sich die Zöllner auch die Mühe machen? Es ist eine angesehene karitative Stiftung. Ausserdem sitzt Andrea im Vorstand, was natürlich alle Zollbeamten wissen. Da will sich doch keiner bei seinem Chef unbeliebt machen. Und selbst wenn eine Sendung kontrolliert und man fündig würde, hätten wir auf unwissend gemacht. Im Stil, jemand will uns Drogen unterjubeln. Ein Skandal!»

«Raffiniert.»

«Remo verteilt das Kokain dann an die Verkäuferinnen. Zurzeit sind es acht ... nein, jetzt nur noch sieben. Diese Nora Schüpfer wurde ja verhaftet, zudem wollte sie aussteigen.»

«Da kommt doch sicher eine ordentliche Summe zusammen.»

«Du wirst es sehen.»

«Und das Geld liegt bar herum?»

«Nein. Remo ist ja der Kassier der Stiftung und war lange Zeit für einen internationalen Konzern in Südamerika tätig. Daher stammen auch seine Verbindungen. Die Dealerinnen zahlen unter verschiedenen Namen und an unterschiedlichen Poststellen Geld in die Stiftung ein. Einmal tausend Franken, dann dreitausend Franken. Du kannst problemlos einige tausend Franken bar einzahlen, ohne dass dich jemand kontrolliert. Das Geld fliesst ja auf ein Schweizer Konto, das einer renommierten Stiftung gehört. So kommen im Monat insgesamt rund eine Viertelmillion zusammen.»

«Bleibt das Geld auf dem Stiftungskonto?»

«Nein. Wir überweisen unserem Lieferanten in Südamerika dann praktisch den ganzen Betrag, sogar noch etwas mehr von den anderen Einnahmen. Der kauft damit neue Statuen und anderen Mist ein und nimmt seinen Anteil weg.»

«Und der Rest?»

«Remo stellt für die Beratung einiger Scheinfirmen in Südamerika Rechnungen. Diese gehen an unseren Lieferanten und der bezahlt sie brav. Das Geld kommt zurück und wir versteuern es legal in der Schweiz. Aus Schwarz wird Weiss. Bei den Transaktionen geht natürlich ein Teil des Geldes verloren, doch es bleibt genug übrig. Jeder kriegt seinen Anteil und alle sind zufrieden.»

«Wahnsinn! Ein super System.»

«Stimmt, wir sind auch stolz darauf. Die Idee stammt von mir, Remo stellte das Dreiecksverhältnis auf.»

«Wie ist euch Peter auf die Schliche gekommen?»

«Eine Dummheit … eine Unvorsichtigkeit von Remo und eine Fehlüberlegung meinerseits. Peter suchte vor einigen Wochen nach irgendwelchen Unterlagen im Büro. Als er sie nicht fand, ging er zu Remo hinüber, der gerade bei einem Kunden war. Der Zufall wollte es, dass auf dem Schreibtisch eine Liste mit südamerikanischen Firmen lag. Es waren keine Kunden, die Peter kannte, und deshalb sprach er Remo darauf an.»

«Remo hätte doch einfach sagen können, es seien neue Kunden.»

«Genau das tat er auch, Kunden im Aufbau. Er hätte Peter damit überraschen wollen. Leider verfehlte diese Ausrede ihre Wirkung. Peter kam total verstört nach Hause. Er glaubte, Remo wolle sich selbstständig machen! ‹Er baut hinter meinem Rücken einen neuen Kundenstamm auf. Ohne ihn ist die Kanzlei nichts mehr wert. Ich muss ihm das ausreden. Emma, du musst mir helfen!›, flehte er. Hätte ich es nur darauf beruhen lassen! Aber nein, ich weihte ihn ein, erklärte ihm bis in Detail die Abläufe und dass ein Grossteil unseres Einkommens aus dem Drogenhandel stammt. Die Kanzlei läuft zwar ordentlich, aber so gut nun auch wieder nicht. Ich nannte ihm sogar die Namen der Prostituierten … ich dumme Kuh. Peter war ein ehrlicher Mann, das wusste ich. Aber ich hatte die Situation vollkommen falsch eingeschätzt. Ich dachte nie im Traum daran, dass er ein dermassen idiotischer Moralapostel ist. Er machte mir schwere Vorwürfe, sprach von Moral, Ehre und Anstand. Und da ich ihm sogar erzählt hatte, dass wir Nora ersetzen müssen, wollte er unbedingt mit ihr reden. Vermutlich suchte er eine Verbündete im Kampf um eine bessere Welt. Pah! Dieser Schönwetterträumer hatte doch keine Ahnung vom wirklichen Leben … Nora rief mit dem Handy ihrer Freundin am Morgen früh Remo an und fragte ihn, wie sie sich gegenüber Peter verhalten soll … Peter hätte sich nur ruhig verhalten müssen … Remo tat, was er tun musste. Er erstach Peter vor den Augen dieser Schüpfer. Was hätten wir denn tun sollen? Unseren gut funktionierenden Drogenhandel gefährden? Nie und nimmer. Und dieser Polizist musste auch über die Klinge springen. Ein dummer Mensch. Der versuchte doch tatsächlich, Remo zu überzeugen, sich zu stellen.»

«Warum ermordete Remo Peter vor den Augen von Nora?»

«Zur Abschreckung. Damit sie und unsere anderen Dealer nicht auf dumme Gedanken kommen. Sie sollen wissen, zu was wir fähig sind.»

«Was ist, wenn Nora Schüpfer trotzdem auspackt?»

«Das wird sie nicht. Aus Angst, ihrer Tochter könnte etwas zustossen, nimmt sie die beiden Morde auf sich und wandert lebenslang hinter Gitter. Somit ist der Fall gelöst. Nadine und dieser Kommissär Ferrari werden gelobt und es kehrt Ruhe ein. Ich spiele morgen die trauernde Gattin, vielleicht breche ich sogar in den Armen von Remo zusammen. Ich finde es übrigens gar nicht schlecht, wenn du mit im Boot sitzt. Meine grösste Angst war immer, dass du etwas merkst und zur Polizei rennst. So können wir in Zukunft ungestört unser kleines Geschäft weiterbetreiben. Und nur das zählt.»

«Ich denke, dass du einige Jahre aussetzen musst, Emma!», erklang die Stimme von Nadine, die zusammen mit Ferrari aus dem Nebenzimmer kam.

«Nadine! … Hanspeter! Ihr … du verdammtes Schwein!»

Entsetzen lag in ihrem Blick und eine tiefe Verwunderung.

«Emma, wir verhaften dich wegen Beihilfe in zwei Mordfällen und dem Verstoss gegen das Betäubungsmittelgesetz. Du hast das …»

«Ich kenne meine Rechte. Du kannst dir die Mühe sparen. Gehen wir.»

Ihre Stimme klang monoton.

«Noch eine Frage, Frau Grauwiler. Was hatte Ihr Mann am Tag seines Todes in der Kanzlei gesucht?»

«Vermutlich die Liste unserer Scheinfirmen, um sie auffliegen zu lassen. Aber nach dem Zwischenfall vor einigen Wochen liess Remo diese verschwinden.»

Remo Kuster wurde von Georgs Leuten mitten in einer Geschäftssitzung verhaftet. Mit Vehemenz und einer gewissen Arroganz stritt er zunächst alles ab. Erst als er realisierte, dass ihn Emma mit ihrem unfreiwilligen Geständnis arg belastete, gestand er die beiden Morde.

«Hervorragende Arbeit, Herrschaften! Ich wusste von Anfang an, dass dieser Sonderegger nicht unser Mann war.»

«Ein Bauchgefühl, Herr Staatsanwalt?»

«Sagen wir mehr als das, sozusagen männliche Intuition!», lächelte er. «Dann wollen wir mal die Pressekonferenz für morgen vorbereiten.»

«Francesco ist sich nicht ganz sicher …»

«Was!? … Ich bitte Sie, Ferrari. Das kann doch wohl nicht Ihr Ernst sein!»

«Ich … aber ich …»

«Jetzt hören Sie endlich auf. Nehmen Sie sich ein Beispiel an Ihrer werten Kollegin. Sie kippt nicht beim kleinsten Windstoss um.»

«Also bitte … ich muss doch …»

«Gar nichts müssen Sie! Das ist wieder einmal typisch Ferrari! Selbst wenn Sie den Mörder in flagranti erwischen würden, kämen Ihnen Zweifel. Wenn und aber sind wohl ihre Lieblingswörter. Unglaublich! Ist Ihnen eigentlich klar, dass Sie mir im Minutentakt einen anderen Mörder präsentiert haben?! Zuerst Nora Schüpfer, dann Hanspeter Sonderegger und jetzt finden Sie endlich die wahren Mörder …»

«Endlich?»

«Ja genau. Oder wollen Sie etwa behaupten, dieser Fall sei im Eiltempo gelöst worden? Sie hätten doch eher einen Lottosechser als …»

«Das ist doch jetzt aber …»

«Aha! Ich sehe, da tippe ich auf einen wunden Punkt. Zwei Mal falsch und ein Mal richtig. Aber nein, dem Herrn Kommissär reicht das noch nicht. Er will erneut ermitteln. Sie geben wohl erst Ruhe, wenn ganz Basel hinter Gittern sitzt!»

«Es war nur ein Witz, Herr Staatsanwalt!»

«Wie meinen Sie das, Frau Kupfer?»

«Ein kleiner Scherz, um Ihren Adrenalinspiegel hochzubringen.»

«Das ist Ihnen ja prima gelungen», Staatsanwalt Borer wischte sich den Schweiss von der Stirn. «Gut, wir sind uns also einig, Remo Kuster ist der Mörder von Peter Grauwiler und Arthur Koch. Nur bei Emma habe ich meine Vorbehalte. Ich kenne sie nun schon seit einem halben Leben. Ich kann mir beim besten Willen nicht vorstellen, dass sie in diese Sache verstrickt ist?»

«Ihr Geständnis liegt unterschrieben auf Ihrem Tisch.»

«Sie meinen neben jenem von Nora Schüpfer … Ich weiss nicht so recht. … Ich verschiebe wohl besser die Pressekonferenz. Bringen Sie mir Ihren Abschlussbericht vorbei. Sie finden mich in meinem Büro.»

«Bei Ihren grünen Lieblingen, den Schatzischnuckiputzis?»

«Nur nicht so zynisch, Frau Kupfer! Blumen sind die wahren Freunde des Menschen.»

«Ich dachte immer Katzen und Hunde.»

«Die auch, aber Blumen produzieren Sauerstoff. Das belebt das Gehirn.»

«Dann sollten Sie sich vielleicht noch mit Ihrem Dschungel beraten. Vielleicht sehen Sie dann klarer. Menschen verändern sich nun mal, ob Ihnen das passt oder nicht.»

«Spotten Sie nur, Frau Kupfer. Bei Ihnen zu Hause gibt es sicher nur künstliche Pflanzen … Wie gesagt, ich erwarte Ihren Abschlussbericht. Schon irgendwie grotesk das Ganze.»

«Was ist grotesk?»

«Dieser Sonderegger, Frau Kupfer. Dass er sich dazu

hergab, Emma in eine Falle zu locken. Respekt, kann ich da nur sagen.»

«Ich verstehe nicht, was Sie meinen.»

«Er erledigt Emma und sich damit gleich selbst.»

Nadine sah den Staatsanwalt verständnislos an.

«Die Bürgschaft, Frau Kupfer. Sie glauben doch nicht allen Ernstes, dass Emma weiter für den bürgt, der sie ans Messer geliefert hat. Dieser Sonderegger ist erledigt … es sei denn …», Nadine und der Staatsanwalt starrten zu Ferrari hinüber.

«Wie? Was glotzt ihr mich so an? Ich habe nicht zugehört.»

«Der Staatsanwalt meint, dass die Banken Sonderegger fertigmachen werden, Francesco.»

«Emma wird die Bürgschaft sicher nicht verlängern. Was sagt uns das, Ferrari?»

Der Kommissär griff langsam zum Telefon und wählte Olivia Vischers Nummer.

25. Kapitel

Es liess sich nicht vermeiden, dass die Verhaftung von Emma Grauwiler und Remo Kuster vor der Beerdigung von Peter Grauwiler durchsickerte. Die Nachricht löste ein Medienerdbeben aus und entsprechend gross war der Aufmarsch auf dem Hörnli. Emma Grauwiler wurde in einer schwarzen Limousine von vier Beamten bewacht zum Friedhof gefahren. Sie hatte darum gebeten, ihrem Mann die letzte Ehre erweisen zu dürfen.

Zwei Tage später fuhren Monika, Nadine und der Kommissär erneut aufs Hörnli. Praktisch alle Polizisten, die nicht gerade im Einsatz standen, geleiteten ihren Kollegen Koch zu seiner letzten Ruhestätte. In der ersten Reihe der Abdankungskapelle sassen Thuris Eltern, seine Stiefmutter, Nora, Rebecca und Julie. Die Trauerfeier berührte Ferrari sehr. Es war hart, einen Kollegen zu verlieren. Verdammt hart. Wieder war sie da, diese Endlichkeit und mit ihr die Machtlosigkeit angesichts des unabwendbaren Schicksals. Mit Gott hatte das definitiv nichts zu tun. Oder etwa doch? Als der Sarg ins Grab hinuntersank, wurde es Ferrari für einen Moment schwarz vor Augen. Monika hielt ihn fest.

«Gehts?»

Ferrari nickte nur. Nach einer weiteren, unendlich langen halben Stunde war die Zeremonie zu Ende. Der Pfarrer sprach den Eltern und Nora nochmals sein Beileid aus und die anderen taten es ihnen gleich, einer nach dem anderen. Die meisten Trauergäste waren bereits gegangen, als Nora mit Julie an der Hand und in Begleitung einer Polizistin auf Nadine und Ferrari zutrat. Staatsanwalt Borer hielt sich etwas im Hintergrund, doch schien ihm nichts zu entgehen.

«Wie geht es dir, Nora?»

«Den Umständen entsprechend, Nadine. Es ist so schwer, ich wollte doch nur …», sie warf sich Nadine in die Arme und weinte heftig. «Thuri … er war meine grosse Liebe. Wir … waren eine glückliche Familie.»

Die Polizistin machte einen Schritt auf Nora zu, doch Ferrari brachte sie mit einer energischen Handbewegung zum Stehen.

«Mami … Mami … ist Thuri jetzt im Himmel?», fragte Julie, die sich an das Bein ihrer Mutter klammerte.

«Ja, mein Schatz. Und er schaut zu uns herab und passt auf uns auf.»

«Gehen wir jetzt nach Hause, Mami? Bitte.»

«Es … es geht leider nicht, mein Schatz.»

«Bitte, Mami, bitte!»

Ferrari drehte sich mit Tränen in den Augen zum Staatsanwalt um. Für den Bruchteil einer Sekunde trafen sich ihre Blicke.

«Sie bringen uns alle mit Ihrer Gefühlsduselei noch irgendwann um Kopf und Kragen, Ferrari!», flüsterte er ihm zu. Ohne zu zögern, winkte er die Polizistin zu sich. Währenddessen beugte sich der Kommissär zu Julie hinunter.

«Das ist eine gute Idee. Fahr mit Mami nach Hause, Julie.»

«Aber …»

«Gehen Sie schon, Nora!»

In ihrem Blick lag unendliche Dankbarkeit. Es sind genau diese Momente, die ich in meinem Beruf so liebe. Ferrari lächelte. Wir werden in unserem Bericht hervorheben, dass Nora Schüpfer massgeblich zur Aufklärung des Doppelmordes beigetragen hat. Mit etwas Glück kommt sie mit einer bedingten Strafe davon. Julie drehte sich nochmals zu ihnen um und winkte ihnen strahlend zu. Sie ist deine Zukunft, Nora! Und vielleicht können wir ein wenig dazu beitragen, dass sie schon heute beginnt.

Krimis im Friedrich Reinhardt Verlag

Anne Gold: **Tod auf der Fähre**

Kommissär Francesco Ferrari liebt Basel, seine Stadt. Sie ist beschaulich und friedlich. Zumindest meistens. Ein Anruf reisst ihn am frühen Morgen aus seinen Gedanken. Am Tatort wird Ferrari den Eindruck nicht los, das Gesicht der Leiche schon einmal gesehen zu haben. Mit Recht, der Tote ist ein berühmter Künstler aus der Basler Schickeria. Und ehe sich der Kommissär versieht, steckt er mitten in einem undurchsichtigen Sumpf von Korruption, Macht und bedingungsloser Liebe.

3. Auflage
209 Seiten, gebunden
mit Schutzumschlag
CHF 29.80
ISBN 978-3-7245-1433-6

Auch als Taschenbuch
erhältlich
2. Auflage
CHF 14.80
ISBN 978-3-7245-1691-0

Anne Gold: **Spiel mit dem Tod**

Nach einer durchzechten Nacht will Kommissär Ferrari die ältere Dame, die überzeugt ist, dass ihr Ehemann einen Selbstmord plant, so rasch wie möglich loswerden: Er verspricht ihr, mit ihrem Gatten zu reden. Wie erwartet, löst sich die Selbstmordtheorie während des Gesprächs unter den Männern in Luft auf. Doch kurze Zeit später springt der Mann vom Dach seines Arbeitsortes. Ferrari ist entsetzt. Gegen den ausdrücklichen Befehl von Staatsanwalt Borer beginnen er und seine Assistentin Nadine Kupfer mit ersten Ermittlungen. Und schon bald weicht das schlechte Gewissen einem schrecklichen Verdacht …

2. Auflage
286 Seiten, gebunden
mit Schutzumschlag
CHF 29.80
ISBN 978-3-7245-1471-8

Auch als Taschenbuch
erhältlich
CHF 14.80
ISBN 978-3-7245-1762-7

Anne Gold: **Requiem für einen Rockstar**

Im St. Jakob-Park wird ein berühmter Basler Rockstar ermordet aufgefunden. Kommissär Francesco Ferrari und seine Assistentin Nadine Kupfer versuchen den Mord aufzuklären und werden dabei mit tiefen menschlichen Abgründen und den harten Bandagen der Rockszene konfrontiert.

279 Seiten, gebunden
mit Schutzumschlag
CHF 29.80
ISBN 978-3-7245-1538-8

Auch als Taschenbuch
erhältlich
CHF 14.80
ISBN 978-3-7245-1794-8

Anne Gold: **Und der Basilisk weinte**

Drei Messermorde innert kurzer Zeit. Das Ungewöhnliche an den Opfern ist, dass es nichts Auffälliges an ihnen gibt – zumindest nicht auf den ersten Blick. Eine Spur führt Kommissär Ferrari und seine Assistentin Nadine Kupfer in die dunkle Vergangenheit. Bald schon beginnt ein spannender Wettlauf mit der Zeit.

2. Auflage
316 Seiten, gebunden mit Schutzumschlag
CHF 29.80
ISBN 978-3-7245-1610-1

Anne Gold: **Helvetias Traum vom Glück**

Nadine kann es nicht glauben, die Bundesversammlung wählt einen rechtsradikalen Basler in den Bundesrat. Eine Katastrophe! Doch das Schicksal will es anders: Während des Empfangs in Basel wird der neue Bundesrat ermordet. Kommissär Francesco Ferrari und seine Assistentin Nadine Kupfer übernehmen den brisanten Fall und stellen fest, dass sich der Ermordete nicht nur bei seinen politischen Gegnern, sondern auch im Privatleben viele Feinde gemacht hat.

320 Seiten, gebunden mit Schutzumschlag
CHF 29.80
ISBN 978-3-7245-1680-4

Anne Gold: **Das Auge des Sehers**

Woche für Woche erzielt Arian Nostramo, der berühmte Hellseher von Basel, mit seiner TV-Sendung am Montagabend Rekordeinschaltquoten. Er polarisiert wie kein anderer. Während ihn die einen für den Wahrsager schlechthin halten, sehen seine Gegner in ihm den grössten Scharlatan auf Erden und Anführer einer gefährlichen Sekte. Eines Tages, mitten in der Livesendung, wird Nostramo von einem Anrufer bedroht. Kein Grund zur Sorge denkt Kommissär Francesco Ferrari, der kaum eine Folge auslässt. Doch weit gefehlt. Seine Assistentin Nadine Kupfer beordert ihn nur wenig später nach Riehen, wo Ferrari eines Besseren belehrt wird. Hat der Anrufer seine Drohung wirklich in die Tat umgesetzt? Ist es reiner Zufall oder handelt es sich gar um ein geschicktes Ablenkungsmanöver des Mörders? Kommissär Ferrari und seine Kollegin begeben sich auf eine dunkle Reise in die faszinierende Welt des Hellsehens.

368 Seiten, gebunden mit Schutzumschlag
CHF 29.80
ISBN 978-3-7245-1763-4

Dani von Wattenwyl: **Der Maulwurf**

Denis Benz ist ein junger, mässig erfolgreicher Schauspieler von 30 Jahren. Eines Morgens meldet sich der Schweizer Geheimdienst bei ihm. Denis Benz soll auf einer Kreuzfahrt Informationen über einen argentinischen Drogenschmuggler einholen. Auch ein Schweizer wird verdächtigt. Dabei handelt es sich ausgerechnet um den Sohn eines Bundesrates. Denis Benz nimmt den Auftrag an. Doch schon bald entpuppt sich die harmlose Kreuzfahrt als sein persönlicher Albtraum.

2. Auflage, 440 Seiten, gebunden mit Schutzumschlag
CHF 34.80
ISBN 978-3-7245-1681-1

Dani von Wattenwyl: **Die Brigade des Falken**

Denis Benz bekommt es unfreiwillig mit einer der gefährlichsten islamistischen Terroristengruppen der Welt zu tun. Die pakistanische Gruppe mit dem Namen «Reiner Glauben» will ein Computerprogramm an sich bringen, das der Schweizer Geheimdienst entwickelt hat, um Terroristen auszuspionieren. Der Kopf der Organisation mit dem Decknamen «Falke» schickt eine Truppe von Extremisten nach Europa, um das gesamte Informationssystem auszuschalten. Nach dreijähriger Ausbildung zum Agenten kehrt Denis Benz als Frischling zur Spezialabteilung PRIOS zurück und wird, ohne sein Zutun, gleich zum Spielball des internationalen Terrorismus.

523 Seiten, gebunden mit Schutzumschlag
CHF 34.80
ISBN 978-3-7245-1698-9

Dani von Wattenwyl: **Die Patriotenlüge**

Mit der kontinuierlichen Schwächung des Schweizer Bankgeheimnisses blicken internationale Verbrechersyndikate zunehmend nervöser auf die Schweiz. Sie fürchten um ihre in der Schweiz versteckten Vermögen. Allen voran die kalabresische Mafia 'Ndrangheta, die die Schweizer Banken besonders häufig für ihre Geldwäsche missbrauchte. Sie verstärkt den Druck auf die Schweiz, was auch der italienischen Anti-Mafia-Einheit DIA nicht entgangen ist. In enger Zusammenarbeit mit der Elite-Abteilung PRIOS des Schweizer Geheimdienstes wollen sie dagegen vorgehen. Letztere beschliesst, einen Spitzel in die Mafia einzuschleusen, um deren Pläne zu durchkreuzen. Die Wahl fällt auf Denis Benz. Als er merkt, dass sich die 'Ndrangheta geschickt die Dienste einer rechtsradikalen Loge zunutze macht, gerät die Lage total ausser Kontrolle.

624 Seiten, gebunden mit Schutzumschlag
CHF 34.80
ISBN 978-3-7245-1792-4

Weitere Bücher im Friedrich Reinhardt Verlag

Peter Zeindler: **Urknall**

Der Kunsthistoriker Benjamin Lorant lebt seit 20 Jahren in Genf. Im September 2008 nimmt ein Unbekannter, der sich unter dem Namen Petrow vorstellt, überraschend Kontakt zu ihm auf. Er spricht Lorant auf dessen Vergangenheit an, offensichtlich informiert darüber, dass er vor 20 Jahren seine Identität gewechselt hat und als Agent des DDR-Geheimdienstes in Genf zum Einsatz hätte kommen sollen. Allerdings fiel dieser Auftrag genau in die Zeit des Mauerfalls, sodass Lorant Gefangener seiner falschen Biografie blieb. Petrow benützt sein Wissen über Lorants Herkunft, um ihn zu erpressen: Er soll seine Beziehungen zu einem Wissenschafter des CERN ausnützen und herauszufinden versuchen, wie der grossangelegte Versuch, den Urknall zu rekonstruieren, sabotiert werden könne.

304 Seiten, gebunden mit Schutzumschlag
CHF 34.80
ISBN 978-3-7245-1700-9

Peter Zeindler: **Noahs Erben**

In seinem neuen Roman nimmt Zeindler ein Motiv auf, das seine Prosa seit jeher bestimmt hat: Die Verstellung als Überlebenskonzept. Die Hauptfigur, ein Kunstmaler, hat sich im Verlauf seines Lebens zu einem genialen Kopisten entwickelt, der sich immer wieder in anderen künstlerischen Identitäten, von Nolde bis Vallotton, auslebt, und so immer mehr zu seinem eigenen schöpferischen Ich auf Distanz geht. Ausgelöst durch eine Wiederbegegnung mit einem alten Schulkollegen beginnen sich Vergangenheit und Gegenwart zu überlagern, wechselt die Erzählperspektive, wird die Grenzlinie zwischen Realität und Fiktion immer unschärfer und zwingen den desorientierten Protagonisten zu einem ultimativen Befreiungsschlag.

320 Seiten, gebunden mit Schutzumschlag
CHF 34.80
ISBN 978-3-7245-1854-9

Werner Ryser: **Klosterzelg**

In Basel streiten sich eine reiche Stiftung und ein multinationaler Konzern um den Besitz von Klosterzelg, ein Hofgut an bester Lage über der Stadt. Kurz bevor ein Vertrag zustande kommt, wird der alte Bauer erschlagen in seinem Obstgarten aufgefunden. Der Journalist Jakob Amberg findet heraus, dass zwischen den Personen an der Spitze des Konzerns und der Stiftung, alles Angehörige der städtischen Oberschicht, zahlreiche Verbindungen bestehen und dass überhaupt nicht klar ist, wer welche Interessen vertritt. Nach einem zweiten Mord gerät Amberg selber ins Fadenkreuz der Ermittlungen. Für die Akteure im grossen Spiel um Klosterzelg wäre er als Täter die ideale Lösung.

336 Seiten, kartoniert
CHF 29.80
ISBN 978-3-7245-1853-2